Rabenväter

Für Julian,
gute Unterhaltung
Hugo [illegible]

Hugo Lobeck

Rabenväter

LUPUS

Auf dem steinigen Weg zum Bestsellerautor (die Hoffnung stirbt bekanntlich zuletzt) habe ich mich – nimm's mir nicht übel, Freddie – für dieses Buch von meinem Begleiter Freddie Nietsch getrennt. Auch die Erzählweise ist eine vollkommen andere, wechselnde Zeitebenen, die auf die Gegenwart zustreben, wechselnde Blickwinkel und vor allem: Humorloser und härter ist diese Geschichte geraten. Sie spielt zwar in der Hansestadt, ist jedoch kein „Hamburg-Krimi" im engeren Sinne. Die Figur des alten Hauptkommissars Hennings erweist dem großen Jan Willem van de Wetering die Ehre. Alle handelnden Personen sind frei erfunden., es ist nie von wirklich existierenden Menschen die Rede.

Dank gebührt meiner Frau Suscha, die nicht nur dazu beiträgt, den Rahmen zu schaffen, in dem ich in Ruhe schreiben kann, sondern auch als erste Leserin für die eine oder andere Verbesserung sorgt. Weiterhin danke ich Birgit, Regina und Susanne, die das Manuskript auf lästig fliegenden Blättern kritisch vorab gelesen haben, und allen meinen Freunden, die mir zwischenzeitlich einen Job haben zukommen lassen und mich so vor dem finanziellen Zusammenbruch bewahrt haben. Zu guter Letzt will ich auch meine Mutter nennen, die sich wegen meiner Neigung zur „brotlosen Kunst" noch immer viele Sorgen macht. Es ist doch nicht so schlecht gelaufen!

P.S. für alle Freddie-Freunde: Im nächsten Jahr geht es mit dem fünften Abenteuer des umtriebigen Detektivs weiter.

1

Freitag, 1. Juli 2011

Konrad Lemberg wusste nicht, dass er nur noch knapp zwei Stunden zu leben hatte. Er fluchte. Zum Glück war sein Taxi mit einer Klimaanlage ausgestattet, sonst wäre die elende Warterei auf Fahrgäste bei dieser Hitze wirklich nicht auszuhalten. Er stand in der Warteschlange vor dem Altonaer Bahnhof und arbeitete sich Meter für Meter vor. In diesem Jahr war der Sommer besonders heiß. Überhaupt kam ihm das Wetter in letzter Zeit extremer als früher vor. Ob das wirklich am Klimawandel lag? Und wenn schon. Daran war ohnehin nichts mehr zu ändern. Früher hatte er sich oft Gedanken gemacht, wie es mit der Umwelt weitergehen würde, war sogar eine Zeit lang bei den Grünen aktiv, aber in den letzten Jahren war er abgestumpft, ihn interessierte das alles nicht mehr. Die Politiker bekamen sowieso nichts auf die Reihe. Die großen Umweltkatastrophen würden zu seinen Lebzeiten nicht mehr stattfinden und Kinder hatte er keine. Was ging es ihn also noch an? Sollten sich doch Jüngere darum kümmern.

Er dachte nicht gern an früher, haderte mit dem Alter. Zu viele verpasste Gelegenheiten. Er war auf seinem Fahrersitz fett und bequem geworden. Immerhin hatte er noch sein volles Haar, wenn auch ergraut. Wenn er saß, fanden Frauen ihn durchaus attraktiv und schenkten ihm manchmal ein aufmunterndes Lächeln. Stand er dann aber auf und der mächtige Umfang seines Bauchs, der dicke Hintern und die massigen Schenkel wurden sichtbar, wandten sie sich erschrocken ab. Er hatte es aufgegeben, sich darüber zu ärgern, sie hatten ja recht. Es war ihm ohnehin ziemlich egal. Schon lange interessierte er sich nicht mehr ernsthaft für Frauen. Offenbar hatten seine Leydigschen Zwischenzellen die Testosteronproduktion längst auf ein Mi-

nimum zurückgefahren. Das war einer der wenigen Vorteile des Alterns: Der Trieb ließ nach. Alle paar Monate ein Besuch bei einer Nutte, das reichte.
Während der Sommerferien lief das Geschäft schon immer schlecht, die Stadt war wie leer gefegt. Eigentlich auch für ihn eine gute Zeit, um Urlaub zu machen, aber das konnte er sich nicht leisten. So gerade eben schaffte er es, sich von Monat zu Monat zu hangeln, mit Müh' und Not die Miete und das Nötigste zum Lebensunterhalt zu verdienen. Dabei war er froh, dass er allein lebte, keine Familie ernähren musste. In den letzten Jahren war die Lage insgesamt schwieriger geworden, immer mehr Taxen mussten sich immer weniger Fahrgäste teilen, und die fetten Behördenärsche bei der Stadtverwaltung genehmigten keine Fahrpreiserhöhungen. Aber vielleicht hatten sie auch recht, denn das Taxifahren war wirklich nicht gerade billig. Andererseits hatten sich die Betriebskosten in den letzten Jahren mehr als verdoppelt. Wenn es so weiterging, ließ sich eine Tankfüllung Diesel bald in Gold aufwiegen.
Wieder startete er den Motor und rückte ein Stück in der Schlange auf. Noch drei Droschken standen vor ihm, dann war er endlich dran. Er drehte das Radio auf: The Gossip, „Heavy Cross", das fetzte! Geile Musik, aber eine unglaublich hässliche Sängerin, eine kleine Frau, die bestimmt 100 Kilo Lebendgewicht auf die Waage brachte. Neulich war die Band im Fernsehen, bei Gottschalk, da hatte er seinen Augen kaum getraut. Er lachte still in sich hinein. Vom Leibesumfang her würde sie immerhin gut zu ihm passen, dachte er.
Als er damals anfing, Taxi zu fahren, sollte das eigentlich nur eine Zwischenlösung sein, aber wie so viele seiner Kollegen hatte er dann den Absprung nicht mehr geschafft. Man verdiente gutes Geld, hatte keinen nervigen Chef an der Backe und keine Kollegen, die einem mit ihrem Gequatsche das Schmalz in den Ohren zum Schmelzen brachten. Es gab keine Anzugpflicht und keinen Krawattenzwang, nur gepflegt und sauber

musste man sein, aber das war wohl selbstverständlich. Jetzt bereute er es manchmal, diesen einfachen Weg eingeschlagen zu haben. Er hatte keine Altersversorgung und würde fahren müssen, bis er hinter dem Steuer zusammenbrach. Missmutig zuckte er die Achseln und verscheuchte diese mittlerweile immer häufiger aufkommenden Sorgen und Zukunftsängste. Wie hieß es immer so schön bei „Frühstück bei Stefanie"? „Es is',wie's is'." Außerdem glaubte er, dass es ihm auch mit einem Studienabschluss nicht gelungen wäre, einen guten Job zu bekommen. Obwohl, wenn er an einige seiner ehemaligen Kommilitonen dachte: Die saßen ganz schön fett in der Suppe. Endlich ging es weiter, er rückte auf, war jetzt an dritter Stelle in der Reihe. Ein Blick in den Rückspiegel zeigte, dass aus der kleinen Schlange, deren hinteres Ende er vor zwanzig Minuten gebildet hatte, inzwischen eine ausgewachsene Riesenschlange geworden war. Der Letzte würde mindestens eine Stunde auf die nächste Tour warten müssen, und wenn es dann nur um die nächste Ecke ging – das wäre schon verdammt ärgerlich. Er schüttelte sich bei dem Gedanken. Einzelne Kollegen waren ausgestiegen, um sich miteinander zu unterhalten, aber er hatte lieber seine Ruhe. Ihm reichten die geschwätzigen Fahrgäste, die es schafften, in einer Viertelstunde ihr ganzes Leben vor ihm auszubreiten.
Sein Blick fiel auf drei hübsche, junge Frauen, die aus dem Bahnhof kamen. Sommerlich sexy angezogen, in Hotpants oder Minirock und Blusen aus leichtem Tuch, alberten sie herum und lachten. Ob sie wohl Bhs trugen? Sah nicht so aus. Eines der Mädchen, eine zierliche Schwarzhaarige mit weißem T-Shirt, hatte es ihm besonders angetan. Bei jedem Schritt wogte es unter ihrem Witz von einem Hemd wie die Nordsee bei Windstärke 10. Seine Fantasie ratterte los, er stellte sich vor, wie die Mädels bei ihm einstiegen und ... Plopp! Die Träumerei zerplatzte wie eine Seifenblase, als er mit einem verschwitzten Ständer aufwachte, weil der Kollege hinter ihm auf sein Dach

klopfte, um ihn darauf hinzuweisen, dass er wieder einen Platz aufrücken konnte. Da war er doch glatt eingenickt. Er griff nach der Flasche und nahm einen Schluck lauwarme, schale Cola, um den verschlafenen Geschmack im Mund loszuwerden. Nur noch ein Wagen vor ihm. Blieb jetzt zu hoffen, dass seine nächste Tour sich richtig lohnte. Es musste ja nicht bis Sizilien sein, aber eine Fahrt quer durch die Stadt wäre schon toll. Gedankenverloren beobachtete er das bunte Treiben vor dem Bahnhof. Eine Gruppe norwegischer Motorradfahrer wartete darauf, ihre schweren Maschinen auf den Autoreisezug nach Süden verfrachten zu können. Ein erschütternd verfallener Penner lag total verdreckt an der Ecke auf dem Boden und schlief, neben sich eine leere Rotweinflasche. Der Bahnhof verschluckte die unterschiedlichsten Leute aller Hautfarben, Religionen und Ethnien und spie sie wieder aus.
Jetzt dauerte es nicht mehr lange, bis er an der Reihe war. Drei bärtige, orientalisch gekleidete Männer mit weißen Kappen stiegen in den Wagen vor ihm. Glücklicherweise waren ihm die Kerle erspart geblieben. Sie sahen aus wie Islamisten mit umgeschnallten Bombengürteln unter der weiten Kleidung. Da fühlte er sich schnell bedroht. Seit dem 11. September wusste man ja nie. Die Attentäter hatten ja lange in Hamburg gelebt. Könnte es sein, dass er sogar mal einen von ihnen gefahren hatte? Vielleicht hatten sie hinten in seinem Taxi gesessen und auf Arabisch über den geplanten Anschlag diskutiert? Er musste grinsen und schüttelte den Kopf über den Quatsch, der ihm so in den Sinn kam, wenn er dasaß und wartete. Das musste an der Hitze liegen. Kaum war er auf Position eins gerollt und hatte den Motor abgestellt, als auch schon die hintere Tür auf der Beifahrerseite geöffnet wurde und ein junger Mann auf dem Rücksitz Platz nahm.
Konrad drehte sich halb um und schaute nach hinten. Der junge Mann erinnerte ihn vage an jemanden, den er früher mal gekannt hatte, allerdings fiel ihm nicht gleich ein, an wen. Aber

da es nicht von Bedeutung war, dachte er nicht weiter darüber nach. „Wohin soll es gehen?"
„Nach Rissen, Marschweg 75, ich muss zum Hockeyspiel."
Ein Lächeln huschte über sein Gesicht. „Rissen". Da hatte sich die Warterei in der Schlange vor dem Bahnhof doch gelohnt.

Schon seit dem frühen Morgen, seitdem Lemberg das Taxi von der Nachtschicht übernommen hatte, war er ihm gefolgt, aber bis dahin hatte sich keine gute Gelegenheit ergeben, um unverdächtig einzusteigen. Zwei Mal hätte er den beigefarbenen Mercedes fast aus den Augen verloren und es nur durch waghalsige Fahrmanöver geschafft, an ihm dran zu bleiben. Wer hatte sich eigentlich eine dermaßen unauffällige Farbe für Taxen ausgedacht? In anderen Ländern waren die Dinger quietschgelb, knallbunt oder schwarz-weiß-kariert. Zuvor hätte er nicht geglaubt, dass eine Verfolgung so schwierig sein würde. Im Fernsehen sah das immer so einfach aus. Es ging ja nicht nur darum, die Zielperson im Auge zu behalten, sondern als Verfolger auch unauffällig zu bleiben und nicht bemerkt zu werden. Andererseits machte es auch Spaß. So etwas wie Jagdfieber hatte ihn gepackt und er fühlte sich ein wenig wie James Bond junior.
Er war kurz davor, für diesen Tag aufzugeben und sein Anliegen auf den nächsten Tag zu verschieben, als der Fahrer am Altonaer Bahnhof landete und dort in der Schlange auf seine nächste Tour warten musste. Das war genau die Gelegenheit, auf die er gehofft hatte. Die Zeit reichte locker aus, um sein Auto in sicherer Entfernung korrekt zu parken und zurück zum Bahnhof zu laufen. Dann wartete er in der Nähe des Taxistands auf den richtigen Moment, um einzusteigen. Natürlich war er jetzt doch ziemlich aufgeregt. Schließlich hatte er sehr lange auf diesen Moment hingearbeitet. Bis dahin hatte er alles mehrmals durchgeprobt, aber ab jetzt war Blindflug angesagt. Er wusste nicht, wie es weitergehen würde, und war vielleicht

gezwungen zu improvisieren. Allerdings war er bestens vorbereitet. Leise Zweifel, die in seinem Hinterkopf aufkeimten, wischte er schnell zur Seite. Alles abblasen und nach Hause fahren? Das kam nicht infrage.

Drei hübsche, sommerlich leicht bekleidete Mädchen verließen den Bahnhof und kamen kichernd auf ihn zu, aber er war zu angespannt, um zu bemerken, dass eine von ihnen, eine süße Schwarzhaarige mit toller Figur, ihn etwas länger als nötig anschaute. Immerhin war er ein gutaussehender Mann, ein Frauentyp. Groß gewachsen, schlank mit blaugrauen Augen, blonden, leicht lockigen Haaren und einem sympathischen, intelligenten Gesicht. Allerdings hatte es noch keine Frau lange bei ihm ausgehalten, weil er auf den zweiten Blick etwas verkniffen Manisches an sich hatte, etwas Obsessives, das im Alltag nur schlecht zu ertragen war. Zurzeit passte eine Frau auch wirklich nicht in sein Leben. Sicher, er war tief verletzt gewesen, als Nina sich von ihm getrennt hatte. Für ihn war das ohne Vorwarnung gekommen. Dabei hatte er einfach zu lange ignoriert, dass die Zeichen auf Sturm standen. Was hatte sie ihm vorgeworfen? Er würde nur an sich denken, in seiner eigenen Welt leben und nicht auf sie eingehen. Sicher. Sie könne sein Problem bis zu einem gewissen Grad verstehen, hatte sie gesagt, natürlich war es ein ungewöhnliches, trauriges Schicksal und sie sah ein, dass er Zeit brauchte, einen solchen Schock zu verarbeiten. Sie wollte ihm dabei gerne helfen, aber dann war sie doch zu sehr geschockt von der Tiefe seiner Verbitterung und hielt es irgendwann nicht mehr aus. Solange er bei der Bundeswehr war und sie nur eine Wochenendbeziehung führten, blieben die Probleme in Grenzen. Für einen gemeinsamen Alltag war er jedoch wegen seiner extremen Stimmungsschwankungen nicht tauglich.

Er fragte sich, wie Lemberg reagieren würde. Wäre er wohl überrascht, würde er sich vielleicht sogar freuen? Oder wäre er geschockt? Oder beides? Wie oft hatte er sich diese Situation

ausgemalt: Das erste Treffen mit seinem Vater. Immer wieder schwankte er zwischen Angst, Wut und Hoffnung. Ungezählte Versionen dieses Treffens waren vor seinem inneren Auge abgelaufen, jede nur denkbare Möglichkeit hatte er durchgespielt. Der Name jedenfalls gefiel ihm: Konrad Lemberg. Das klang irgendwie nach ostpreußischem Adel, irgendwie gebildet, auf jeden Fall besser als sein eigener Name.
Jetzt sah er drei Orientalen aus dem Bahnhof kommen, die wie Imame aussahen, bärtig, mit weiten, weißen Gewändern und einer weißen Kopfbedeckung. Eigentlich sind religiöse Muslime mit festem, tief verankertem Glauben an Werte wie Familie und Ehre zu beneiden, dachte er. Ein Schicksal wie das seine wäre in der islamischen Welt wahrscheinlich nicht möglich, darauf würde sich kein gläubiger Muslim einlassen.
Als dann das Taxi, auf das er die ganze Zeit gewartet hatte, an der Reihe war, musste er sich schnell entscheiden, damit ihm niemand zuvorkam, aber eigentlich waren die Würfel bereits gefallen. Er zog die hauchdünnen Handschuhe aus Aalleder an, hob seine Sporttasche auf und war bereits unterwegs, noch während der Wagen die wenigen Meter nach vorne rollte. Mit einem Handgriff öffnete er die Tür, warf die Tasche auf den Rücksitz und setzte sich auf den Platz hinter dem Beifahrersitz. So konnte er das Gesicht des Fahrers beobachten, während er mit ihm sprach.
„Wohin soll es gehen?“ Der Fahrer schaute sich zu ihm um.
„Nach Rissen in den Marschweg, ich muss zum Hockeyspiel.“
Konrad Lemberg startete den Diesel, betätigte den Blinker und scherte leise tuckernd aus. Das Stichwort „Hockey“ lockte ihn aus der Reserve.
„Erstaunlich! Sie spielen Hockey in Rissen, Hockey ist in Deutschland nicht gerade eine populäre Sportart. Ich habe als junger Mann auch Hockey gespielt, ebenfalls in Rissen. Ich war sogar mal ziemlich gut.“
„Offensiv oder eher defensiv?“

„Offensiv. Bei Strafecken war ich gefürchtet. Wie sind Sie dazu gekommen?“
„Ich habe das Talent von meinem Vater geerbt, der Apfel fällt nicht weit vom Stamm.“
„Das ist ja interessant. Wie heißt denn Ihr Vater, vielleicht kenne ich ihn von früher. Gleich als ich Sie sah, haben Sie mich an jemanden erinnert, ich kann das aber nicht zuordnen.“
Der junge Mann zögerte, wechselte dann das Thema. Es war noch zu früh, um aufs Wesentliche zu kommen. Dazu bedurfte es einer ruhigeren Gegend.
„Fahren Sie schon lange Taxi?“
„Mein halbes Leben“, sagte Lemberg, „warum fragen Sie?“
„Nur so“, sagte der junge Mann, „die meisten Taxifahrer sind Ausländer.“
„Ausländer oder abgebrochene Studenten, die es zu nichts anderem gebracht haben.“ Lembergs Lachen klang ein wenig bitter.
„Haben Sie mal studiert?“ Natürlich wusste er die Antworten auf all seine Fragen, die reinen Fakten hatte er längst recherchiert, aber es interessierte ihn zu hören, wie Lemberg von sich selbst sprach.
Der Fahrer nickte. „In einem früheren Leben, das ist schon gar nicht mehr wahr.“
„Was haben Sie studiert?“
„Brotlose Kunst. Viele von uns, auch die mit einem Abschluss, sitzen auf dem Bock oder stehen hinter dem Tresen. ‘Magister Artium’ – klingt gut, bringt aber nichts.“
„Und warum haben Sie abgebrochen? Haben Sie es nicht geschafft?“
„Das war nicht das Problem“, sagte Lemberg, „ich habe im Laufe der Zeit ein wenig die Orientierung verloren, die Zeit verging, ohne dass ich es merkte, und dann war es irgendwann zu spät.“
„Klingt so, als würden Sie es bedauern.“

Wieder nickte Lemberg. Den Rest des Weges schwiegen sie. Erst als sie in Rissen angekommen und von der Hauptstraße rechts abgebogen waren, an den Rand des Klövensteen, wo der Hockeyclub lag, ergriff der Fahrgast wieder das Wort. „Haben Sie Familie, Kinder?", fragte er.
Lemberg zögerte mit der Antwort, hatte nach dem ungewohnten Anfall von Gesprächigkeit zu Beginn der Fahrt mittlerweile keine Lust, noch mehr von sich preiszugeben. „Nein, Kinder hätten nicht in mein Leben gepasst. Warum wollen Sie das wissen?", knurrte er schließlich unwirsch.
„Doch, Sie haben Kinder", sagte der junge Mann plötzlich schroff und mit schneidender Schärfe in der Stimme. „Sie sollten sie nicht verleugnen."
„Quatsch", erwiderte Lemberg irritiert, während er auf den Parkplatz des Hockeyclubs abbog. Er war verärgert und suchte im Rückspiegel nach dem Gesicht des jungen Mannes, sodass ihm nicht auffiel, dass der Parkplatz völlig leer war. Für einen Tag mit einem Hockeyspiel war das ungewöhnlich. Der asphaltierte Platz lag einsam, umgeben von einem Dickicht meterhoher Fliederbüsche, die jetzt im Hochsommer durch das wuchernde Laub nahezu blickdicht waren. Auf der Rückseite stand der schmutzig weiße Flachbau des Hockeyvereins.
„Ich", sagte der junge Mann, als das Taxi zum Stehen gekommen war, „ich bin dein Sohn! Meinst du, du könntest mich lieben?"
„Ich weiß nicht, wovon Sie reden." Obwohl er dagegen hielt, war Lemberg jetzt doch nervös geworden. Er deklinierte in aller Eile die Liste seiner Sexpartnerinnen zur fraglichen Zeit im Kopf durch. „Wie heißt denn Ihre Mutter?"
„Evelyn", sagte der junge Mann, „aber das ist doch auch egal. Ich habe immer gehofft, wenn du von mir wüsstest, wenn ich dir gegenüber stünde, würdest du dich zu mir bekennen und mich lieben."
Lemberg fühlte sich sichtlich unwohl in seiner Haut. Fieber-

haft, aber erfolglos kramte er in seinen Erinnerungen. Es gab da eine Evelyn ... aber nein ... das konnte nicht sein, die hätte einen gemeinsamen Sohn nicht vor ihm verheimlicht.
„Evelyn ... wie weiter? Hat Ihre Mutter Ihnen gesagt, dass ich Ihr Vater bin?“ Wahrscheinlich wäre so ziemlich jedem Mann mit einem halbwegs erfüllten und abwechslungsreichen Sexualleben in jungen Jahren bei einer solchen Enthüllung der Schreck in die Glieder gefahren.
„Das spielt wirklich keine Rolle, du bist meiner Mutter nie begegnet. Denk‘ doch mal nach.“
Mit einem mulmigen Gefühl im Bauch kam er zu dem Schluss, dass der junge Mann ein Spinner war. Jetzt fiel ihm auch auf, dass sein Taxi das einzige Fahrzeug auf dem menschenleeren Parkplatz des Hockeyclubs war. Eine Welle von Angst durchflutete seinen Körper. Ihm wurde plötzlich heiß, dicke Schweißperlen traten ihm auf die Stirn.
„Zahlen Sie und steigen Sie aus. Ich muss weiter.“
„Dir ist dein Sohn nicht einmal zehn Minuten deiner Zeit wert“, sagte der junge Mann bekümmert, „das enttäuscht mich sehr.“
„Zieh Leine, du Spinner“, zischte Lemberg. Er schaute grimmig über die Schulter nach hinten. „Ich habe keinen Sohn.“
Der junge Mann glaubte, einen Moment des Erkennens in den Augen des Taxifahrers zu sehen, als er ihm mit einem Rasiermesser von hinten die Kehle durchschnitt. Lemberg fiel nach vorne gegen das Lenkrad und konnte nicht mehr sprechen. Nichts als ein nasses Gurgeln verließ seine Kehle, während das Blut nach vorne herausspritzte und das elegante Armaturenbrett des Mercedes besudelte, von dort hinunter auf den Boden tropfte.
„Du bist es nicht“, sagte dieser. „Du kannst es nicht sein. So würde mein Vater mich nicht behandeln.“
Er hatte das Messer an einem Papiertaschentuch abgewischt, es wieder zusammenklappt und eingesteckt. Dann nahm er seine

Tasche, stieg aus und warf die Tür hinter sich zu. Bevor er ging, war ihm noch etwas eingefallen. Er zog einen 50-Euro-Schein aus der Tasche, öffnete die Fahrertür und klemmte dem Toten den Schein im Nacken in den Hemdkragen. „Nicht, dass ich dir etwas schuldig bleibe." Anschließend schlenderte er äußerlich ruhig wie ein Spaziergänger zu einem in der Nähe geparkten Motorroller. In seinem Inneren dagegen tobte ein wildes Durcheinander widersprüchlicher Gefühle und Gedanken. Er hatte zum ersten Mal einen Menschen getötet. Zufriedenheit und Triumph wallten genauso wie Angst und Gewissensbisse in ihm auf, dann obsiegte der Hass. Hatte Lemberg es nicht verdient? Ging ein Vater so mit seinem Sohn um? Er holte einen Helm mit Visier aus der Tasche und rollte unter leisem Zweitaktergeknatter zurück in die Stadt. Nachdem der Motorroller auf dem Gehsteig vor seiner Wohnung abgestellt war, nahm er den Bus und fuhr zum Bahnhof Altona, um sein Auto zu holen. Er war zufrieden, alles war nach Plan gegangen. „Der war es nicht", wiederholte er immer wieder, „dieser Mann war eine Null, eine Niete, der kann nicht mein Vater gewesen sein."

Mai 1984

Pauli stieg die Stufen hinauf in den dritten Stock. Zwar gab es auch einen Aufzug, aber aus sportlichen Gründen nahm er immer die Treppen. „Pauli" war sein Spitzname, nicht etwa, weil er Paul hieß, sondern weil er glühender Fan des FC St. Pauli war. Ansonsten studierte er im 10. Semester Philosophie und Germanistik, hatte kürzlich mit einer Magisterarbeit über die „materialistische Theorie des Geistes im Blick auf neuere Erkenntnisse der Neurophysiologie" begonnen.
Das Treppenhaus war weiß, sauber und schmucklos. Es gab weder Bilder an den Wänden noch Töpfe mit Pflanzen auf den Treppenabsätzen, der Terrazzoboden war kühl und grau.

Wenn man bedachte, wo die Treppen hinführten, hätte man sie doch mit ein wenig schmückendem Beiwerk versehen können, einfach auch um die Spender und die Eltern nicht so kühl und steril, sondern ein wenig freundlicher zu empfangen. Es war nicht sein erster Besuch in der Klinik. Schon seit einigen Monaten war er regelmäßig als Spender im Einsatz, sein genetisches Material war geprüfte Qualität, „erste Sahne im wahrsten Sinne des Wortes“, dachte er und musste grinsen.
Pauli war ein gutaussehender junger Mann, sehr norddeutsch, mittelgroß mit sportlicher Figur und halblangen, blonden Locken. Besonders auffällig war sein mitreißendes Lächeln, das immer wieder aufblitzte und schon in jungen Jahren für attraktive Fältchen rund um seine blauen Augen sorgte.
Er hatte eine Weile gezögert, bis er sich dazu entschloss, sein letztes Studienjahr mit Samenspenden zu finanzieren. Auf die Idee dazu war er durch eine Kleinanzeige in der Hamburger Abendpost gekommen. Er hatte die Zeitung auf der Suche nach einem Job durchgeblättert: „Guter Nebenverdienst, besonders geeignet für Studenten“ stand da, darunter eine Telefonnummer. Als er daraufhin dort anrief und eine freundliche Frau am Telefon ihm sagte, dass es sich bei dem Job um Samenspenden handelte, dachte er zuerst, sie wolle sich über ihn lustig machen. Erst nach einigem guten Zureden hatte er sie ernst genommen. Auch in der Wohngemeinschaft hatten sich alle amüsiert und zotige Witze gerissen, aber Pauli hatte Ernst gemacht und war tatsächlich hingegangen, um sich die Sache genauer anzusehen. Nach einer gründlichen Untersuchung und einem ewig langen Fragebogen hatte er sich noch ein paar Tage Bedenkzeit ausgebeten, und als er schließlich zugesagt und den Vertrag unterschrieben hatte, durfte er das erste Mal in den kleinen Plastikbecher onanieren, der ihn ein wenig an die weißen Wegwerfbecher bei Kindergeburtstagen erinnerte.
Natürlich kamen ihm anfangs auch immer wieder Bedenken. Die sogenannte „donogene Insemination“, die künstliche

Befruchtung durch gespendete Samen, steckte noch in den Kinderschuhen, und er war intelligent genug, um zu wissen, dass sowohl der ethische als auch der rechtliche Aspekt völlig ungeklärt waren. Aber die Klinik garantierte ihm vertraglich absolute Anonymität. Alle Unterlagen sollten nach zehn Jahren vernichtet werden. Und schließlich tat er ja nichts Böses, im Gegenteil. So half er kinderlosen Paaren, ihren Herzenswunsch zu erfüllen.

Er betrat die Klinik durch eine große Glastür. Gertrud Blatter, die junge Frau am Empfang, hatte ihn kommen sehen und den Türsummer gedrückt, noch bevor er die Klingel betätigen konnte.

„Hallo Pauli." Sie hatten sich schon öfter unterhalten und so begrüßte sie ihn lächelnd mit seinem Spitznamen. Das war die absolute Ausnahme, denn persönlicher Kontakt zwischen den Mitarbeitern und den Spendern war verpönt. Aber Pauli war ein ungewöhnlich offener und sympathischer Kerl, und nach einem freundlichen „Nennen Sie mich Pauli, das tun alle" ließ sie ihre übliche Zurückhaltung fahren und sprach ihn tatsächlich mit dem Spitznamen an, allerdings in Verbindung mit dem förmlichen „Sie". „Wie geht es Ihnen? Ist es wieder so weit?"

„Same procedure as everytime", antwortete Pauli. Er blickte in die Runde. Mit Ausnahme der Masturbationsräume war alles sehr offen gehalten. Rechts, hinter der Rezeption, beugten sich Weißbekittelte über Mikroskope, links, hinter Glas, säuselten zwei Telefonistinnen. Gertrud nahm ein Formblatt aus einem Ordner, das sie zusammen mit einem kleinen Behälter vor ihm auf die Theke stellte. Wie schon im Treppenhaus gab es auch hier kein schmückendes Beiwerk, so als wolle man die Räume bewusst neutral und nüchtern halten.

„Noch immer so ein Fingerhut", sagte Pauli. „Ich habe heute kein Zielwasser getrunken."

„Sie sind doch mittlerweile Profi, das schaffen Sie doch mit links. Kabine drei ist für Sie frei."

„Woher wissen Sie, dass ich es mit links mache?" Pauli nahm lachend den Becher und den Begleitzettel und ging hinüber zu der Tür mit der Aufschrift 3.

„Sie wissen doch, dass das nur eine Redensart ist", sagte Gertrud Blatter, der das Gespräch jetzt ob seiner Kalauerei ein wenig peinlich war.

„Passt aber."

Die Masturbationsräume waren etwa zwei mal drei Meter groß, sehr hygienisch eingerichtet und fensterlos. Neben einem Sessel mit hellem Kunstlederbezug gab es einen kleinen Beistelltisch und einen Fernseher mit Videorecorder. Auf dem Tisch lagen ein paar Porno-Kassetten und einige Sexmagazine. Auf einem Hängeregal stand eine Flasche Babyöl neben zwei Rollen Toilettenpapier, hochmodern und politisch korrekt aus umweltfreundlichem Altpapier. Vervollständigt wurde die Einrichtung durch einen Schwingdeckel-Mülleimer neben dem Sessel. An der Innenseite der Tür hing in großen Lettern die Zimmerordnung: Schließe die Tür sorgfältig, damit draußen das Besetztzeichen leuchtet. Wenn du magst, benutze die Videos zur Stimulation. Ejakuliere schon die ersten Tropfen in den Plastikbecher, sie enthalten die meisten Spermien. Hinterlasse den Raum so, wie du ihn vorgefunden hast. – Immerhin wurden die Spender hier geduzt. Irgendwie war die Situation dann wohl doch zu intim für das förmliche „Sie".

Bevor er zur Sache ging, füllte Pauli das Formular aus. Dann flippte er durch die Kassetten und entschied sich für ein Video mit Teresa Orlowski. Die hatte ein Paar monumentale Titten und ließ es sich auch anal machen. Er schob die Kassette ein, öffnete die Hose und setzte sich in den Sessel. Da sein Vorgänger das Video nicht zurückgespult hatte, war er sofort mitten in der Action. Während Teresa und eine jüngere, blonde Frau sich auf dem Monitor mit zwei gut bestückten Herren vergnügten, leistete Pauli erfolgreich Handarbeit. Das war nicht selbstverständlich. Anfangs hatte er Mühe, das Skurrile der Situation

auszublenden und sich zum Orgasmus zu stimulieren, aber mittlerweile klappte das ziemlich reibungslos – das heißt, nicht ganz reibungslos, denn etwas Reibung war schon erforderlich. Nach nicht einmal zehn Minuten kleckerte sein dickflüssiges Ejakulat in den kleinen Plastikbecher. Er dachte daran, dass es früher hieß, onanieren sei ungesund oder „tausend Schuss, dann ist Schluss" oder ähnlicher Quatsch. Daran hatte er als Jugendlicher wirklich mal geglaubt. Er wischte seinen Schwanz mit dem umweltfreundlichen Toilettenpapier ab, warf es in den Schwingdeckel-Mülleimer und verstaute sein geschrumpftes Ding wieder in der Hose. Dann stoppte er das Video, schloss die Tür auf und verließ den Raum. Das Resultat seiner rhythmischen Handgymnastik ließ er mitsamt dem ausgefüllten Formblatt auf dem Tisch stehen. Um alles Weitere musste er sich nicht kümmern, das würde Gertrud Blatter erledigen. Ihre Aufgabe war es, sein Sperma zu verwalten und der Weiterverarbeitung durch die technischen Mitarbeiter zuzuführen. Das fand er schon kurios. Mit einem freundlichen „bis zum nächsten Mal" verabschiedete er sich von ihr, nicht ohne zu bedauern, dass die hübsche Empfangsdame für ihn persona non grata war. Man baggerte die Frau, die sich um sein Sperma kümmerte und es an Gott weiß wie viele andere Frauen verteilte, nicht an. Jedenfalls fühlte sich das irgendwie komisch an.
Während er mit großen Schritten über drei, vier Stufen die Treppe heruntersprang, fiel ihm ein, dass er vergessen hatte, Frau Blatter von seinem Kommilitonen Julius zu erzählen, der sich auch bei der Klinik als Spender bewerben wollte. Das würde dann bis zum nächsten Mal warten müssen. Er wusste gar nicht, ob es ihm recht war, dass sich inzwischen einige seiner Freunde für diesen Job interessierten. Erst hatten sie ihn damit aufgezogen und ohne Ende zotige Witze gerissen und jetzt wollten plötzlich alle auch von dem leicht verdienten Geld profitieren. Einer nach dem anderen bat ihn unter dem Siegel der Verschwiegenheit, den Kontakt zur Klinik herzustellen.

Freitag, 1. Juli 2011

Hauptkommissar Olaf Hennings stand wenige Monate vor der Pensionierung und hätte auf diesen Einsatz gerne verzichtet. Von Ferne erinnerte der schmächtige Mann an den alten Peter Falk als Columbo, grauhaarig, klein, fast ein wenig krumm. So gesehen wurde er immer wieder unterschätzt. Als alteingesessener Hamburger konnte er seinen Stammbaum bis ins frühe 18. Jahrhundert verfolgen, und tatsächlich waren schon viele seiner Vorfahren im Dienste von Justitia unterwegs gewesen. Schon sein Vater und sein Großvater waren bei der Polizei und einer seiner Vorfahren war sogar Scharfrichter. Bei Nachforschungen über seine Familiengeschichte hatte er im Hamburger Staatsarchiv eine Rechnung über 39 Mark und 12 Schillinge des Scharfrichters Frantz Wilhelm Hennings vom 31.August 1742 für eine in Bergedorf vorgenommene Folterung gefunden. Es machte ihm viel Spaß, in der Vergangenheit zu wühlen. Leider hatte er dazu viel zu wenig Zeit, aber das würde sich bald ändern. Als Pensionär würde er sich bald intensiv mit der Geschichte seiner Vorfahren beschäftigen können. Olaf Hennings' Söhne hatten jedoch mit der Jahrhunderte alten Tradition gebrochen und sich für eine ganz andere berufliche Laufbahn entschieden. Darüber war er nicht unglücklich, denn sicherlich gab es Berufe, die weniger gefährlich und besser bezahlt waren und eher ein ruhiges Leben ermöglichten als die Arbeit bei der Kriminalpolizei. Trotzdem wäre für ihn niemals etwas anderes in Frage gekommen, er liebte seinen Beruf. Er ächzte, als er aus dem Wagen stieg. Trotz der Hitze litt er unter Kreuzschmerzen. Eigentlich hatte er an diesem Tag früh Feierabend machen wollen. Die beste Freundin seiner Frau hatte sie, samt Männern, ins Schauspielhaus eingeladen – von „Mäusen und Menschen“, John Steinbeck – und er hatte hoch und heilig versprochen, rechtzeitig zuhause zu sein, einen dunklen Anzug anzuziehen und endlich mal wieder zusammen mit ihr auszugehen. Und nun hatte ihn auf dem Heimweg der Ruf an diesen scheußlichen Tatort zum Umkehren gezwungen. Wie schon oft musste er sie enttäuschen. „Du hattest es versprochen“, hatte sie gesagt, als er sie anrief, und „du willst gar nicht ins Theater.“ Sie kannte ihn gut genug, um zu wissen, dass er nicht gerne ins Theater ging und schon gar nicht mit dem Mann ihrer Freundin, der immer alles besser wusste und so furchtbar bildungsbürgerlich daherkam. Dazu gab er viel zu gerne selbst den Platzhirsch. Aber dieses Mal lag es wirklich nicht an ihm. Er hatte das Stück sogar gegoogelt, um zumindest ein wenig darüber zu wissen und nicht als Volltrottel dazustehen.

„Ich komme nach, sobald ich mich loseisen kann“, hatte er ihr versprochen.

„Das sagst du immer“, hatte sie geseufzt. Dabei wusste sie natürlich, dass er nicht anders konnte. Schließlich war sie lange genug mit ihm verheiratet, um zu verstehen, dass der Polizeidienst keine geregelten Arbeitszeiten kannte.

Einer der uniformierten Beamten, die den Tatort abgeriegelt hatten, hob das rot-weiße Absperrband, sodass er darunter durchgehen konnte, ohne sich tief zu bücken. Rund um das Taxi arbeitete bereits ein ganzer Trupp von Beamten, vermummt mit weißen Ganzkörperoveralls, unförmigen, weißen Hauben und dünnen Gummihandschuhen. Hennings hasste diese Dinger, wusste aber, dass auch er gleich in einem solchen Outfit stecken würde. Insbesondere mit den Handschuhen hatte er seine Probleme, es dauerte immer ewig, bis er es geschafft hatte, seine Finger zur ganzen Länge in die engen Plastikteile zu zwängen, und noch länger, die schweißklebrigen Dinger wieder abzustreifen. Zwar war er nicht der Typ, der sich an jede Vorschrift hielt, aber gerade in einer Situation wie dieser war der Gebrauch von Schutzkleidung unerlässlich.

Mit den meisten der Kollegen am Tatort arbeitete er schon seit Jahren zusammen. Alex Tischer, der Fotograf, ließ die Motorkamera klicken und schoss hektisch aus jedem möglichen Winkel Foto um Foto. Der lange Mann mit den millimeterkurz geschnittenen Haaren war immer sehr zurückhaltend. Er saß gerne in Ruhe an seinem Arbeitsplatz und kitzelte am Rechner das Letzte aus seinen digitalen Aufnahmen heraus. Bevor er zur Polizei stieß, hatte er sich als Still-Fotograf versucht, aber die Film- und Fernsehszene war ihm zu exaltiert.

Auch Ludger Hansen war bereits vor Ort, hielt sich aber noch zurück. Der Pathologe wurde in Abwesenheit von den Kollegen „der Aufschneider" genannt, nicht nur weil er die Leichen aufschnitt, sondern auch, weil er gerne angab. Sein Markenzeichen war ein gewaltiger dunkelblonder Schnurrbart. Der Kommissar vermutete, dass Hansen mit einer Bartbinde schlief, obwohl er das immer abstritt. Jedenfalls ließ er keine Gelegenheit aus, um die Kollegen mit seinen Kenntnissen, Großtaten und amourösen Eroberungen zu nerven.

An Hennings' Tatorten durfte vor Eintreffen des Chefs nichts verändert werden. Überall standen kleine, orangefarbene Aufsteller mit Nummern, um die Stellen zu markieren, an denen mögliches Beweismaterial lag. Nachdem Alex Tischer seine Fotos geschossen und der Kommissar den Tatort freigegeben hatte, begannen vier Beamte, den Asphalt auf dem Parkplatz mit Handfegern und Kehrschaufeln abzufegen. Die staubige Beute schütteten sie in durchsichtige Plastiktüten, die dann ordentlich beschriftet wurden, sodass der exakte Fundort nachvollziehbar war. Aber die Ausbeute war schmal: ein paar Zigarettenkippen, immerhin gute DNS-Träger, eine abgerissene Kinokarte, eine zerknüllte Zigarettenschachtel und zwei ausgespuckte Kaugummis. Ansonsten gab es eine Menge Staub mit irgendwelchen Kleinteilchen, die, wenn überhaupt, erst im Labor zu identifizieren waren. Drei weitere Polizisten zwängten sich durch das dichte Gebüsch in der näheren Umgebung, um es zu durchsuchen und allen Müll einzusammeln, der dort im Laufe von Jahren entsorgt worden war. Dabei waren die

dünnen, weißen Schutzoveralls schnell zerrissen, die Fetzen baumelten sinnlos an ihnen herab, und die Männer fluchten, wenn sie sich immer wieder in dem Geäst verfingen.
„Warum ausgerechnet hier?“, stöhnte einer der Beamten. Die Spurensuche konnte verdammt mühsam sein.
Ein paar Meter weiter stand der Notarztwagen mit zwei Sanitätern, in dem ein kreidebleicher Jugendlicher versorgt wurde. Auch Hennings' junge Kollegin Helena Zielinski war bereits am Tatort. Normalerweise waren die beiden immer als Duo unterwegs, aber durch seinen vorgezogenen Feierabend hatte sie mit dem Aufschneider fahren und sich eine ausufernde Schilderung seiner Abenteuer im letzten Urlaub auf Teneriffa anhören müssen. Immerhin hatte er es inzwischen aufgegeben, sie anzubaggern. Sie war über das Taxi gebeugt, wandte ihrem Chef den Rücken zu und telefonierte. Als sie ihn bemerkte, hob sie grüßend die Hand. So mancher jüngere Kollege beneidete Hennings um das Privileg, mit der „schönen Helena“ zusammenzuarbeiten, ihm jedoch fiel eher selten auf, dass sie tatsächlich sehr gut aussah. Frau Zielinski war groß, sportlich und schlank mit pechschwarzen, meistens zum Pferdeschwanz gebundenen, langen Haaren und hellblauen Augen. Menschen mit schwarzen Haaren und blauen Augen hatte Hennings vor vielen Jahren mal in Venedig getroffen und geglaubt, dass es eine solche Kombination nur dort gab. Aber Helena Zielinskis Vorfahren stammten nicht aus Venedig, sondern aus Kattowitz in Polen, von wo aus sie vor dem ersten Weltkrieg ins Ruhrgebiet eingewandert waren. Sie war in Essen geboren und als junge Polizistin nach Hamburg gegangen, weil sie ein paar Kilometer zwischen sich und ihre überfürsorgliche Mutter legen wollte, die sich bei jedem Einsatz ihrer Tochter beinahe zu Tode sorgte.
Als sie das Telefonat beendet hatte, wandte sie sich ihrem Chef zu. „Sehr ungewöhnlich“, sagte sie, „ungewöhnlich und erschreckend.“

„Jeder Mord ist erschreckend“, antwortete Hennings. „Was ist so ungewöhnlich? Raubmorde an Taxifahrern gibt es leider viel zu oft.“
„Dies ist kein Raubmord“, sagte Helena und trat zur Seite. „Sehen Sie selbst.“ Sie zeigte auf den Nacken des Toten, der noch immer auf dem Fahrersitz saß. „Der Mörder hat ihm einen 50-Euro-Schein in den Kragen gesteckt.“
Hennings nickte. „Das ist wirklich ungewöhnlich. Ist der Geldschein eine Botschaft? Wenn ja, an wen? Sieht fast so aus wie eine Hinrichtung. Die Mafia verbindet doch Morde manchmal mit Botschaften. Wissen wir schon, wer das Opfer ist?“
„Ich habe gerade mit der Taxizentrale telefoniert. Wenn es sich wirklich um den Fahrer handelt, heißt der Tote Konrad Lemberg.“
Hennings sah sich den Tatort noch mal genau an, dann gab er die Leiche frei. Der ganze Fahrerfußraum, das Armaturenbrett und das Lenkrad waren blutgetränkt. Das Blut war noch nicht einmal geronnen. Noch immer drückte der Fotograf im Sekundenrhythmus auf den Auslöser. Zwei der Beamten hatten große Mühe, den massigen, schweren Körper hinter dem Lenkrad hervorzuziehen, aus dem Auto zu wuchten und ihn in einen schwarzen Plastiksack zu legen. Mit einem klagenden Schnarren schloss sich der grobe Reißverschluss.
Im Handschuhfach fand sich die Brieftasche mit Geld und Ausweis, Führerschein, EC-Karte und so weiter, alles auf den Namen Konrad Lemberg, geboren 1959 in Hamburg ausgestellt. Nichts schien zu fehlen, auch das private Bargeld und die bisherigen Tageseinnahmen waren noch an Ort und Stelle.
„Wer hat die Leiche gefunden?“
„Ein sechzehnjähriger Junge, Torben Schacke. Er wartet im Krankenwagen. Der Junge hat einen Schock erlitten. Er wohnt ganz in der Nähe und war zum Joggen im Klövensteen, als ihm das Taxi aufgefallen ist.“
Helena und Hennings gingen hinüber zu dem Krankenwagen.

Der Junge, ein hoch aufgeschossener, schmaler Teenager mit aufgegelten Haaren, hatte sich inzwischen etwas erholt.
„Hallo, du bist Torben?“ Er reichte dem Jungen die Hand. „Ich bin Olaf Hennings. Das sah ja ziemlich übel aus. So was haben wir auch nicht alle Tage. Da kann einem schon übel werden.“
„Oh Mann“, sagte der Junge. „All das Blut, schlimmer als bei ‚Alone in the dark‘.“
„Ein Videospiel“, klärte Helena den Kommissar auf.
„Jetzt erzähl doch noch mal, wie du den Mann gefunden hast.“
Der Hauch von Farbe, den Torbens Gesicht inzwischen wieder angenommen hatte, verwandelte sich schnell zurück in wächserne Blässe. „Schon auf dem Hinweg habe ich mich über das Taxi gewundert, weil die Fahrertür offen stand und der Mann so über das Lenkrad gelehnt auf seinem Sitz saß. Da dachte ich aber noch, der Fahrer macht eine Pause und ist bei der Hitze eingeschlafen. Als ich eine dreiviertel Stunde später auf dem Rückweg wieder hier vorbeikam und der Mann noch immer genauso dasaß, dachte ich, ihm sei vielleicht schlecht geworden oder so, und bin näher herangegangen. Dann habe ich all das Blut gesehen. So viel Blut, ehrlich, an der Playstation sieht das nicht so gemein aus wie in echt. Ich bin weggelaufen und habe dabei mit meinem Handy den Notruf gewählt.“
„Ist dir irgendetwas aufgefallen?“, fragte Hennings, „hast du jemanden gesehen?“
Der Junge schüttelte den Kopf. „So viel Blut, das glaubt mir keiner. Ich hatte dann auch Angst. Ich dachte, vielleicht ist der Mörder noch in der Nähe. Aber es war niemand da, nur der Tote und ich. So‘ne Scheiße!“
Hennings glaubte nicht, dass der Junge ihnen würde weiterhelfen können. „Du hast alles richtig gemacht“, lobte er ihn. „Jetzt erhole dich mal von dem Schrecken.“ Er verabschiedete sich von Torben und ging mit Helena hinüber zu seinem Wagen, wo sie die Schutzanzüge auszogen, zusammenknüllten und in einen Müllbeutel stopften.

„Das wird eine harte Nuss." Der Hauptkommissar kämpfte mit den Gummihandschuhen.
Helena nickte. „Das glaube ich auch. Wie machen wir weiter?"
„Wir fahren zur Wohnung des Opfers, vielleicht gibt es dort etwas, das uns weiterhilft", sagte Hennings.
„Was ist mit Ihrer Frau, mit dem Theater? Noch können Sie es halbwegs pünktlich schaffen."
Er schaute Helena lächelnd aus den Augenwinkeln an. „Frauensolidarität, was?"
„Nein, aber gesunder Menschenverstand. Das mit der Wohnung kann ich problemlos auch ohne Sie machen. Ich nehme Alex Tischer und einen der Kollegen von der Bereitschaft mit."
Helena öffnete die Fahrertür und stieg wieder aus. „Seien Sie mal nett zu Ihrer Frau. Viel Spaß im Theater, bis morgen." Sie warf die Fahrertür zu und überließ ihm den Wagen, bevor er etwas entgegnen konnte. Seufzend stieg er ein, startete den Motor und fuhr los. „Sie hat ja recht", dachte er, schon so oft hatte seine Frau zurückgesteckt. Und sie hatte sich sehr auf den Abend gefreut.

2

Ostersonntag 1985

„Oh mein Gott, ich glaube, es geht los!“ Evelyn Hammerschmidt war vom Stuhl gerutscht und stöhnend in die Hocke gegangen, weil sie so die Schmerzen besser aushalten konnte. Natürlich war sie darauf vorbereitet, dass Wehen schmerzhaft sind, aber wie schlimm es wirklich war, realisierte sie erst jetzt, als sie von der ersten Attacke heimgesucht wurde. Ihrem Mann Frank war vor Schreck die volle Kaffeetasse aus der Hand gefallen, das heiße Getränk war ihm über die Hose gelaufen und sammelte sich in einer braunen Pfütze auf dem weißen PVC-Küchenboden. Er war aufgesprungen, um sie zu stützen. Die beiden waren in der Küche beim Frühstück von der ersten Wehe überrascht worden.

Endlich! Der errechnete Geburtstermin war schon seit mehr als einer Woche überfällig, und Frank, dem ohnehin schnell der Sorgenvogel durch die Seele flatterte, war schon seit Tagen unruhig und wollte seine Frau nicht mehr alleine lassen. Er hatte Urlaub genommen und verließ das Haus nur noch, um in aller Eile einzukaufen. Evelyn nervte diese übermäßige Fürsorglichkeit.

„Ich bin doch nicht krank“, hatte sie gesagt, „ich bin schwanger.“ Neben der Tür stand eine fertig gepackte Reisetasche mit allem, was sie für den Aufenthalt in der Klinik brauchte, und er achtete peinlich darauf, auf jeden Fall genügend Benzin im Tank zu haben. Vor ein paar Jahren war sein bester Freund bei der Geburt seiner Zwillinge auf dem Weg zur Klinik mit leerem Tank liegen geblieben, und das sollte ihm nicht passieren. Dabei waren es für die Hammerschmidts gerade mal zwei Kilometer bis zur Entbindungsstation der Kinderklinik in Altona, also wirklich keine Reise nach Timbuktu.

„Lass uns sofort fahren“, sagte er, als seine Frau sich von der heftigen Wehe erholt hatte. Er half ihr auf.
„Aber ich habe noch nicht geduscht“, protestierte Evelyn.
„Du willst doch nicht jetzt noch duschen.“ Frank bekam hektische Flecken im Gesicht und trat unruhig von einem Fuß auf den anderen.
„Man könnte denken, du bekommst das Baby“, sagte sie lächelnd. Musste er immer so übertreiben? Andererseits war sie froh, dass er sich so intensiv kümmerte. Er war mit ihr zur Schwangerengymnastik und in den Wickelkurs gegangen, hatte sie in allen Belangen unterstützt. Das war nicht selbstverständlich, wenn man bedachte, dass das Baby genau genommen nicht von ihm war, denn Frank Hammerschmidt war zeugungsunfähig.
Nach den Richtlinien der Weltgesundheitsorganisation müssen in einer gesunden und fruchtbaren Spermaprobe über 20 Millionen Spermien enthalten sein. Von diesen müssen mindestens 50% normal entwickelt und sportlich flink beweglich sein. Frank Hammerschnidt hatte als Kind Mumps. Sein Ejakulat war sozusagen eine spermafreie Zone.
Die Hammerschmidts hatten eine ganze Weile daran gearbeitet, schwanger zu werden. Nach der Hochzeit hatte Evelyn die Pille abgesetzt. Zu Anfang hatten sie sich mit viel Spaß an der Freude so ziemlich täglich der Fortpflanzung ihrer Gene gewidmet. Als der Erfolg jedoch ausblieb und die Schwangerschaft noch immer auf sich warten ließ, vermuteten sie anfangs, es läge daran, dass Evelyn jahrelang die Pille genommen hatte. Ihr Frauenarzt hatte erklärt, es könne bis zu einem Jahr dauern, bis der normale Zyklus wiederhergestellt war. Als sie aber nach Ablauf dieser Zeit noch immer nicht schwanger war, versuchten sie es mit den üblichen gezielten Aktionen, Temperaturmessen, besondere Stellungen, romantisches Wellnesswochenende, aber nichts half, immer wieder bekam sie ihre Tage. Als sie einmal zwei Tage überfällig war, wallte die Hoffnung

auf. Noch am Sonntagabend lief sie zur Notdienst-Apotheke und kaufte einen Schwangerschafts-Schnelltest, der dann aber leider negativ ausfiel, und als sie am nächsten Morgen die Periode bekam, blieb sie im Bett und weinte den ganzen Vormittag ins Kopfkissen.

Zwei Jahre nach ihrer Hochzeit ließ sie sich rundherum untersuchen, mit dem Ergebnis, dass sie gesund und fruchtbar war. Erstaunlicherweise suchen Paare bei ungewollter Kinderlosigkeit fast immer zuerst die Ursache bei der Frau. Als Frank daraufhin endlich seine Samenprobe abgab, war die Diagnose unmissverständlich und niederschmetternd. Sein Ejakulat war wie das tote Meer, zwar sehr salzig, aber ohne jedes Leben. Er brauchte einige Tage, um sich von dem Schock zu erholen. Obwohl auch Evelyn in ihren Grundfesten erschüttert war, weil sie sich nichts sehnlicher wünschte als ein Kind, tröstete sie ihn. Wochenlang war er in seiner Männlichkeit so sehr gekränkt, dass er überhaupt nicht mehr konnte, er wurde unleidlich und litt unter Anfällen von Selbstmitleid und Selbstbeschimpfung. Als er eines Abends nicht nach Hause kam, konnte sie vor Sorge nicht schlafen und fand ihn erst am nächsten Morgen vollkommen betrunken schnarchend vor der Haustür. Er hatte es nicht mehr geschafft, den Schlüssel ins Schloss zu fummeln. Das war der Zeitpunkt, an dem die Hammerschmidts beschlossen, eine Paartherapie zu beginnen. Nur allmählich beruhigte sich Frank und wuchs irgendwann über sich selbst hinaus. Während einer der letzten Therapiesitzungen brachte er die Samenspende ins Spiel.

Frank war Kfz-Mechaniker und arbeitete in einer großen Autowerkstatt. Keiner seiner Kollegen wusste um sein Problem. Das war nichts, worüber ein Mann am Arbeitsplatz redete. Irgendjemand hatte in einer Zeitung einen Artikel über eine „Samenbank“ gelesen und alle hatten sich unter großem Gejohle darüber lustig gemacht. Ein Kalauer über das Einrichten eines Kontos bei der Samenbank, über das Abheben von Samen oder das Tätigen von Überweisungen jagte den anderen. Niemand merkte, dass Frank ganz still geworden war und nur sehr gezwungen mitlachte. Ein paar Tage später hatte er das Thema in der Paartherapie mit seiner Frau angesprochen. Evelyn hatte es zunächst weit von sich gewiesen, aber abends im Bett hatte er wieder davon angefangen und sich nicht mehr davon abbringen lassen.

„Warum denn nicht?“, hatte er gefragt. „Du wünschst dir doch so sehr ein Kind.“

„Ja“, sagte sie und küsste ihn, „aber ein Kind von dir.“

„Das geht nun mal nicht. Zwar nicht von mir, aber mit mir. Für mich wäre es wie mein eigen Fleisch und Blut, wenn du es zur Welt bringst. Wir könnten uns doch wenigstens mal informieren, wie das überhaupt abläuft. Dann können wir noch immer entscheiden, ob wir es machen oder nicht.“

Und nun, etwa ein Jahr später, kämpfte Evelyn mit den ersten Wehen und Frank wurde übel vor Sorge, ob alles glatt ging.

„Keine Widerrede. Auf jeden Fall fahren wir sofort“, sagte er. „Duschen kannst du auch in der Klinik.“ Er half ihr in den Mantel und nahm die vorbereitete Reisetasche. Auf dem Weg zum Auto kam bereits die nächste Wehe. Evelyn musste wieder in die Hocke gehen, konzentriert atmen und die Wehe auswarten, bevor sie weitergehen konnte.

„Mein Gott, hoffentlich schaffen wir es noch rechtzeitig.“ Ihm brach der Angstschweiß aus und seine Hände waren kalt und zitterten.

„Es sind nur zwei Kilometer bis zur Klinik und heute morgen suchen alle Ostereier, es ist kein Verkehr“, sagte sie.

Als der Schmerz abgeebbt war, half er ihr wieder hoch und führte sie zum Auto. Ohne große Zwischenfälle erreichten sie die Klinik in der Bülowstraße. Dann allerdings ging alles sehr schnell. Die Wehen kamen in immer kürzeren Abständen. Keine zwei Stunden später erblickte ein gesunder Junge das Licht der Welt und tat seinen ersten Schrei. Als Frank Hammerschmidt den kleinen Burschen in den Armen hielt, dachte er nicht im Entferntesten an die Umstände seiner Zeugung, sondern war einfach nur glücklich. Er fand sogar, dass der Kleine ihm ein wenig ähnlich sah. Die Welt war wunderbar und das Leben schön.

Montag, 4. Juli 2011

Hauptkommissar Hennings und Helena Zielinski waren auf dem Weg zu einer Taxifahrerkneipe in Altona. Wie viele seiner Kollegen hatte auch Lemberg gerne dort Pause gemacht, nicht zuletzt, weil rund um die Uhr preiswerte warme Mahlzeiten serviert wurden.

Es hatte sich so eingespielt, dass Helena fuhr, wenn sie zusammen unterwegs waren, denn der Hauptkommissar ließ sich gerne chauffieren. Wenn er sich nicht auf den Verkehr konzentrieren musste, konnte er seinen Gedanken nachhängen, und dabei war schon oft Hilfreiches und Nützliches für die Ermittlungen herausgekommen.

Das Theaterstück am Freitag Abend hatte ihm entgegen seiner Erwartung gefallen. Insbesondere der Schluss hatte den alten Polizeibeamten stark berührt. Er hatte sich gefragt, wie er sich in einem ähnlichen Fall als Polizist verhalten würde. Wäre die Geschichte in Deutschland passiert, hätte er George wegen Mordes an seinem Freund Lennie festnehmen müssen, obwohl er die Tat auch als einen mutigen, selbstlosen Akt der Freundschaft verstanden hatte. Von derartigen romantischen Überlegungen musste er sich als Polizeibeamter allerdings freimachen und gradlinig dem Buchstaben des Gesetzes folgen. Das war nicht immer leicht, denn so manches Mal in seinem langen Berufsleben hatte es Situationen gegeben, wo er den Täter als das eigentliche Opfer empfand und mit dem Gedanken gespielt hatte, ihn laufen zu lassen. Es gab Fälle, bei denen stimmte das

Gesetz nicht mit seinem Empfinden von Recht überein, aber letztlich hat er sich immer auf seine Aufgabe besonnen und es den Gerichten überlassen, das richtige Urteil zu fällen. Zum Glück gab es die Gewaltenteilung. Ein Fall wie der von Lennie und George wäre in der heutigen, zivilisierten Gesellschaft allerdings unmöglich, denn glücklicherweise gibt es keine lynchwütigen Massen mehr, und ein Mann wie Lennie ist weder von der Todesstrafe noch vom Gefängnis bedroht, sondern landet in einer psychiatrischen Anstalt oder einem Pflegeheim. Also muss sein Freund ihn auch nicht in einem Akt der Gnade erschießen. Schon seltsam, dachte er. Warum schaute man sich dann überhaupt solche Stücke an? Er wusste es nicht. Vielleicht aus Lust an archaischen Helden und wildwüchsigen, anarchischen Gesellschaftsformen, die sich zwar niemand wirklich herbei wünschte, die aber in Romanen, Filmen und Theaterstücken sehr beliebt waren.

Zwar war er ein paar Minuten zu spät gekommen und hatte auch keine Zeit mehr gehabt sich umzuziehen, aber als er sah, wie das Gesicht seiner Frau Beate sich vor Freude aufhellte, als sie ihn erblickte, war er sehr glücklich, dass er auf seine junge Kollegin gehört hatte. Selbst der besserwisserische Mann ihrer Freundin war zu ertragen, weil er es bei dem obligatorischen Kneipenbesuch nach der Vorstellung schaffte, das Gespräch so zu drehen, dass weniger über das Stück als über seinen neuen Fall geredet wurde, und da war er nun mal der Chef im Ring.

Am Samstag dann war er ins Präsidium gefahren, nur um kurz nach dem Rechten zu sehen. Das war es, was er seiner Frau versprochen hatte, aber aus der Stippvisite waren dann zehn Stunden geworden und der ganze Sonntag kam noch dazu. Trotz der endlosen Wochenendarbeit waren sie jedoch keinen Schritt vorangekommen.

Helena und Alex Tischer waren noch am Freitag Abend zu Lembergs Wohnung in Eimsbüttel gefahren und hatten die zwei kleinen Zimmer akribisch nach Hinweisen auf ein Motiv

und einen möglichen Täter durchsucht, aber Fehlanzeige. Der Mann schien weder Freunde noch Verwandte zu haben. Seine Eltern waren bereits seit Längerem tot. Weder gehörte er einer Sekte an noch war er Mitglied in Vereinen. Es gab kaum Fotos oder sonstige private Erinnerungsstücke, die auf wie auch immer geartete Sozialkontakte hinwiesen, nicht den Urlaubsschnappschuss und nicht das Gruppenfoto vom Kegelabend. Für einen Taxifahrer besaß er erstaunlich viele Bücher, darunter viele sehr anspruchsvolle. Allerdings waren sie alle mit einer dicken Staubschicht bedeckt, was bedeutete, dass er sie schon ewig nicht mehr aufgeschlagen und gelesen hatte. Lemberg schien so etwas wie ein Mann ohne Eigenschaften zu sein, eine dieser Schattenfiguren, die zwar nachgewiesenermaßen existierten und einen Platz in der Welt einnahmen, aber keine Spuren im Sand des Daseins hinterließen. Warum wurde so jemand umgebracht? Es gab nichts zu erben, keine Lebensversicherung, keine verlassene Frau mit einer Hasskappe und keine eifersüchtige Freundin und damit auch keinen eifersüchtigen Ehemann, der dem Liebhaber seiner untreuen Frau die Kehle durchgeschnitten hatte. Zumindest deutete nichts darauf hin. Allerdings hatte Hennings' Team die Befragungen der Nachbarn und Taxifahrerkollegen noch nicht abgeschlossen.
Der Kommissar und Helena Zielinski fuhren in Richtung Altona zu einer Droschkenfahrerkneipe, in der Lemberg laut Auskunft seiner Zentrale gerne zu Mittag aß. Von der Glacischaussee kommend bogen sie am Millerntorplatz rechts ab, um auf die Reeperbahn zu gelangen. Am Montag Vormittag sah die glamouröse Amüsiermeile total schmuddelig und heruntergekommen aus. Die Straßenreinigung hatte es noch nicht geschafft, den Müll zu entsorgen, den Legionen von Nachtschwärmern und Touristen überall zurückgelassen hatten. Selbst im Vorbeifahren sprangen Hennings die Glassplitter zerbrochener Bierflaschen, weggeworfene, halb aufgegessene Döner und Pommes, Papier und Plastiktüten ins Auge. In den

Eingängen der um diese Uhrzeit am Montag geschlossenen Kneipen oder Clubs hatten sich Leute zum Schlafen niedergelegt, manche obdachlos, andere einfach zu betrunken, um den Heimweg ins eigene Bett zu finden. Nur die Pornoläden waren zu jeder Tages- und Nachtzeit geöffnet und warben mit flackernden Lichtern um Kunden.

Sie parkten an der Louise-Schröder-Straße vor der Alimaus, einer Institution, die kostenlos Mahlzeiten an Bedürftige ausgab. Auf der kleinen Wiese davor tranken ein paar Männer Bier oder schliefen in Schlafsäcken. Die letzten Meter gingen sie zu Fuß.

Das Lokal lag auf der anderen Straßenseite und hatte rund um die Uhr geöffnet, aber jetzt, am Montag Vormittag, war auch hier nicht viel los. Nur ein gutes Dutzend Gäste bevölkerten den Laden, lasen Zeitung, frühstückten oder tranken Kaffee. Eine vollschlanke Kellnerin in einem viel zu kurzen, schwarzen Kleid bediente die Leute. Ihr üppiger, aus der Form gegangener Körper saß in dem engen Kleid wie die Wurst in der Pelle. Die Kneipe wie auch die Kellnerin hatten ihre besten Jahre schon seit Längerem hinter sich, Styling und Hygiene ließen arg zu wünschen übrig. Die Tische wirkten abgeschabt und waren klebrig, die Tapete an den Wänden bestach durch Siebzigerjahre-Pop-Art-Optik mit psychedelisch bunten Kringeln. Die meisten Leute qualmten trotz Rauchverbots, sodass die Luft zum Schneiden dick war. Da sie keinen besonderen Ansprechpartner hatten, gingen die Polizisten an den Tresen. Der Kommissar erhob die Stimme, stellte sich vor und fragte in die Runde nach Lemberg.

Zwar schienen fast alle zu wissen, von wem er sprach, aber niemand hatte ihn näher gekannt. Man hatte sich gegrüßt, ein paar freundliche Floskeln gewechselt und war dann seiner Wege gegangen. Nur Lulu Schmidtke, die füllige Kellnerin, eine verlebt wirkende Blondine mit extra starkem Lidstrich und einem ordinären Lachen, wusste etwas mehr zu erzählen.

„Sie kannten Herrn Lemberg also näher?“, fragte Helena Zielinski hoffnungsvoll.
„Kennen ist zu viel gesagt.“ Lulu war dabei, Gläser zu spülen. Zwischendurch nahm sie immer mal einen Zug von ihrer Kippe, die sie dann wieder in dem Aschenbecher auf dem Tresen deponierte. Der Zigarettenfilter war von ihrem großzügig aufgetragenen Lippenstift rot verschmiert. „Wissen Sie, ich arbeite schon sehr lange hier und genauso lange kam Konrad Lemberg. Die meisten anderen tauchen auf und sind irgendwann wieder weg, aber Konrad und ich, wir sind so etwas wie die Urgesteine. Da kommt man schon mal ins Gespräch.“ Ihre Stimme bekam einen leicht verbitterten Unterton.
„Und? Was können Sie uns über ihn sagen?“ Helena hatte den Notizblock gezückt.
„Wenn ich darüber nachdenke, fällt mir nicht viel ein. Es war ja nichts Persönliches zwischen uns.“ Sie zögerte einen Moment. „Wissen Sie, ich mochte ihn. Vor zwanzig Jahren hatte ich sogar mal versucht, mit ihm anzubandeln, aber er ist nicht darauf eingegangen.“
„War er anderweitig liiert?“
„Nein. Er ließ mich einfach so abblitzen.“ Sie schnippte lächelnd mit den Fingern. „Obwohl ich damals ein ziemlich heißer Feger war, das können Sie mir glauben.“ Wieder zog sie an ihrer Zigarette, inhalierte tief und dampfte dann während des Sprechens wie eine Lokomotive ab.
„Wissen Sie denn, warum?“
Sie zuckte die Achseln. „Erst habe ich gedacht, ein Mann, der mich nicht will, kann nur schwul sein.“
Helena Zielinski wunderte sich, wie selbstbewusst die Kellnerin auftrat, und sah die Frau noch einmal genauer an. Vielleicht war sie in jungen Jahren wirklich so attraktiv, um ein solches Selbstbewusstsein zu rechtfertigen, dachte sie. Ihr selbst wäre eine solche Aussage allerdings nie über die Lippen gekommen, auch wenn sie sich selbst zu Recht für attraktiv hielt.

„Aber dann habe ich verstanden, dass er so etwas wie ein einsamer Wolf war. Ich weiß nicht, ob ihn etwas bedrückte. Damals wurde er immer zurückhaltender und eigenbrötlerischer. Anfangs war er schon manchmal gesprächig und guter Laune, aber im Laufe der Jahre wurde er allmählich immer stiller und immer fetter. Er setzte sich mit der Zeitung in eine Ecke, aß, zahlte und verschwand wieder, jahrein, jahraus. Ich hatte den Eindruck, er wollte mit nichts und niemandem etwas zu tun haben. Dabei wirkte er auch nicht unglücklicher als jeder andere. Das Reden schien er sich einfach abgewöhnt zu haben."
So war auch Lulu Schmidtke keine große Hilfe auf der Suche nach Lembergs Geheimnis.

Am Nachmittag hatte der Kommissar sein Team zur großen Konferenz zusammengerufen. Alle Einfälle der Kollegen wurden besprochen, Ermittlungsansätze, die sich daraus ergaben, wurden auf die Beamten verteilt.
Was kam infrage? Hatte er vielleicht auf einer seiner Beförderungsfahrten etwas gesehen oder gehört, was nicht für seine Ohren bestimmt war? War er dadurch zum Mitwisser geworden und musste aus dem Weg geräumt werden? Es gab doch diesen amerikanischen Film mit Jamie Foxx und Tom Cruise, „Collateral", in dem ein Taxifahrer einen Auftragskiller von Adresse zu Adresse fuhr, angeblich um Freunde zu besuchen. Als der Taxifahrer dahinterkam, was sein Fahrgast wirklich trieb, sollte auch er sterben. Hennings setzte zwei Beamte darauf an, Lembergs Fahrten der letzten Tage über die Taxizentrale zu rekonstruieren.
Hatte er sich vielleicht auf illegale Aktivitäten eingelassen, hatte heiße Ware transportiert oder war als Fahrer bei Straftaten aktiv geworden, bei einem Überfall vielleicht? Aber in letzter Zeit hatte es keinen dazu passenden Vorfall gegeben.
Gab es irgendwo verstecktes Schwarzgeld, ein geheimes Konto? Der Mann musste doch irgendein Geheimnis haben. Gab

es irgendetwas, was der Taxifahrer sich hatte zu Schulden kommen lassen, wofür sich jemand gerächt hatte? Es würde noch viel Arbeit erfordern, diesen Fragen nachzugehen, aber Olaf Hennings war pessimistisch. Er hatte das Gefühl, an ganz anderer Stelle suchen zu müssen, ohne die leiseste Ahnung, wo das sein könnte.

Außerdem stand auch immer die Möglichkeit im Raum, dass es sich bei Lemberg um ein Zufallsopfer handelte, dass der Taxifahrer einfach zur falschen Zeit am falschen Ort war. Oder dass es ihn getroffen hatte, weil er für den Mörder in ein bestimmtes Raster passte, einen verhassten Sachverhalt repräsentierte oder jemandem ähnelte, auf den der Mörder einen Hass hatte? Es gab endlos viele Möglichkeiten und keine Spur.

Wenn es keine persönliche Beziehung gab, war es fast unmöglich, den Täter zu fassen, denn eins war inzwischen klar: Er oder sie – sie sprachen zwar immer von „dem Täter“, aber genauso gut konnte es sich um eine Frau handeln – hatte keine Spuren hinterlassen. Der Gedanke, dass Lemberg ein Zufallsopfer war, machte Hennings auch aus einem anderen, schwerwiegenden Grund Sorgen. Denn dann war die Wahrscheinlichkeit hoch, dass der Taxifahrer nicht das letzte Opfer bleiben würde.

3

Mittwoch, 13. Juli 2011

Es war später Nachmittag. Professor Julius Schellenboom saß in seinem Arbeitszimmer und korrigierte eine Hausarbeit zu Philipp Moritz' „Anton Reiser". Manchmal erstaunte es ihn, wie aktuell diese Themen auch Jahrhunderte später noch immer waren und dass seine Studenten sie mit Interesse bearbeiteten. Während seiner Studentenzeit war das anders. Damals drehte sich alles um linke Literaturtheorie und den sozialistischen Realismus. Anstelle von Philipp Moritz wollten alle Christa Wolf und Hermann Kant lesen. Er selbst hatte über den „Deutschen Schriftstellerverband im Kulturbund zur demokratischen Erneuerung Deutschlands", den Schriftstellerverband der DDR, promoviert und unterrichtete Literaturwissenschaft am Germanistischen Seminar der Universität Hamburg. Er liebte seine Arbeit. Der ständige Kontakt mit Studenten hielt ihn jung. Seine eigenen Kinder sah er nur sehr selten. Nach der Scheidung hatte seine Exfrau heftig Stimmung gegen ihn gemacht, kein gutes Haar an ihm gelassen und ihn seinen Kindern entfremdet. Zwar war in der Pubertät die verhärtete Front ein wenig aufgeweicht – Thomas und Lisa sprachen seither wieder mit ihm –, aber die Jahre des Schweigens und der Beziehungslosigkeit hatten die Hürden nahezu unüberwindbar wachsen lassen. Natürlich war es damals seine Schuld gewesen. Er hatte seine Frau Barbara durch die Affäre mit einer Studentin schwer gekränkt, die Beziehung war unwiederbringlich zerbrochen und die Liebe in Hass umgeschlagen. Aber das war inzwischen schon lange her. Und jetzt hatte er sein „Rübchen" – so nannte er seine junge Freundin. Er hatte nicht mehr damit gerechnet, dass er noch mal so glücklich sein würde.

Tatsächlich fragte er sich, wo die Zeit geblieben war. Inzwi-

schen war er 54 Jahre alt und wunderte sich manchmal, wenn er in den Spiegel schaute, dass ihn ein älterer Herr ansah, ein gutaussehender Mann zwar, mit weißen, vollen Haaren, einem energischen Kinn und schlanker Silhouette, aber nichtsdestotrotz: ein ziemlich alter Kerl. Irgendwie brachte er dieses Bild im Spiegel nur selten in Deckung mit dem inneren Bild, das er von sich hatte. Er fühlte sich viel jünger. Aber war es nicht auch so, dass er jetzt mit Rübchen sein ganzes Leben noch vor sich hatte, dass er vieles, worauf er bisher hatte verzichten müssen, endlich erleben würde? Sein Blick wanderte über das Chaos in seinem Arbeitszimmer. Ob es ihm wohl gelingen würde, nach den vielen Jahren wieder mit jemandem zusammen zu wohnen, sich auf eine Partnerin einzustellen? Er merkte, dass er sich nicht auf den Text, der vor ihm auf dem Schreibtisch lag, konzentrieren konnte, sondern gedanklich immer wieder abschweifte, dass er den letzten Absatz bereits zum dritten Mal gelesen hatte und noch immer nicht wusste, was da geschrieben stand. Dabei war er unter Zeitdruck, musste auch noch die morgige Vorlesung vorbereiten.
Er schüttelte den Kopf und stand auf, um in die Küche zu gehen und einen Kaffee aufzusetzen. Der lange Altbauflur mit den abgezogenen und blank gebohnerten Pitchpinedielen, an dessen hinterem Ende die Küche lag, war nur spärlich beleuchtet. Gerade hatte er etwa die Hälfte des Weges zurückgelegt, als es an der Haustür läutete. Wenn es um diese Zeit klingelte, handelte es sich meistens um Prospektverteiler. Er kehrte um und ging zur Tür, um zu öffnen. Diese armen Hunde, die für ein Taschengeld einen Hackenporsche voller Werbebroschüren durch die Straßen zogen, taten ihm leid. Es hatte sich so eingespielt, dass diese Leute bei ihm klingelten, weil sie von den anderen Hausbewohnern immer wieder böse Beschimpfungen zu hören bekamen, wenn ihnen überhaupt geöffnet wurde. Viele der Nachbarn fühlten sich durch das Klingeln gestört und waren durch die Werbeflut genervt, als ob der arme Pakistani

oder Rumäne etwas dafür konnte. Auch Schellenboom warf die Prospekte meistens unbeachtet in den blechernen Mülleimer, den der Hausmeister neben die Briefkästen gestellt hatte, aber er behandelte die Prospektverteiler mit Respekt. Er drückte den Türöffner und ging wieder in Richtung Küche, aber kurze Zeit später klingelte es erneut, diesmal oben an seiner Wohnungstür. Also keine Werbung, sondern tatsächlich persönlicher Besuch. Er runzelte die Stirn und schlurfte erneut zur Tür, um durch den Spion zu spähen. Ein unbekannter, junger Mann stand vor der Tür, ein südländischer Typ mit schwarzen, lockigen Haaren und einer auffälligen Brille. Mit einem großen Fragezeichen im Gesicht öffnete er die Tür.

„Guten Tag, Herr Professor", sagte der Besucher mit breitem Lächeln, „mein Name ist Anton Wilhelm. Darf ich Sie kurz stören?"

„Worum geht es denn?" Der junge Mann war ihm nicht unsympathisch. „Sind Sie einer meiner Studenten?"

„Noch nicht", antwortete der junge Mann. „Aber ich besuche Ihre Vorlesung über den deutschen Roman im 18. Jahrhundert als Gasthörer. Ich bin noch unentschlossen, ob ich mich für Germanistik einschreiben soll."

„Kommen Sie in meine Sprechstunde", sagte Schellenboom, um ihn abzuwimmeln, „dann kann ich Sie in Ruhe beraten."

„Bitte", sagte der Besucher eindringlich. „Es ist mir wirklich sehr wichtig."

Schellenboom ließ sich von der fast atemlosen Intensität des jungen Mannes beeindrucken. Er wirkte so, als würden ihm seine Fragen geradezu unter den Nägeln brennen. Der Professor trat einen Schritt zur Seite, öffnete die Tür weit und winkte ihn herein. „Dann kommen Sie. Aber fassen Sie sich bitte kurz, ich bin dabei, Hausarbeiten zu korrigieren.

„Vielen Dank." Anton Wilhelm trat ein.

„Wollen Sie auch einen Kaffee? Ich hatte gerade vor, welchen zu kochen."

„Sehr gerne."
Der junge Mann folgte dem Älteren in die Küche. Er setzte sich an den Tisch, auf dem noch die Reste des Frühstücks standen.
„Sie leben alleine?"
„Wie kommen Sie darauf?", antwortete der Professor mit einer Gegenfrage.
„Weil es hier bei Ihnen genauso aussieht wie in meiner Küche. Ganz typisch für Junggesellen."
Schellenboom lachte. „Gut beobachtet."

Dieses Mal war er mit der U-Bahn gefahren. Seit seiner enttäuschenden Begegnung mit Konrad Lemberg war genug Zeit vergangen, um sicher sein zu können, dass die Polizei vollkommen im Dunkeln tappte. Er las die Zeitungen, hörte die Nachrichten im Radio und beobachtete ständig konzentriert seine Umgebung auf verdächtige Veränderungen, aber es passierte rein gar nichts. Es hätte ihn auch mehr als gewundert, wenn es jemandem gelungen wäre, eine Verbindung zu ihm herzustellen. Vor dem Mord hatte es keinen persönlichen Kontakt zwischen ihm und Lemberg gegeben. Genauso gut könnte der Taxifahrer ein Zufallsopfer sein. Bei Schellenboom sah das etwas anders aus. Er hatte mehrmals seine Vorlesungen besucht, sich aber in keiner Weise auffällig verhalten. Auch war er nicht eingeschrieben und nicht angemeldet, hatte sich einfach unter die unübersichtliche Menge von Studenten gemischt und dem Professor zugehört. Er war vollkommen unauffällig geblieben. Natürlich fand er es aufregend und die Vorstellung, der Professor sei sein Vater, gefiel ihm. Julius Schellenboom war ein intelligenter Mann, sah gut aus und hatte es weit gebracht. Oft, wenn er vor dem Spiegel stand und nach Ähnlichkeiten suchte, wurde sein Gesicht in erster Euphorie dem des Professors immer ähnlicher; dieselbe ausdrucksstarke Nase, dieselben dünnen Lippen und dieselben hohen Wangenknochen. Dann jedoch verlor sich diese gedachte Übereinstimmung und er

wurde von dem bösen Gefühl von Fremdheit geradezu überschwemmt, fühlte sich abgetrennt und allein, bis ihm die Tränen der Enttäuschung in die Augen stiegen und der Selbsthass wieder stärker wurde als jedes andere Gefühl.
Er glaubte, dass es kaum jemanden gab, der mehr über Schellenboom wusste als er. Jede seiner Veröffentlichungen hatte er gelesen, die Dissertation und Habilitation, jeden Aufsatz in den Fachjournalen. Er wusste um seine Familienverhältnisse, hatte sogar unauffällig die Nähe seiner Kinder gesucht. Einmal hatte er sich im Café an einen Tisch neben Thomas und seine Freundin gesetzt. Es freute ihn, dass seine Halbgeschwister – und als solche sah er sie gerne – auch nicht viel mehr von ihrem Vater gehabt hatten als er. Da zeigte sich allerdings – und das machte ihn zornig und war nicht zu tolerieren –, dass der Professor ein verantwortungsloses Schwein war, das Kinder in die Welt setzte, um sich dann einen Dreck um sie zu kümmern.
Von der U-Bahnstation Christuskirche zu Schellenbooms Wohnung in der Henriettenstraße war es nicht weit. Sicherheitshalber hatte er seine Haare schwarz gefärbt, mit ein wenig Pomade aus dem Gesicht gekämmt und eine Brille mit dickem schwarzem Gestell und getönten Gläsern aufgesetzt. Falls ihm jemand vor dem Haus oder im Treppenhaus begegnete, hätte die Personenbeschreibung oder das Phantombild eher Ähnlichkeit mit Roy Orbison als mit ihm. Da ihm Handschuhe um diese Jahreszeit als zu auffällig erschienen, hatte er alle Fingerkuppen in Sekundenkleber getaucht. Das fühlte sich zwar unangenehm an, aber so war sichergestellt, dass er keine Fingerabdrücke hinterließ. Schuhe, Hemd und Hose waren unauffällige Allerweltsware, die er nur für diesen Anlass gekauft hatte. Sobald die Sache erledigt war, würde er die Kleidungsstücke entsorgen. Er fühlte sich gut vorbereitet und war längst nicht so aufgeregt wie vor der Begegnung mit Lemberg. Offenbar setzte eine gewisse Gewöhnung ein. Trotzdem hielt er für einen Augenblick die Luft an, als er den Finger auf Schel-

lenbooms Klingel unten an der Haustür legte. Er kannte den Stundenplan und die Gewohnheiten des Professors genau und war sicher, ihn jetzt allein zuhause anzutreffen.
Der Türöffner schnarrte und er drückte die schwere Altbautür nach innen auf. Im Treppenhaus war es dunkel und angenehm kühl. Der großzügige Eingangsbereich, der zum Hochparterre führte, war mit restaurierten Jugendstil-Stuck-Elementen verziert. Zügig stieg er in den zweiten Stock. Die Wohnungstür war erwartungsgemäß noch geschlossen. Er wusste, dass der Professor nicht mit Besuch rechnete, sondern glaubte, ein Prospektverteiler habe geklingelt. Erneut läutete er und hörte bald Schritte in der Wohnung. Dann bemerkte er, dass ihn jemand durch den Spion musterte. Als Schellenboom die Tür öffnete, stellte er sich als „Anton Wilhelm“ vor, eine Kombination aus „Anton Reiser“ und „Wilhelm Meister“, den zwei Romanfiguren, die in der aktuellen Vorlesung des Professors tragende Rollen spielten. Er hielt das für eine witzige Idee und war enttäuscht, dass Schellenboom es nicht bemerkte und kommentierte.
„Worum geht es denn?“, fragte Schellenboom. „Sind Sie einer meiner Studenten?“
„Noch nicht“, antwortete der junge Mann lächelnd. „Aber ich besuche als Gasthörer Ihre Vorlesung über den deutschen Roman im 18. Jahrhundert. Ich bin noch unentschlossen, ob ich mich für Germanistik einschreiben soll.“
Er hatte den Eindruck, dass der Professor ihn abwimmeln wollte, denn er verwies ihn auf seine Sprechstunde. Jetzt kam es darauf an, möglichst überzeugend zu sein.
„Bitte“, sagte er eindringlich. Es ist mir wirklich sehr wichtig.“
Er sah ein kurzes Lächeln über das Gesicht des Professors huschen, der einen Schritt zur Seite trat, die Tür weit öffnete und ihn bat hereinzukommen.
„Wollen Sie auch einen Kaffee? Ich hatte gerade vor, welchen zu kochen.“

„Sehr gerne."
Er folgte dem Älteren in die Küche und setzte sich an den Tisch, auf dem noch die Reste des Frühstücks standen.
„Sie leben alleine?"
„Wie kommen Sie darauf?", antwortete Schellenboom mit einer Gegenfrage.
„Weil es hier bei Ihnen genauso aussieht wie in meiner Küche. Ganz typisch für Junggesellen."
Schellenboom lachte. „Gut beobachtet."
Während der Professor sich um den Kaffee kümmerte, schwiegen beide. Der junge Mann schaute dem Älteren zu, suchte nach Anzeichen von Vertrautheit. Als die Kaffeemaschine blubbernd und prustend die Arbeit aufnahm, setzte Schellenboom sich ihm gegenüber an den Tisch.
„Was führt Sie denn zu mir, Herr Wilhelm?"
„Mich hat tief bewegt, was Sie zu ‚Anton Reiser' gesagt haben. Tatsächlich finde ich mich zumindest teilweise in Anton wieder."
Schellenboom schaute ihn überrascht an. „Inwiefern?"
„Ich habe einen starken Hang zur Hypochondrie, bin überaus empfindsam und der Mann, der jahrelang behauptet hat, er sei mein Vater, hat mich nie verstanden und nie gefördert."
„Was wollte Ihr Vater denn?"
„Er ist Automechaniker, durch und durch ein Handwerker. Er wollte, dass ich Elektroingenieur werde."
„Das ist doch ein ehrenwerter Beruf."
„Mag sein, aber für mich absolut keine Alternative. Mein Interesse liegt klar und deutlich bei der Literatur."
„Das ist aber ein sehr schwieriges und unsicheres Berufsfeld. Das Angebot übersteigt deutlich die Nachfrage. Viele meiner Studenten können sich auf dem hart umkämpften Markt für Geisteswissenschaftler nicht durchsetzen."
„Was würden Sie Ihrem Sohn empfehlen? Sollte er in Ihre Fußstapfen treten oder etwas anderes machen?"

„Diese Frage kann ich so einfach nicht beantworten. Mein Sohn hat sie mir nie gestellt."
„Sind Sie da sicher?"
„Wie meinen Sie das?"
„Wissen Sie überhaupt, wie viele Söhne Sie haben?"
Schellenboom schien sich zunehmend unbehaglich mit dem jungen Mann in seiner Küche zu fühlen. „Ich verstehe nicht, was Sie überhaupt von mir wollen."
„Ich will meinen Platz als dein Sohn einnehmen, Vater." Er starrte dem Professor mit brennender Intensität in die Augen.
„Was soll das?" Ganz offensichtlich war Schellenboom irritiert. Der junge Mann las in seinem Gesicht. dass der Professor ,wie schon Lemberg, in seinen Erinnerungen auf der Suche nach einem möglichen Fehltritt kramte. „Sind Sie Ankes Sohn?"
„Nein. Meine Mutter heißt Evelyn."
„Hmmm. Ich kenne keine Evelyn." Schellenboom konnte sich keinen Reim auf das machen, was der junge Mann ihm da eröffnete.
„Mach dir nicht die Mühe, in deiner Vergangenheit zu suchen", sagte er, „du kennst meine Mutter nicht."
Es dauerte eine Weile, bis Schellenboom verstand, was der junge Mann meinte. „Sie sind das Ergebnis meiner Samenspenden in den Achtzigerjahren."
„Das ist doch der blanke Hohn. So nennst du deine Kinder! Das Ergebnis einer Samenspende. Weißt du, wie das in meinen Ohren klingt?"
„Aber das sollte doch alles völlig anonym ablaufen. Wie haben Sie mich gefunden?"
„Natürlich ist es anonym. Mit Sicherheit lässt sich die Vaterschaft nur über einen Gentest klären. Aber ich habe es geschafft, den Kreis meiner möglichen Väter einzugrenzen."
„Damit hätte ich nie gerechnet, dass mal jemand auftauchen würde und behauptet, mein Sohn zu sein, weil er aus einer meiner Samenspenden entstanden ist." Er schüttelte den Kopf.

„Ich darf gar nicht anfangen, darüber nachzudenken. Das können doch Hunderte sein."
„Nach neueren Richtlinien nur maximal fünfzehn, um die Möglichkeit zufälligen Inzests einzuschränken. Aber damals konnten es durchaus mehr sein, viel mehr. Wer weiß, wie viele Geschwister ich habe. Du bist doch ein gebildeter Mann. Hast du niemals darüber nachgedacht, dass deine Samenspende ethische Probleme aufwerfen könnte?"
„Ehrlich gesagt: Nein. Ich meine, beziehungsloser geht es doch nicht. Man onaniert in einen Plastikbecher, stellt ihn auf den Tisch und kassiert das Geld. Alles Weitere geht einen doch nichts an."
„Und wie sich die anonym gezeugten Kinder fühlen, spielt wohl überhaupt keine Rolle."
„Die müssten eigentlich zufrieden sein. Es kommt doch nur bestes genetisches Material zum Einsatz, intelligente, gesunde, gut aussehende Männer. Alle Samenspender sind auf Herz und Nieren geprüft worden, nur die besten hatten eine Chance, ihre Gene in Umlauf zu bringen. Außerdem: Ohne das gespendete Sperma würden Sie gar nicht existieren."
„Du redest die ganze Zeit von deinem Samen, als handele es sich um Rohmaterial für die Menschenzüchtung. Ich empfinde das als sehr verletzend."
„Entschuldigen Sie, ich wollte Sie nicht verletzen."
„Du hast doch auch eine Tochter. Was wäre, wenn ich mich in sie verliebte und wir als Halbgeschwister ein gemeinsames Kind zeugten? Hast du mal darüber nachgedacht?"
„Nein, natürlich nicht. Aber was wollen Sie eigentlich von mir? Weshalb sind Sie gekommen?"
„Ich will wissen, wo ich herkomme, bin auf der Suche nach meinem leiblichen Vater. Aber ich denke, du bist es nicht. Niemals würde mein Vater so eiskalt mit mir reden, wie du es tust." Er stand auf. „Ich hatte dich für empfindsamer gehalten."

Auch dieses Mal hatte sein Opfer keine Chance. Er hatte ihm, wie um Abschied zu nehmen, die rechte Hand hingestreckt, und als Schellenboom sich erhob und die ausgestreckte Hand nahm, zog er ihm blitzschnell mit links das Rasiermesser über die Kehle. Wie durch warme Butter schnitt es durch Haut und Knorpel, Muskeln und Adern. Der Professor sah ihn erstaunt an, konnte nur noch gurgeln. Das Blut spritzte mit hohem Druck heraus und besudelte den Mörder von Kopf bis Fuß. Bevor er reagieren konnte, sah er aus, als käme er von einer Doppelschicht im Schlachthof oder als sei er Hauptdarsteller in einem Horrorfilm. Damit hatte er nicht gerechnet. Während Schellenboom zu seinen Füßen röchelnd starb, versuchte der junge Mann, die Panik in Schach zu halten und Ruhe zu bewahren. Er knirrschte laut mit den Zähnen und ärgerte sich über seine Unbedachtheit. Am liebsten hätte er, wie geplant, sofort die Wohnung verlassen, wäre raus gerannt, um möglichst viel Strecke zwischen sich und den sterbenden Mann zu bringen, aber so, wie er aussah, war das unmöglich. Er zwang sich, mehrmals durchzuatmen, und rief sich zur Ruhe. Es bestand kein Grund zur Eile, sagte er sich, während er auf den sein Leben ausröchelnden Professor herunterschaute. Es würde niemand kommen, er hatte Zeit. Mit zitternden Händen zog er Hemd und Hose aus und ging ins Bad, um sich zu waschen. Um mögliche DNA-Spuren zu vernichten, reinigte er sorgfältig das Bad. Selbst wenn er Spuren hinterließ, gäbe es zunächst keine Konsequenzen, denn er war in keiner Datenbank. Dann ging er hinüber in Schellenbooms Schlafzimmer und holte ein schlichtes weißes Hemd und eine dunkle Hose aus seinem Kleiderschrank. Zwar waren ihm die Sachen zu weit und die Hose hatte Hochwasser, aber das fiel nicht sehr auf. Anders herum wäre es schwieriger gewesen. Auch seine Schuhe waren blutbesudelt, aber das ließ sich zum Glück so weit abspülen, dass es nicht mehr auffiel. Nun kehrte er in die Küche zurück. Vorsichtig, um sich nicht wieder zu beschmieren, durchsuchte

er die Küchenschränke nach einer Plastiktüte. Unter der Spüle wurde er fündig. Er stopfte seine blutige Kleidung hinein.
Bevor er verschwand, folgte er einem spontanen Impuls. Er griff nach dem hölzernen Kochlöffel, den er im Abwasch gesehen hatte, tauchte ihn mehrmals in das Blut und schrieb in roten Versalien „RABENVATER" auf den Küchenboden. Dann verließ er ungesehen die Wohnung. Irgendwo, auf halbem Weg, stopfte er die Tüte mit der blutigen Wäsche in eine Mülltonne an der Straße. Zuhause angekommen zog er sich um und versenkte Schellenbooms Hemd und Hose sofort in einem Altkleidercontainer in der Nachbarschaft. Es dauerte eine ganze Weile, bis er den Sekundenkleber von den Fingerkuppen geknibbelt hatte. Als alle Spuren beseitigt waren, legte er sich auf sein Bett, atmete immer wieder tief durch und versuchte, die Erregung abzuleiten. Als er langsam locker ließ, pochte sein Herz und die Gedanken überschlugen sich in seinem Kopf. Er ärgerte sich über den „Rabenvater", den er der Polizei hinterlassen hatte. Solche Unbeherrschtheiten durfte er nicht noch einmal zulassen, er musste sich besser im Griff haben. Das verdammte Blut hatte ihn so geschockt. Andererseits glaubte er nicht, dass die Polizei mit seinem Hinweis etwas anfangen konnte. Nur langsam normalisierte sich sein Spannungslevel und sein rasender Puls kehrte in einen normalen Bereich zurück.
Irgendwo hatte er mal gelesen, dass der erste Mord immer der schwerste ist. Das konnte er jetzt bestätigen. Das Malheur mit dem spritzenden Blut durfte ihm aber nicht noch einmal passieren. Er würde seine Methode ändern müssen.

Juni 1984

„Unser fleißigster Spender." Gertrud Blatter lächelte Pauli über den Rezeptionstresen an. Er fand die Empfangsdame der

Klinik total süß. Ihr Lächeln, bei dem sich zwei Grübchen auf den Wangen zeigten, ließ ihn manchmal stundenlang nicht mehr los. Sie war immer so natürlich, wirkte pfiffig und war auf eine unauffällige Weise hübsch. Sie hatte glattes, brünettes Haar und eine schlanke Silhouette, soweit er das angesichts des weißen Arbeitskittels beurteilen konnte. Er ertappte sich dabei, wie er über die Form ihrer Brüste spekulierte.
„Einmal pro Woche. So steht es in meinem Vertrag."
„Solange die Quelle nicht versiegt", sagte Gertrud lachend und stellte den kleinen Becher vor ihm auf den Tresen, als sei sie eine Barfrau, die ihm einen Schnaps serviert.
„Da droht keine Gefahr", sagte Pauli. „Verraten Sie mir, ob schon viele meiner Spenden, sagen wir, ihrer Bestimmung zugeführt worden sind?"
„Darüber darf ich leider keine Auskunft geben", sagte Gertrud, dann jedoch leise. „Ich kann aber schon sagen, dass Ihr Samen sich einer gewissen Beliebtheit erfreut." Der Schalk saß ihr in den Augen. „Die Damen balgen sich um Ihr Sperma", flüsterte sie.
Jetzt lachten beide. „Seltsames Thema zwischen einem Mann und einer Frau, nicht wahr?", sagte Pauli.
„Grundsätzlich schon, hier bei uns nicht." Sie schaute ihm in die Augen. „Immerhin braucht hier keine Frau den Kater im Sack zu kaufen."
„Wie läuft das eigentlich ab? Ich meine von der anderen Seite. Wie treffen die Empfängerinnen ihre Wahl? Haben sie überhaupt eine Wahl oder bekommen sie das Sperma zugeteilt?"
„Nein, natürlich haben sie die Wahl", sagte Gertrud Blatter. „Die Mütter und ihre Ehemänner, die offiziellen Väter, können aus anonymisierten Profilen den Wunschvater aussuchen."
„Und was steht alles in diesen anonymisierten Profilen?"
„Na ja, so die wesentlichen Charakteristiken wie Rasse und Ethnie, Augen- und Haarfarbe, Größe, Gewicht, Blutgruppe, Gesundheitszustand und so weiter. Außerdem noch Beruf und

Ausbildung, Familienverhältnisse und eine kurze subjektive Beschreibung des Mitarbeiters, der die Daten erhoben hat."

„Dann kann eine Frau also zwischen einem schwarzhaarigen Apotheker, einem blauäugigen Ingenieur oder einem rothaarigen Dachdecker mit der Blutgruppe 0 als Vater für ihr Kind wählen. Ist ja irgendwie pervers."

„Das ist die schöne neue Welt", sagte Gertrud. „Wenn die Entwicklung so weitergeht, gibt es bald Kinder aus dem Katalog." Etwas leiser. „Ich arbeite zwar hier, es ist ein guter Job, aber deshalb muss ich nicht uneingeschränkt alles gutheißen."

Pauli schaute ihr in die Augen. „Ich weiß, es wird nicht gerne gesehen. Aber würden Sie mit mir einen Kaffee trinken gehen?"

Sie lachte. „Das geht leider nicht. Das würde das sofortige Ende einer vielversprechenden Spenderkarriere bedeuten, und ich müsste mir einen neuen Job suchen. Also lassen Sie es lieber. Schon der Versuch ist strafbar."

„Schade", sagte Pauli, nahm den Becher und sein Formblatt und verschwand in Kabine 2, um mit fleißiger Handarbeit seiner Pflicht als Spender Genüge zu tun. Als er kurze Zeit später wieder auftauchte, drückte sie ihm seine Quittung in die Hand. Als er den Zettel zuhause ablegen wollte, sah er, dass sie ihre private Telefonnummer auf die Rückseite geschrieben hatte. Er lächelte. Es hatte heftig zwischen ihnen geknistert, wobei er eine so kuriose Situation noch nie zuvor erlebt hatte.

Donnerstag, 14. Juli 2011

„Wie lange ist er schon tot?" Olaf Hennings schaute mit traurigem Blick auf die Leiche Schellenbooms, der neben dem Küchentisch in einer gewaltigen Blutlache auf dem Boden lag. Die Lache war so groß, dass der alte Polizist sich dem Toten nicht nähern konnte, ohne hineinzutreten.

„Ich schätze, seit gestern Nachmittag", sagte Ludger Hansen, der Pathologe. „Genaues wie immer nach der Obduktion."
„Die Todesursache?" Er konnte es sich denken, es war augenscheinlich, aber der Vollständigkeit halber fragte er nach.
„Durchschnittene Kehle."
„Haben wir die Tatwaffe?"
„Nein. Es muss sich um eine sehr scharfe Klinge handeln, wahrscheinlich ein Rasiermesser. Auch dazu kann ich Ihnen Genaues erst später sagen."
„Hm. Wie bei dem Taximord neulich."
Der Aufschneider nickte. „Sieht ganz so aus."
„Zwei Kaffeebecher. Einer davon wirkt unberührt." Hennings zeigte auf den Küchentisch. „Wahrscheinlich die Tasse des Täters. Er hat nichts getrunken, um keine DNA daran zu hinterlassen." Er schaute sich in der unaufgeräumten Küche um. In der Nirostaspüle türmte sich schmutziges Geschirr. „So wie's hier aussieht, können die Becher auch schon länger stehen. Auf jeden Fall beide Tassen auf DNA-Spuren untersuchen."
„Das wird Sie interessieren, Chef", sagte Helena Zielinski. „Der Täter hat etwas in das Blut geschrieben, vermutlich mit diesem Kochlöffel." Sie zeigte auf den hölzernen Löffel, der in dem zähflüssig klebrigen, geronnenen Blut lag. „Leider lässt sich nicht mehr genau entziffern, was da steht."
Hennings sah, was Helena meinte. Am Rande der roten Lache, halb zugelaufen von dem weiter geflossenen Blut, stand etwas geschrieben. Es begann mit „RA", der Mittelteil war unleserlich, dann endete es mit „TER".
„Ra könnte Rache bedeuten. Der Täter wollte uns die Tat erklären. Machen Sie möglichst viele Aufnahmen", sagte der Kommissar zu Alex Tischer, dem Fotografen. „Vielleicht können Sie technisch den vollständigen Text rekonstruieren." Der Polizeifotograf hatte schon mehrfach unter Beweis gestellt, dass er virtuos mit einem Bildbearbeitungsprogramm umgehen und das Unsichtbare sichtbar machen konnte.

„Schon erledigt", sagte Tischer, „darum kümmere ich mich als erstes, wenn ich zurück im Präsidium bin. Das lässt sich bestimmt entziffern."

„Wer hat den Toten gefunden?"

„Professor Schellenboom ist nicht zu seiner heutigen Vorlesung erschienen und hat auch Anrufe nicht beantwortet. Daraufhin wurde einer seiner Doktoranden losgeschickt, um nachzusehen. Da der Professor auch nach wiederholtem Klingeln nicht öffnete, geriet der junge Mann in Sorge, dass Schellenboom etwas zugestoßen sein könnte, und hat die Polizei gerufen. Die Streife hat die Feuerwehr alarmiert und die Tür aufbrechen lassen.

„Wo ist der Mann?"

„Er wartet in Schellenbooms Arbeitszimmer:"

„Danke." Hennings verließ die Küche, um hinüber ins Arbeitszimmer zu gehen.

„Ich bin Hauptkommissar Olaf Hennings", stellte er sich vor.

„Bertram Wellershoff." Der Doktorand war aufgestanden und schüttelte Hennings' ausgestreckte Hand.

„Erzählen Sie mir, wie Sie ins Spiel kommen."

„Was für ein Schock! Als Herr Schellenboom nicht zu seiner Vorlesung erschien und auch nichts von sich hören ließ, hat die Fakultät mich gebeten, hierher zu fahren und nach dem Rechten zu sehen. Sie müssen wissen, dass der Professor sonst immer zuverlässig ist."

„Deshalb waren Sie auch in Sorge, ihm könne etwas zugestoßen sein, was ja auch der Fall ist."

„Genau."

„Woran hatten Sie da gedacht?"

„Jedenfalls nicht, dass er ermordet worden ist. Ich hatte gedacht, er sei erkrankt, vielleicht ohnmächtig geworden, ein Schwächeanfall oder so."

„Bestand Anlass zu so einer Sorge, ist das schon mal passiert?"

„Nein. Aber er war ja kein junger Mann mehr. Deshalb habe

ich nach telefonischer Rücksprache mit unserem geschäftsführenden Direktor die Polizei gerufen. Den Rest kennen Sie. Es ist erschütternd. Wer tut so etwas?“ Wellershoff war sichtlich mitgenommen.
„Waren Sie in der Küche? Haben Sie die Leiche gesehen?“
„Nein. Zum Glück nicht. Ihre Kollegen waren vorausgegangen und haben mich gewarnt.“
„Ich danke Ihnen, Herr Wellershoff. Bitte hinterlassen Sie Ihre Adresse, bevor Sie gehen.“ Er verabschiedete sich von dem Doktoranden und sah sich noch einmal in der Wohnung um, während diese von der Spurensicherung gründlich untersucht wurde. „Gibt es Einbruchspuren?“
„Fehlanzeige“, sagte Helena. „Der Professor hat den Täter oder die Täterin hereingelassen.“
„Also kannte er ihn oder sie.“
„Das ist zumindest wahrscheinlich. Immerhin scheinen sie zusammen Kaffee getrunken zu haben“, sagte Helena.
„Fehlt etwas?“
„Alle Wertsachen wie Computer, Brieftasche und so weiter sind noch da. Um einen Raubmord handelt es sich also nicht, es sei denn, der Täter war auf der Suche nach etwas Besonderem, von dem wir noch nichts wissen.“
Hennings nickte. Was war nur los? Der zweite Mord nach demselben Muster innerhalb kurzer Zeit. Das konnte kein Zufall sein. Er hatte so etwas im Gefühl gehabt, fast erwartet. Ob die Taten zusammenhingen? Wahrscheinlich gab es eine Verbindung zwischen den Opfern. Aber welche? Ein Taxifahrer und ein Professor. Die einzige Übereinstimmung lag bisher darin, dass beiden Opfern die Kehle durchschnitten worden war und dass beide etwa gleich alt zu sein schienen. Der Hauptkommissar verließ mit Helena Zielinski den Tatort, um zurück ins Präsidium zu fahren.
„Was denken Sie?“ Er schaute hinüber zu Helena, die am Steuer saß. Wie immer zog er es vor, chauffiert zu werden.

„Schwer zu sagen. Sieht irgendwie nach einer Beziehungstat aus, ein spontaner Wutausbruch."
Hennings schaute sie zweifelnd an. „Aber wer besitzt und benutzt heutzutage noch ein Rasiermesser und trägt es dann auch noch mit sich herum, um es spontan aus der Tasche zu ziehen und jemandem die Kehle durchzuschneiden?", fragte er dann.
Sie ärgerte sich über ihren wenig durchdachten Kommentar.
„Sie haben recht. Die Tatwaffe macht den spontanen Totschlag aus Wut unplausibel. Wenn der Mann mit irgendeinem, in der Küche greifbaren Gegenstand erschlagen oder mit einem scharfen Küchenmesser erstochen worden wäre ..."
„Jetzt haben wir schon den zweiten Toten mit durchgeschnittener Kehle", sagte Hennings nachdenklich.
„Glauben Sie, es gibt einen Zusammenhang?"
„Sie denn nicht? Es wäre schon ein merkwürdiger Zufall. Jahrzehntelang hat es so etwas nicht mehr gegeben und jetzt gleich zweimal."
„Aber wo liegt die Verbindung zwischen den Opfern?"
„Die gilt es zu finden, falls es sie gibt."
„Es könnten auch Zufallsopfer sein?"
„Oder ein Trittbrettfahrer. Über den Taximord stand viel in den Zeitungen." Der Kommissar seufzte und rutschte auf dem Sitz hin und her. Der Rücken tat ihm weh. So kurz vor der Pensionierung erwischte ihn noch mal eine richtig harte Nuss.
Am Nachmittag würde sich wieder das gesamte Team im Konferenzraum zur Lagebesprechung treffen. Die Arbeiten der Spurensicherung am Tatort waren bis dahin abgeschlossen. Hennings ließ noch einmal die wenigen Erkenntnisse über den Taximord Revue passieren. Was wussten sie bisher? Der Täter war am Bahnhof Altona in das Taxi gestiegen. Nachdem sie sich anfangs nur im Kreis gedreht hatten, war es ihnen immerhin gelungen, die letzten Stunden des Opfers zu rekonstruieren. Dabei waren sie zuerst auf eine völlig falsche Fährte geraten. Ein Zeuge hatte angeblich gesehen, dass drei Islamisten in

Lembergs Taxi gestiegen waren, aber das erwies sich als falsch. Im Zuge der allgegenwärtigen Terroristenangst sahen die Leute überall Islamisten.
Die drei Orientalen, sehr freundliche Leute, wie sich herausstellte, waren in die Droschke gestiegen, die vor Lemberg gestanden hatte. Zwei andere Zeugen hatten einen jungen Mann in Lembergs Wagen steigen sehen, lagen mit ihrer Personenbeschreibung aber meilenweit auseinander. Es waren eben sehr viele Leute rund um den Bahnhof unterwegs.
Die Spuren in dem Taxi waren nur schlecht bis gar nicht auszuwerten. Es fanden sich die unterschiedlichsten Haare und Textilfasern. Schließlich hatte Lemberg in den Tagen vor seinem Tod Dutzende von Fahrgästen befördert. Die Kollegen im Labor würden Wochen brauchen, bis sie alles Material ausgewertet hatten.
Die Beschaffenheit der Schnittwunde legte nahe, dass der Fahrer von hinten rechts attackiert worden war. Der Täter hatte ihn offenbar überrascht, denn es gab keine Kampfspuren oder Abwehrverletzungen.
Auch die Suche nach einem Motiv war bisher nicht erfolgreich. Lemberg war 51 Jahre alt und hatte sehr zurückgezogen gelebt. Er war alleinstehend, ohne feste Beziehung. Auch Freunde schien er keine zu haben. Eine Nachbarin berichtete von sehr seltenem Frauenbesuch. „Alle Jahre wieder“, hatte sie in Anspielung auf das Weihnachtslied gesagt, „und die Damen, die kamen, sahen eher gewerblich aus“. Den größten Teil seiner Zeit verbrachte er hinter dem Steuer seiner Droschke. Er besaß eine kleine Sammlung heterosexueller Pornovideos, normale Hausmannskost, was den Schluss nahelegte, dass er weder schwul war noch zu sonstigen, nicht mehrheitsfähigen sexuellen Praktiken neigte.
Auch Geld war bei ihm nicht zu holen. Der Mann kam eher schlecht als recht über die Runden. Es gab nichts zu erben, er hatte nicht einmal Verwandte, die hätten erben können, wenn

es etwas zu erben gegeben hätte. Die Information, dass Lemberg studiert hatte, ließ den Kommissar aufhorchen. Einem seiner Kollegen hatte er davon erzählt. Zwar hatte er das vor 30 Jahren begonnene Studium nach vier Jahren ohne Abschluss abgebrochen und war seither in seinem Taxi vereinsamt, aber das war vielleicht eine Verbindung zu Schellenboom. Er würde einen Beamten darauf ansetzen zu recherchieren, was und wo Lemberg studiert hatte.
Wem war der Mann so kräftig auf die Füße getreten, dass er dafür mit dem Leben bezahlen musste? Und welche Möglichkeiten kamen noch infrage? Immer wieder dachte der Kommissar an ein Zufallsopfer, das zur falschen Zeit am falschen Ort war. Oder lag vielleicht eine Verwechslung vor? Sollte ein gedungener Killer jemand anders umbringen? Schellenboom zum Beispiel, und hat er seinen Fehler jetzt korrigiert? Das erschien Hennings dann doch zu unwahrscheinlich, denn wer sollte den Professor hinter dem Steuer eines Taxis vermuten. Außerdem waren Profikiller in der Regel nicht mit Rasiermessern unterwegs, sondern setzten schallgedämpfte Pistolen ein. Nein. Es sah wirklich eher nach einer persönlichen Angelegenheit aus, nach Rache, wenn auch nicht spontan, sondern mit einem klaren Vorsatz. Jemand hat ganz bewusst ein Rasiermesser eingesteckt in der Absicht, es für genau diese Aktion zu benutzen. Der Kommissar machte sich eine mentale Note, einen weiteren Mitarbeiter mit Nachforschungen über das Rasiermesser zu beauftragen. Wer handelte überhaupt noch mit Rasiermessern? War jemand beim Kauf auffällig geworden?
Tatsache war, dass sie im Falle des Taximordes noch nicht den Ansatz einer Spur hatten, nicht einmal das Motiv verstanden, und nun kam ein zweiter Mord hinzu. Aber wer weiß? Vielleicht half der zweite ja, den ersten aufzuklären.
Um 15 Uhr hatten sich seine Mitarbeiter zur großen Lagebesprechung im Konferenzraum eingefunden. Da alle wussten, wie sehr er Unpünktlichkeit hasste, waren sämtliche Plätze

besetzt, als er eintrat. Lediglich der Pathologe ließ sich entschuldigen, weil er die Obduktion von Schellenbooms Leiche so schnell wie möglich angehen wollte.
Während das allgemeine Gemurmel allmählich verebbte, schweiften Hennings' Gedanken ab. Die Bezeichnung „Schellenbooms Leiche" ließ ihn über die Beziehung eines Menschen zu seiner Leiche nachdenken. War die Leiche noch Schellenboom oder nicht mehr Schellenboom? Wurde Schellenboom obduziert oder seine Leiche? War die Leiche nicht mehr Schellenboom, dann wäre es richtig, „Schellenbooms Leiche" zu sagen, allerdings nicht im üblichen besitzanzeigenden Sinne wie „Schellenbooms Auto" oder „Schellenbooms Bücher", sondern in einem anderen, vollkommen einmaligen Sinn, der etwa besagte: „der tote Körper Schellenbooms". Aber was war ein „toter Körper"? Der tote Körper war nicht mehr Schellenboom und er gehörte nicht Schellenboom. Wem gehörte eigentlich die Leiche? Der Familie? Dem Staat? Niemandem? Was war dann damit? Gab es die entleibte Seele oder war die Leiche nicht mehr als ein kaputter Fernseher, der nicht mehr lief? Er seufzte. Alles spannende Fragen, denen er sich demnächst im Ruhestand widmen würde. Helena hatte ihren Chef leicht angestoßen und ihn damit aus seinen philosophischen Träumereien geholt. Jetzt wandte er sich seinem Team zu.
Als Erster konnte Alex Tischer, der Fotograf, eine kleine Erfolgsmeldung präsentieren. „Rabenvater", sagte er, „das steht mit dem Blut des Opfers geschrieben auf dem Boden. Ich konnte den Text sichtbar machen, indem ich feinste Farbunterschiede zwischen den Buchstaben und dem Umfeld herausgefiltert habe."
„Sehr gut", lobte ihn Hennings. „Das ist doch schon mal eine Hausnummer. Schellenboom wurde umgebracht, weil jemand ihn für einen Rabenvater hält." Er blätterte in dem Dossier vor ihm auf dem Tisch und las, dass der Professor zwei erwachsene Kinder hatte, die allerdings bei der Mutter aufgewachsen wa-

ren und kaum Kontakt zu ihrem Vater hatten. „Hat das jemandem nicht gepasst? Er hat sich anscheinend nicht um seinen Nachwuchs gekümmert."

Der Hauptkommissar kam auf das Rasiermesser zu sprechen. „Wir hätten uns schon früher darum kümmern müssen", sagte er und beauftragte einen Beamten herauszufinden, welche Geschäfte in der Hansestadt einschließlich des Speckgürtels klassische Klapprasiermesser verkauften. „Und dann machen Sie die Runde und befragen die Verkäufer. Nehmen Sie aktuelle Fotos von Schellenbooms Kindern mit." Anders als bei dem Taxifahrer gab es diesmal ein Umfeld – Familie, Freunde, Kollegen, Studenten –, in dem sie nach Motiv und Täter forschen konnten. Mit „Rabenvater" hatten sie einen Anhaltspunkt. Der Staatsanwalt stimmte der Gründung einer Sonderkommission zu. Der gewaltsame Tod eines angesehenen Professors zog weitere Kreise als der Mord an einem unbekannten Taxifahrer.

Die Sonderkommission nannte sich die „Soko Rasiermesser", eine Bezeichnung, die von der Presse gierig aufgegriffen wurde. Noch am selben Nachmittag schwärmte sein personell aufgestocktes Team aus, um Schellenbooms Lebensumstände zu durchleuchten. Hennings und Helena fuhren nach Eppendorf, wo die geschiedene Frau Schellenboom im Loogestieg wohnte. Sie hatten sich telefonisch angemeldet, um sicherzugehen, dass sie die Frau antrafen. Einen Parkplatz fanden sie „Beim Andreasbrunnen" vor dem kleinen Krankenhaus, das bei dem Kommissar unangenehme Erinnerungen weckte. Vor ein paar Jahren hatte er wegen einer kleinen Operation eine Woche dort verbringen müssen, einer seiner wenigen Krankenhausaufenthalte. Er hasste diese Situationen von hilfloser Abhängigkeit, die eine Operation mit sich brachte. Man gab seinen freien Willen beim Einchecken am Empfang ab und war auf Wohl und Wehe den Weißkitteln ausgeliefert, ohne wirklich zu wissen, was und wie einem geschah.

Die geschiedene Frau Schellenboom hatte den Namen ihres Exmannes beibehalten und wohnte im dritten Stock eines prächtigen Altbaus. Hennings war froh, dass es einen Aufzug gab, denn noch immer schmerzte sein Rücken und das Treppensteigen fiel ihm schwer. Der Aufzug stammte noch aus der Zeit, als das Haus gebaut worden war. Die Kabine war ein wenig gewöhnungsbedürftig. Sie war halb offen, aus Drahtgitter und dunklem Holz, beförderte die Polizisten aber reibungs- und geräuschlos nach oben. Als Bewohner eines Reihenhauses in Bahrenfeld war er, was das Treppensteigen anging, völlig untrainiert.

Oben öffnete ihnen eine korpulente, um nicht zu sagen: dicke Frau um die fünfzig. Ganz offensichtlich hatte sie getrunken, und das wohl nicht zum ersten Mal. Ihr Gesicht war aufgedunsen und hatte diese ungesund rote Farbe, wie sie Gewohnheitstrinker oftmals an den Tag legen. Die große Hamburger Altbauwohnung war früher einmal exklusiv und geschmackvoll eingerichtet worden, dann jedoch, ähnlich wie ihre Bewohnerin, im Laufe der Zeit heruntergekommen.

Barbara Schellenboom schwankte vor ihnen her ins Wohnzimmer. Sie konnte sich nur mit Mühe artikulieren, verschluckte ganze Silben und zog mehrere Wörter zusammen, wie es für Trinker typisch ist. Die grauen Haare waren zerzaust, zeigten nur noch Reste der Turmfrisur, die ihnen am Morgen gegeben worden war. Hennings war an das graue Gemäuer einer verfallenen Burg erinnert, die er mal an der Mosel gesehen hatte.

„Nun ist das alte Schwein also tot“, sagte sie wenig pietätvoll.

„Das klingt nicht so, als hätten Sie Ihren Exmann gemocht“, kommentierte der Kommissar trocken.

„Das habe ich auch nicht“, sagte Barbara Schellenboom. „Mit einer seiner Studentinnen hat er mich betrogen.“

„Oh. Erzählen Sie“, sagte Hennings, während Helena Notizen machte.

„Da gibt es nicht viel zu erzählen. Der erbärmliche Kerl hat

eine seiner Studentinnen gevögelt. Und das, als ich mit Lisa schwanger war. Als ich dahinter gekommen bin, habe ich ihm die Pistole auf die Brust gesetzt: entweder die kleine Schlampe oder ich. Da hat er sich für sie entschieden, ist ausgezogen und hat mich und die Kinder sitzen lassen. Sechs Wochen später stand er dann winselnd vor der Tür und wollte zurück, aber da habe ich nicht mehr mitgemacht. Verrecken sollte der Kerl."
„Wann war das?"
Frau Schellenboom schien nachzurechnen. „1991."
„Vor zwanzig Jahren!", entfuhr es Hennings entgeistert. So lange hatte diese verletzte Frau ihren Groll kultiviert.
„Sie haben nie wieder geheiratet?", fragte Helena.
Frau Schellenboom schaute sie an, als hätte sie ihr vorgeschlagen, mit der bloßen Hand ins Klo zu greifen. „Ich habe ein für alle Mal die Nase von den miesen Kerlen voll gehabt", sagte sie mit Grimm und Verachtung in der Stimme, wobei es sich so anhörte, als würde sie Hennings da mit einbeziehen.
„Und Ihre Kinder?"
„Die wollten mit ihrem Alten nichts zu tun haben.", ätzte sie.
„Wo waren Sie gestern am späten Nachmittag, Frau Schellenboom?", fragte Helena Zielinski. „In der Zeit zwischen 16 und 20 Uhr."
Sie lachte hysterisch. „Zuhause, wie immer. Verdächtigen Sie etwa mich, das Schwein umgebracht zu haben?"
„Reine Routine", sagte Helena. „Diese Frage müssen wir jedem stellen. Gibt es dafür Zeugen?"
„Ich war die ganze Zeit allein." Sie fing selbstmitleidig an zu schluchzen. „Selbst im Tod macht er mir Schwierigkeiten."
Als die zwei Polizisten wieder unten auf der Straße waren, schüttelte Hennings verständnislos den Kopf. Ein solch bodenloser Hass nach einer so langen Zeit war ihm noch nie begegnet.
„Verletzen Sie nie eine Frau", sagte Helena, „das kann sehr gefährlich sein."

„Bis hin zum Mord mit dem Rasiermesser?“
„Vielleicht? Aber warum erst jetzt und nicht schon vor 20 oder 10 Jahren?“, antwortete Helena.
„Das wäre eine Frage.“
„Außerdem stand da ‚Rabenvater‘. Eine betrogene Frau würde etwas anders schreiben.“
„Was denn zum Beispiel?“, fragte Hennings.
„Ich weiß nicht. ‚Fremdficker‘ oder so was. Ich bin nicht der Typ für solche Beschimpfungen.“
„Gibt es überhaupt Präzedenzfälle, dass Frauen mit Rasiermessern gemordet haben?“
„Ich weiß es nicht“, sagte Helena. „Das sollten wir prüfen.“

4

August 1990

Es war ein heißer, sonniger Tag, wie man sie in Hamburg nur selten erlebt. Frank Hammerschmidt hatte ein kleines aufblasbares Schwimmbecken im Garten aufgestellt und schaute zufrieden zu, wie sein Sohn begeistert darin planschte. Die vermeintliche Ähnlichkeit, die er kurz nach der Geburt zu sehen geglaubt hatte, war allerdings verschwunden. Zwar hatte der Junge sich prächtig entwickelt, war gesund und hübsch, sah ihm dabei allerdings kein bisschen ähnlich. Während David goldblonde Locken, ein sensibles Gesicht und einen eher zierlichen, langgliedrigen Körperbau hatte, war der straßenköterblonde Frank eher kräftig und kompakt. Das führte manchmal dazu, dass Leute tuschelten, vermuteten, dass seine Frau ihm ein Kuckucksei ins Nest gelegt hatte, aber solches Gequatsche störte ihn nicht.

Auf die Wahrheit kam ohnehin keiner. Nicht für eine Sekunde hatte er seine Entscheidung bereut, er liebte David wie sein eigen Fleisch und Blut. Evelyn sprach ohnehin nie wieder über die Umstände seiner Zeugung. Sie waren einfach eine ganz normale, kleine Familie.

„Komm auch ins Wasser“, rief David und spritzte seinen Vater, der neben dem Becken im Liegestuhl saß und Zeitung las, lachend nass. Frank legte juchzend die Zeitung zur Seite. Je lauter er kreischte, desto mehr Spaß machte es dem Jungen. Er sprang mit den Füßen zu seinem Sohn ins Becken und spritzte zurück, ließ sich dann in das nur 40 Zentimeter tiefe Wasser plumpsen und rang mit dem Kleinen, der ihn umwerfen und untergluckern wollte. Beide konnten kaum aufhören zu lachen, bis Frank irgendwann atemlos aus dem Becken kletterte. Was Kinder doch für eine Ausdauer hatten! „Papa braucht eine

Pause", rief er, aber wie immer konnte David nicht aufhören, hielt seine Wade umklammert und versuchte ihn festzuhalten. Er kitzelte ihn, um ihn dazu zu bringen loszulassen. Barbara war ein paar Meter weiter damit beschäftigt, Unkraut zu jäten. Sie hatten einen Teil des kleinen Grundstücks als Nutzgarten abgetrennt. Das machte ihr sehr viel Spaß und sie baute so viel Gemüse an, dass sie sich den Sommer über tatsächlich fast selbst versorgen konnten. Es gab Tomaten und Gurken, Erbsen und Bohnen, Möhren und Erdbeeren. Die Obstbäume waren noch zu jung und würden erst in ein paar Jahren ernsthaft Früchte tragen. Frank war kein Freund von Gartenarbeit, aber seine Frau konnte sich damit sehr gut entspannen.
Evelyn hatte es bisher nicht bereut, dass sie nach Davids Geburt von Altona an den Stadtrand gezogen waren, weil sie es besser fanden, ihren Sohn im Grünen aufwachsen zu lassen. Bei einer Zwangsversteigerung hatten sie günstig eine Doppelhaushälfte geschossen und waren ruckzuck umgezogen. Nur Frank bedauerte es manchmal, nicht mehr zentral zu wohnen. Er hatte jetzt einen sehr langen Arbeitsweg und vermisste seine Freunde. Einfach spontan abends auf ein Bier um die Ecke zu gehen, war jetzt nicht mehr möglich. Auch war es mit dem kleinen Kind schwierig, gemeinsam mit Evelyn etwas zu unternehmen. Ein Babysitter musste angeheuert werden, alles musste gut organisiert sein und wurde dementsprechend teuer.
Das Geld war natürlich auch knapper. Evelyn fiel als volle Mitverdienerin aus. Erst war sie im Erziehungsurlaub, anschließend arbeitete sie nur halbtags, um auch weiter Zeit für David zu haben. Zwar ging der Junge in den Kindergarten, seitdem er drei Jahre alt war, aber nur für fünf Stunden täglich.
Frank dachte an die Zeit vor zwei Jahren. David tat sich anfangs sehr schwer im Kindergarten. Er konnte sich nur schlecht von seiner Mutter lösen, hörte kaum auf zu weinen, wenn Evelyn ihn dort in der Obhut seiner Kindergärtnerinnen zurückließ. Es dauerte eine ganze Weile, bis er sich öffnete und auf andere

Kinder zuging. Mittlerweile mochte er den Kindergarten, freute sich meistens auf seine Spielkameraden, und es war sogar manchmal mühsam, ihn dort loszueisen.

David hatte genug vom Plantschen im Wasser und war nach einem Abstecher zu seiner Mutter hinüber zu der Sandkiste gewechselt, wo er mit Eimer und Schaufel eine Ritterburg aus Sand baute.

„Mir ist langweilig, Papa", rief er aber bald. „Spiel du mit mir."

„Was wollen wir denn machen?", fragte Frank.

„Weiß nicht."

„Wollen wir den Kran weiter bauen?"

„Weiß nicht."

„Würde ich gerne machen", sagte Frank.

Er hatte David zum Geburtstag einen teuren, ausgefeilten Modellbaukasten geschenkt, einen „Trix Assistent" mit Elektromotor, genau das Spielzeug, das er sich immer gewünscht und nie bekommen hatte, weil seine Eltern es für zu teuer hielten. Damit ließ sich unter anderem ein Kran mit einer elektrisch angetriebenen Laufkatze bauen. Nach einem anfänglichen Strohfeuer verlor David jedoch schnell das Interesse und ließ die vielen Bauteile achtlos verstreut in seinem Zimmer auf dem Boden liegen, sodass die ersten Kleinteile bereits beschädigt oder verloren gegangen waren. Während Frank sich für die technisch vielfältigen Konstruktionsmethoden begeistern konnte, war David eher gelangweilt und schenkte dem Spielzeug kaum noch Beachtung.

Der Vater versuchte immer wieder erfolglos, das Interesse des Sohns am Metallbau zu wecken, und ärgerte sich inzwischen darüber, dass David keine Lust auf den Baukasten hatte.

„Komm, gehen wir rein und bauen weiter."

Während Barbara sich weiter um den Garten kümmerte, gingen Frank und David ins Kinderzimmer. Drinnen angelangt wallte bei Frank wieder mal Ärger auf. Erst neulich hatte er die Kleinteile zusammengesucht, sortiert und ordentlich in dem

Kasten verstaut, aber schon wieder lag alles im ganzen Zimmer herum.
„Da müssen wir wohl erst etwas aufräumen."
„Keine Lust", maulte David.
Während Frank zum wiederholten Mal den ganzen Fußboden nach Schrauben, Muttern, Zahnrädern, Lochblechen, Gummireifen, Felgen, Winkeln und Werkzeug absuchte und alles auf einen großen Haufen kehrte, malte David eine Seite in seinem Malbuch mit Buntstiften aus.
„Wenn alles so unordentlich verstreut ist, kann man nicht richtig bauen." Frank sortierte den kleinen Berg Einzelteile in die dafür vorgesehenen Fächer. Viele Schrauben fehlten bereits.
„Nun komm", sagte er, als soweit alles wieder an Ort und Stelle war, „Jetzt machen wir weiter."
Als er den angefangenen Kran zur Hand nahm, um sich zu orientieren, sah er, dass David inzwischen Teile an Stellen geschraubt hatte, an die sie nicht gehörten, und dabei einzelne Stücke verbogen und verdreht hatte. Jetzt war er richtig sauer.
„Ach Mensch! Du hast ja alles kaputt gemacht", warf er dem Jungen vor.
„Hab' ich nicht", protestierte der Junge. „Hab' nur alleine weiter gebaut."
„Aber es ist alles falsch und verbogen noch dazu. Sieh her." Er hielt das Teil in die Höhe. „Du bist zu blöd, um einen einfachen Kran zusammenzubauen."
„Ich bin nicht blöd. Und ich hab' keine Lust auf den blöden Kran. Und du bist ganz blöd", heulte der Junge los.
„Andere Kinder würden sich über so ein schönes Spielzeug freuen, und du schmeißt es in deinem Zimmer herum und machst es einfach kaputt." Frank schraubte die falschen Teile wieder ab und versuchte, die verbogenen Streben gerade zu biegen, aber sie hatten ihre Dellen weg.
David war mit der ganzen Sache unglücklich. Er mochte es nicht, wenn sein Vater mit ihm schimpfte, und er mochte es

nicht, Dinge so falsch zu machen, dass sein Vater mit ihm schimpfte. Er war sauer.
„Ich will den doofen Kran gar nicht mehr haben“, rief er und lief raus zu Evelyn.
Frank baute eine Weile schmollend alleine an dem Kran weiter, räumte dann ordentlich alles weg. Zwar dauerte es nicht lang, bis er so weit über die Situation nachgedacht hatte, dass er sich selbst als kindisch empfand und ihm auffiel, dass er seine eigenen Interessen in seinen Sohn projizierte, aber ein kleiner Stachel blieb doch zurück. Der Junge war eben ganz anders als er. Er fragte sich, ob ein Kind von eigenem Fleisch und Blut ihm ähnlicher wäre.
David hatte sich draußen bei Evelyn beklagt, dass sein Vater ihn „blöd“ genannt hatte. Als er wieder herauskam und sich in seinen Liegestuhl legte, sprach sie ihn darauf an.
„Nur weil er sich nicht für dieselben Sachen interessiert wie du als Kind, ist er doch nicht blöd. Vielleicht ist er auch einfach nur zu klein für diesen Metallbaukasten?“
„Es war ein Fehler“, sagte er. „Das ist mir so rausgerutscht.“ Er ging hinüber zu David, fing ihn ein und kitzelte ihn. „Entschuldige“, sagte er, „ich finde nicht, dass du blöd bist.“ Der Junge legte seine Arme um den Hals des Vaters und schmiegte sich an ihn. Frank trug ihn hinüber zu dem Liegestuhl und sie kuschelten eine Weile.

Freitag, 15. Juli 2011

Wie fast jeden Tag holte Helena Zielinski ihren Chef auch heute zuhause ab. Sie hatten die Kinder des Professors zu einer erneuten Befragung am Vormittag ins Präsidium gebeten. Der Sohn Thomas war 22, die Tochter Lisa erst 20 Jahre alt. Ein Anfangsverdacht gegen die Kinder wegen des „Rabenvater“ hatte sich nicht bestätigt, beide hatten für die Tatzeit ein Ali-

bi. Der Aufschneider hatte aufgrund des Gerinnungszustands des Bluts den Todeszeitpunkt auf etwa 17 Uhr plus/minus am Mittwoch Nachmittag festgelegt. Zu dieser Zeit war Thomas beim Judo-Training und Lisa war zu Hause, zusammen mit der Freundin, mit der sie die Wohnung teilte. Beide waren bei der Mutter ausgezogen, weil sie deren andauerndes Selbstmitleid und die Hetze gegen den Vater nicht mehr ertragen wollten.
Hennings fühlte sich, wie so oft in letzter Zeit, müde und verbraucht. Die Kreuzschmerzen quälten ihn heute stärker als sonst. Seine Frau redete ihm zu, endlich zum Arzt zu gehen und sich dienstunfähig zu melden, um sich auszukurieren, aber wie immer weigerte er sich. Er war einfach unabkömmlich. Ein Mörder schlich durch die Straßen der Stadt und musste gefangen werden, und das ging nun mal nicht ohne ihn. „Helena Zielinski ist doch eine kluge, junge Frau. Meinst du nicht, sie kommt auch mal ein paar Tage ohne dich zurecht?", hatte sie ihn gefragt, als er sich am Morgen mit schmerzverzerrtem Gesicht die Socken anzog. Vor allem das Bücken fiel ihm schwer.
„Vielleicht", hatte er erwidert. „Aber gerade jetzt haben wir diesen vertrackten Fall."
Sie ging vor ihm in die Hocke und half ihm mit den Schuhen. „Wie beim letzten Mal auch und davor auch. Deine Fälle sind immer vertrackt." Sabine Hennings schüttelte resigniert den Kopf. „Du bist unverbesserlich." Als Frau eines Polizisten hatte sie schon vieles eingesteckt. Wie oft war sie krank vor Sorge, wenn er an gefährlichen Einsätzen beteiligt war? Manchmal glaubte sie, mit einem Phantom verheiratet zu sein, weil er so selten zuhause war. Sie wusste nicht, wie oft sie sich geärgert hatte, weil er Verabredungen nicht einhalten konnte und sie ohne ihren Mann ins Theater, ins Kino oder zu Familienfeiern gehen musste. Aber was sollte sie tun? Sie hatte sich seit Langem damit abgefunden. Vielleicht würde alles anders, wenn er im Ruhestand war, aber sie fürchtete, dass er dann nicht glücklicher sein würde. Dazu liebte er seine Arbeit zu sehr.

Draußen hupte Helena Zielinski. Der Kommissar stand auf und zog die Jacke an.
„Du bist ein störrischer, alter Esel“, sagte Frau Hennings und küsste ihren Mann auf die Wange. „Pass auf dich auf.“
Die jungen Leute waren pünktlich. Einer aus der Sonderkommission hatte sie in das schmucklose Verhörzimmer geführt. In dem grauen Raum, vom kalten Licht einer Batterie von Neonleuchten grell erleuchtet, gab es nur einen Tisch und vier Stühle, jeweils zwei einander gegenüber an den langen Seiten des Tischs. Eine Wand bestand aus einem dunklen Spiegel, der von der Außenseite durchsichtig war und es Ermittlern ermöglichte, ungesehen Verhöre vom Nebenraum aus zu beobachten. In den Ecken hingen Videokameras unter der Decke. Dieser Raum war bestens geeignet, um Verdächtige einzuschüchtern, weshalb die Beamten manchen Kandidaten gerne für eine Weile dort schmoren ließen.
Als Hennings erfuhr, wo die jungen Leute sich befanden, ging er sofort in das Zimmer. „Guten Morgen. Ich muss mich entschuldigen. Eigentlich sollten Sie nicht hier sitzen. Dieser unfreundliche Raum ist nur für Verhöre von Verdächtigen. Wir gehen in mein Büro. Da ist es etwas gemütlicher.“
Man sah Lisa und Thomas die Erleichterung an, als sie den Verhörraum verließen.
„So sieht es also tatsächlich aus“, sagte Thomas. „Ich kannte solche Zellen bislang nur aus Filmen und dem Fernsehen.“
„Wirklich gruselig“, pflichtete Lisa ihrem Bruder bei.
„Irgend etwas fällt einem immer ein, wofür man schuldig ist, wenn man dort sitzt.“
„Das funktioniert bei den richtig harten Jungs leider nicht“, sagte der Kommissar. „Die sind meistens zu abgebrüht. Wollen Sie einen Kaffee? Ich würde auch gerne einen trinken.“ Als die beiden bejahten, ging Helena Zielinski in die Kantine, um kurz darauf mit einer Kanne Kaffee, vier Bechern, Milch, Zucker und ein paar Keksen auf einem Tablett zurückzukehren.

„Fühlen Sie sich besser?“, fragte Hennings. „Es ist ein ganz schöner Schock, unter solchen Umständen seinen Vater zu verlieren.“ Als sie am Mittwoch Abend das erste Mal mit den Geschwistern geredet hatten, waren sie sehr niedergeschlagen.
„Es geht so“, sagte Lisa. „Wir haben ihn ja kaum gekannt, aber trotzdem, er war unser Vater.“ Ihre Stimme wurde leicht brüchig, sie musste sich räuspern. „Traurig bin ich schon.“
„Geht mir genauso“, pflichtete Thomas ihr bei. „Jetzt haben wir keine Gelegenheit mehr, unseren Frieden mit ihm zu machen.“
„Sie waren zwei Jahre alt, als Ihre Eltern sich trennten“, sagte Hennings zu Thomas, „und Sie waren nicht einmal geboren“, wandte er sich Lisa zu.
„Unsere Mutter hat kein gutes Haar an ihm gelassen. Wir haben uns kaum getraut, nach ihm zu fragen, und wenn, dann endete es in übelsten Beschimpfungen“, sagte Thomas. „Es war schon komisch. Die anderen Kinder im Kindergarten hatten einen Vater, aber wir nicht. Anfangs haben wir überhaupt nicht verstanden, warum das so war. Wir hatten geglaubt, es sein unsere Schuld, mit uns sei etwas nicht in Ordnung. Erst in der Schule haben wir begriffen, was los war, weil es da noch mehr Kinder gab, denen es so erging wie uns.“
„Allerdings kannten die wenigstens ihren Vater und waren oft an den Wochenenden bei ihm, gingen mit ihm in den Zoo oder fuhren mit ihm in die Ferien. Bei uns war es so, als hätten wir nie einen Vater gehabt, und wenn doch, dann war er ein mieses Dreckschwein, ein übler Ficker und so weiter.“ Lisa hatte sich wieder gefangen. „Das war verdammt hart.“
„Erst mit sechzehn bin ich mal hingefahren“, fuhr Thomas fort. „Ich habe auf der anderen Straßenseite gewartet, um ihn zu sehen. Nach allem, was Mama erzählt hat, habe ich ein hässliches Monster mit Tentakeln oder einen verdreckten Penner erwartet, aber so schlimm sah er gar nicht aus, im Gegenteil. Ich fand ihn cool.“

„Und dann?“ Hennings nahm einen Schluck Kaffee.
„Ein paar Tage später bin ich wieder hin. Ich habe geklingelt und gesagt, wer ich bin.“
„Wie hat er reagiert?“
„Er war überwältigt ... und er hat sich sehr gefreut.“
„Beim nächsten Mal bin ich mitgegangen. Mama haben wir nichts davon erzählt“, sagte nun Lisa. „Das war aber in gewisser Weise eine sehr schlimme Zeit für uns.“
„Warum?“
„Wir litten ziemlich unter Mutter. Zwar war sie immer für uns da, aber sie war total verbittert und trank zu viel. Oft haben wir uns mehr um Mutter kümmern müssen als sie sich um uns. Vater dagegen schien besser drauf zu sein, und wir haben manchmal überlegt, ihn zu fragen, ob wir nicht zu ihm ziehen könnten. Aber Mutter hatte das Sorgerecht. Und was wäre aus ihr geworden, wenn wir sie verlassen hätten? So haben wir ihn eine Zeit lang regelmäßig heimlich besucht.“
„Aber irgendwie war der Graben zwischen uns zu tief“, sagte Lisa. „Die Fremdheit haben wir nie mehr vollständig überwunden. Diesen Mann, meinen Vater, hatte ich mit vierzehn Jahren zum ersten Mal gesehen. Nach einer ersten Euphorie schlief unser Verhältnis mehr oder weniger wieder ein.“
„Auch Vater gab sich nicht wirklich Mühe, den Kontakt zu uns aufrechtzuerhalten. Offensichtlich interessierte er sich mehr für seine Studenten als für uns. Aber wieso interessiert Sie das alles?“
„Was ich Ihnen jetzt sage, sollte bitte noch nicht an die Öffentlichkeit dringen“, sagte Hennings, „weshalb ich Sie dringend um Stillschweigen bitten muss. Der Täter hat mit dem Blut Ihres Vaters das Wort ‚RABENVATER‘ auf den Küchenboden geschrieben.“
Lisa und Thomas Schellenboom waren sprachlos.
„Oh Gott“, stieß das Mädchen irgendwann geschockt hervor. „Deshalb haben Sie uns nach Alibis für die Tatzeit gefragt“,

sagte Thomas. „Verdammt noch mal. Das ist ein Hammer."
Der alte Kommissar nickte. „Uns interessiert, wer außer Ihnen beiden noch einen Groll gegenüber Herrn Schellenboom wegen seiner mangelnden Qualitäten als Vater hegen könnte. Ihre Mutter hat kein Alibi. Haben Sie vielleicht noch eine Idee? Hatte er vielleicht ein weiteres, uneheliches Kind?"
„Mutter können Sie ausschließen", sagte Lisa. „Die hat ihn zwar gehasst wie die Pest, aber zu einem solchen Mord wäre sie einfach nicht fähig. Schon aus purer Antriebslosigkeit nicht, auch wenn ich so etwas nicht gerne über meine Mutter sage."
„Von weiteren Kindern weiß ich nichts", sagte Thomas. „Aber wie schon gesagt: unser Verhältnis war ziemlich mager und er sprach auch nicht viel über sich."
„Aber da muss es wohl jemanden geben", meinte Lisa, „ansonsten ergibt das Wort ‚Rabenvater' keinen Sinn."
Thomas zuckte die Achseln. „Keine Ahnung. Ein guter Vater ist er uns jedenfalls nicht gewesen, auch wenn er vielleicht nicht einmal etwas dafür konnte. Wenn er es bei jemand anderem noch schlechter gemacht hat?"
„Falls das überhaupt geht? Leider können wir Ihnen dabei nicht weiterhelfen", sagte Lisa.
„Jedenfalls danken wir Ihnen für Ihre Hilfe. Vielleicht komme ich noch mal auf Sie zu", schloss der Kommissar das Gespräch.
Als die jungen Schellenbooms draußen waren, rekapitulierte der Kommissar das Wenige, das sie wussten: Es gab das Rasiermesser und den „RABENVATER". Keiner der Nachbarn hatte etwas gesehen oder gehört. Es gab keine verwertbaren Fingerabdrücke, weder an dem zum blutigen Federkiel zweckentfremdeten, hölzernen Kochlöffel noch an den Kaffeebechern oder sonst in der Wohnung. Ludger Hansen, der Pathologe, hatte aufgrund der Form und Beschaffenheit der Schnittwunde festgestellt, dass der Täter den Professor von vorne angegriffen und getötet hatte. Er hatte darauf hingewiesen, dass der Täter in erheblichem Maße dem herausspritzenden Blut ausgesetzt

war und entsprechend blutbesudelt gewesen sein musste. Da die kriminaltechnische Untersuchung auch im Bad Rückstände von Schellenbooms Blut gefunden hatte, war davon auszugehen, dass der Täter kaltblütig genug war, sich nach der Tat gründlich zu waschen. Blieb die Frage, wie weit seine Kleidung in Mitleidenschaft gezogen war und wie er das verborgen hatte. Die Befragung der Händler von Rasierutensilien hatte auch mehr Fragen aufgeworfen als beantwortet. Das klassische Rasiermesser war so gut wie nicht mehr im Handel zu haben. Allenfalls sogenannte „Shavettes", Rasiermesser mit Wechselklingen, aber auch die wurden in Zeiten von Elektrorasierern und Einwegklingen nur noch von unverbesserlichen Nostalgikern benutzt. Wegen des Aids-Risikos durften auch Friseure nicht mehr zwei Männer mit derselben Klinge rasieren. Keiner der Befragten konnte sich daran erinnern, in den letzten Monaten überhaupt ein Rasiermesser verkauft zu haben. Die Dinger waren völlig aus der Mode.

Blieben noch die zahlreichen Internetshops, die per Mail angeschrieben worden waren und deren Antworten noch ausstanden. Aber Hennings glaubte nicht, dass der Täter es ihnen so leicht gemacht und bei einem Internetshop seine Adresse zum Abrufen durch die Polizei hinterlegt hatte. Er war sicher, dass er einen unverfänglichen Weg gefunden hatte, um an das Messer zu kommen, wenn es nicht schon lange in seinem Besitz war. Schließlich hatte er bisher nicht den Eindruck hinterlassen, als würde er solche dummen Fehler machen.

Blieb der „Rabenvater". Nachdem die Befragung der Kinder des Toten nichts ergeben hatte, schwärmten nun die Mitarbeiter der Soko „Rasiermesser" aus und besuchten Schellenbooms Hausarzt, seine Bank, seine wenigen Verwandten und seine Nachbarn, um mehr über die Lebensumstände des Professors herauszufinden. Der Vater war verstorben und die Mutter lebte dement in einem Pflegeheim in einem Vorort Hamburgs.

Hennings selbst fuhr mit Helena Zielinski zur Uni, um Schellenbooms berufliches Umfeld zu durchleuchten. Das erschien ihm am aussichtsreichsten. Vielleicht hatte er ja Kollegen gegenüber mal etwas geäußert, was ihnen weiterhelfen würde.
Den ersten Termin hatten sie bei Prof. Dr. Weichmann, dem geschäftsführenden Direktor des germanistischen Seminars. Schellenbooms unmittelbarer Vorgesetzter. ein honoriger-Herr etwa in Hennings Alter, stand offenbar ebenso wie der Hauptkommissar kurz vor der Pensionierung.
„Ich kann Ihnen gar nicht sagen, wie sehr mich der tragische Tod meines geschätzten Kollegen erschüttert hat“, sagte Weichmann in wohlgesetzten Worten zur Begrüßung der beiden Beamten. „Ich hoffe nur, dass das Institut nicht mit den Umständen seines Ablebens in Verbindung steht.“
„Wie meinen Sie das?“, fragte Hennings sofort nach.
„Haben Sie einen Verdacht?“
„Nein. Gott behüte“, wehrte der Professor ab, „ich dachte nur ..., weil Sie herkommen und uns befragen.“
„Nicht, weil wir den Täter hier vermuten. Wir brauchen aber ein umfassendes Bild von Schellenbooms Lebensumständen.“
„Ich fürchte, da kann ich Ihnen nicht ernsthaft weiterhelfen“, erwiderte Weichmann. „Wir hatten kaum privaten Kontakt, Sommerfest und Weihnachtsfeier, ab und an ein Bier in der Kneipe, wenn es etwas zu besprechen gab.“ Der Kommissar nickte. Ähnlich ging es ihm mit seinen Kollegen. Es war wohl das Schicksal der Chefs, immer ein wenig außen vor zu bleiben.
„Als Kollege war er über jeden Zweifel erhaben. Ich habe ihn sogar beim Dekan als meinen Nachfolger vorgeschlagen.“
Hennings horchte auf. „Wer wusste davon?“ Tat sich da etwa ein neues Motiv auf?
Dem Professor war sofort klar, was der Kommissar dachte. „Nein“, sagte er, „unmöglich. Es gibt hier niemanden, der Schellenboom den Posten hätte streitig machen können. Jetzt muss jemand von außerhalb dafür gewonnen werden.“

„Warum?“, wollte Helena wissen. „Es gibt doch noch mehr Professoren?“ Sie hatte sich zwischenzeitlich das Vorlesungsverzeichnis der Fakultät vorgenommen.
„Nun, das ist richtig. Aber nicht jeder hat neben seiner wissenschaftlichen Qualifikation Talent für und Lust auf die administrativen Aufgaben, die der Posten des geschäftsführenden Direktors mit sich bringt.“ Weichmann schaute von Hennings zu Helena und wieder zurück. „Wie wäre es, wenn man Sie beförderte, Ihnen einen reinen Bürojob anböte und Sie Ihrem eigentlichen Interesse, der kriminalistischen Ermittlungsarbeit, nur noch sehr eingeschränkt nachgehen könnten?“
Hennings verstand genau, wovon der Professor sprach. Er hatte es niemandem erzählt, nicht einmal seiner Frau, aber er hatte schon zweimal die angebotene Beförderung ausgeschlagen, die ihn zur Verwaltungsarbeit am Schreibtisch verdammt hätte. So schnell wie der Verdacht aufgekeimt war, so schnell war er auch schon wieder überholt.
„Wie war Schellenbooms Verhältnis zu seinen Studentinnen? Sind Sie über seinen Scheidungsgrund im Bilde?“
„Nur marginal“, sagte Weichmann. „Das ist doch schon ewig her. Zu der Zeit war ich noch nicht hier.“
„Angeblich hatte er etwas mit einer Studentin angefangen.“
„Hm. Das mag durchaus sein, aber Genaues weiß ich nicht. Allerdings kommt das immer wieder mal vor.“
„Ist das nicht irgendwie strafrechtlich relevant?“
„Nein“, sagte Weichmann, „in der Regel nicht. Es wird zwar nicht gerne gesehen, aber Studenten sind volljährige Erwachsene und solange es nicht um Vorteilsnahme geht, kann man nichts dagegen einwenden. Manche unserer Dozenten sind nur unwesentlich älter als ihre Studentinnen, und es hat sich schon so manche dauerhafte Beziehung und Ehe aus einem solchen Verhältnis entwickelt.“
Damals war Schellenboom noch ein junger Mann und nur wissenschaftlicher Assistent. Hennings hätte gerne den Namen

der damaligen Studentin erfahren, aber die Einzige, die ihm da würde weiterhelfen können, war wohl die verlassene Ehefrau.
„Ist Ihnen im Laufe der letzten Zeit vielleicht Ähnliches zu Ohren gekommen? War Schellenboom vielleicht einer dieser Typen, die, wie es so lapidar heißt, nichts anbrennen ließen?"
„Auf keinen Fall", widersprach Weichmann. „Ich hatte eher den Eindruck, der Kollege lebte ziemlich asketisch. Jedenfalls war von Frauenbekanntschaften nie die Rede, und ich kann mich nicht erinnern, ihn jemals in Begleitung einer Partnerin getroffen zu haben."
Der Kommissar bedankte sich für das Gespräch. „Gibt es irgendjemanden auf dem Campus, der Schellenboom privat näherstand?"
„Ich weiß es nicht. Vielleicht reden Sie mal mit seinen Doktoranden. Das könnte ergiebiger sein. Bertram Wellershoff kennen Sie ja schon."
„Gibt es noch mehr?", fragte Helena Zielinski.
„Natürlich." Ein Lächeln huschte über das Gesicht des Professors. Offenbar hatte die sympathische junge Polizistin nicht studiert. „Wenn jeder Professor nur einen Doktoranden zu betreuen hätte, gäbe es einen ziemlichen Stau bei den Prüfungen. Um diese Zeit finden sie Herrn Wellershoff in der Bibliothek. Er wird Ihnen bestimmt weiterhelfen."
Hennings und Zielinski verabschiedeten sich und gingen in die Bibliothek am anderen Ende des Flurs. Unmittelbar hinter der Eingangstür saß die Bibliothekarin hinter einer einfachen, aus drei zusammengestellten Tischen bestehenden Empfangstheke. Hennings, der eine etwas klischeehafte, altmodische Vorstellung von einer Bibliothekarin hatte, war überrascht, eine flotte, junge Frau mit grün gefärbten Haaren, einem Nasenpiercing und einem bunten, chinesischen Drachentattoo auf dem Unterarm vorzufinden.
Helena zeigte ihren Ausweis. „Wir suchen Herrn Wellershoff", sagte sie unbedacht in normaler Zimmerlautstärke,

wurde aber von der punkigen Bibliothekarin mit einem bösen Blick bedacht.
„Psstt“, zischte diese, „hier versuchen Leute konzentriert zu arbeiten.“
Helena errötete. „Entschuldigung“, flüsterte sie dann und wiederholte leise. „Wir suchen Herrn Wellershoff.“
„Das habe ich gehört. Dritter Gang links“, antwortete die Bibliothekarin leise.
„Geht es um Professor Schellenboom?“
Hennings nickte.
„Böse Sache“, flüsterte die gepiercte Drachenlady.
„Wir sind alle ganz schön fertig.“
„Wer sind ‚wir‘?“, fragte der Kommissar.
„Wir alle. Das Institut, die Kollegen und Studenten. Der Professor war beliebt. Er hatte keine Allüren wie manche seiner Kollegen. Sie glauben nicht, was hier für egozentrische Selbstdarsteller über die Flure laufen“, flüsterte sie noch leiser.
Da Hennings eher an Informationen über Schellenboom als über den Rest des Lehrkörpers interessiert war, setzten die zwei Polizisten ihren Weg fort.
Der Doktorand saß mit Laptop und ein paar dicken Wälzern am Ende des genannten Ganges an einem kleinen Tisch. Als er die Polizisten erkannte, schlug er die Bücher zu, stand auf und stellte sie zurück ins Regal.
„Lassen Sie uns die Bibliothek verlassen. Hier stören wir den Betrieb, wenn wir uns unterhalten“, sagte er mit gedämpfter Stimme.
„Das haben wir schon gemerkt“, flüsterte Helena.
„Bevor wir gehen: Sind noch weitere Doktoranden Schellenbooms da?“, fragte der Kommissar.
Wellershoff nickte. „Loretta Schwarzkopf. Soll ich sie holen?“
Hennings bejahte.
„Einen Moment.“ Er verschwand aus dem dritten Gang und tauchte tiefer in die Bibliothek ein, um kurz darauf in Beglei-

tung seiner Kommilitonin zurückzukehren. Frau Schwarzkopf strafte ihren Namen deutlich Lügen. Sie war hellblond und auf eine blasse Art hübsch, mit hellen Augen, weißblonden, dünnen Wimpern und einer Unmenge Sommersprossen an jeder sichtbaren Stelle ihrer durchsichtigen Haut. Zu viert verließen sie die Bibliothek. Hennings bot an, sie zu einem Kaffee irgendwo in der Nähe einzuladen, sodass sie alsbald in einer Bäckerei am Grindelhof saßen.

„Leider wissen wir noch immer viel zu wenig über Herrn Schellenboom“, sagte der Kommissar. „Er scheint kein Privatleben gehabt zu haben. Bisher konnte uns niemand etwas über seinen Alltag erzählen.“

„Ich fürchte, auch ich werde Ihnen da nicht weiterhelfen können“, sagte Wellershoff mit bekümmerter Miene. „Der Professor hat nie über sein Privatleben gesprochen. Ich hatte den Eindruck, als ginge er ganz in seiner Arbeit auf.“

„Wie gestaltet sich denn so ein Verhältnis zwischen einem Doktoranden und seinem Doktorvater?“

Helena benutzte in Anlehnung an den „Rabenvater“ ganz bewusst den Ausdruck „Doktorvater“.

„Das kommt ganz auf die individuelle Konstellation an“, sagte Wellershoff. „Schellenboom war jedenfalls ein sehr korrekter, integrer Mann. Man konnte sich keinen besseren wünschen.“

„Inwiefern?“, hakte sie nach.

„Nun ja, wie soll ich das sagen?“ Man sah, dass Wellershoff nach den richtigen Worten suchte. „Es gibt Professoren, die ihre Doktoranden als billige Hilfskräfte einsetzen. Sie müssen ihre Arbeiten den übergeordneten Forschungsinteressen ihres Doktorvaters unterordnen und dadurch eher die Meriten des Professors mehren, als selbst welche zu verdienen. Von solchen Allüren war Schellenboom völlig frei. Er hatte hohe Qualitätsansprüche, war immer fair und hatte die Interessen des Studenten im Blick. Wie es so schön heißt: Er hat gefordert und gefördert, ohne selbst davon profitieren zu wollen.“

Loretta Schwarzkopf hatte bisher geschwiegen. Jetzt sah Hennings, dass ihre Augen feucht geworden waren.
„Und wie sehen Sie das, Frau Schwarzkopf? Würden Sie Herrn Wellershoff zustimmen?"
Loretta Schwarzkopf nickte. „Er war ein großartiger Mann", stieß sie unter Tränen hervor. „Ein brillanter Kopf mit einem tiefen Verständnis für Dichtung. Ich verstehe das alles nicht. Er hat doch niemandem etwas getan."
„Das versuchen wir herauszufinden", sagte Helena und reichte der weinenden Studentin ein Tempotuch. „Können Sie uns vielleicht dabei helfen, mehr über die Lebensumstände Schellenbooms zu erfahren?"
Loretta Schwarzkopf schnäuzte sich und schüttelte den Kopf.
„Es geht vor allem um seine Beziehung zu Frauen und um die Frage, ob er außer seinen zwei ehelichen Kindern noch weiteren Nachwuchs hatte", präzisierte Hennings und erzählte von dem mit Blut geschriebenen „Rabenvater".
„Oh Gott", stöhnte Wellershoff. „Das ist ja grausam."
Loretta Schwarzkopf schluchzte laut auf und schlug die Hände vors Gesicht. „Ich ... ich bin von Julius schwanger. Wir erwarten ein Baby."

5

Montag, 18. Juli 2011

Er überblätterte die Nachrichten und Anzeigenseiten der Montagsausgabe der „Hamburger Abendpost". Es ging ihm ausschließlich um das Feuilleton. Und diesmal freute er sich als zusätzliches Schmankerl über eine zwölfseitige Literaturbeilage mit Lesetipps für die Sommerferien. Dabei interessierten ihn nur die Beiträge des Feuilletonchefs, Dr. Albert Reineke. Er saß im Café und kämpfte mit den unhandlichen, großformatigen Seiten, die sich widerspenstig zerknitterten. „Sehr gute Arbeit", murmelte er anerkennend vor sich hin. „Vielleicht bekomme ich ja auch mal einen Auftrag für eine Rezension, vielleicht für einen Krimi." Er schlürfte etwas Schaum von seiner heißen Latte Macchiato und verfiel in eine kurze Tagträumerei darüber, welches Buch er gerne rezensieren würde. Eigentlich kamen da nur Larsson oder Adler-Olsen infrage. Alles andere war doch sowieso nur Kinderkram. Er war sicher, dass er es drauf haben würde, genau wie sein Vater. So etwas lag einem doch im Blut. Ein zufriedenes Lächeln huschte über sein Gesicht. Die wirklich mächtigen Menschen im Literaturbetrieb waren doch die Kritiker, keine Frage. Sie entschieden über Top oder Flop. Er las hier und da ein paar Zeilen, konnte sich aber nicht auf die Artikel konzentrieren, sodass die Zeitung nachlässig zusammengefaltet in der braunen Ledertasche landete, die neben seinem Stuhl auf dem Boden lag. Dabei achtete er jedoch darauf, dass der lange Riemen, mit dem er die Tasche umhängen konnte, um sein Knie geschlungen blieb. Ohne einen solchen Kontakt war das Risiko zu groß, die Tasche zu vergessen. In letzter Zeit war er zunehmend zerstreut, und gerade jetzt konnte er sich das überhaupt nicht erlauben. Es lag vielleicht an der gewaltigen Anspannung, unter der er stand, ständig unter Strom, 100 000 Volt. Schließlich war es kein Kinderspiel, Menschen zu ermorden. Während er aussah, als schaute er wie viele Kaffeehausbesucher dem Treiben der Passanten zu, kehrten seine Gedanken wieder einmal zu dem Malheur bei Schellenboom zurück. Zwar war es sehr bedauerlich, aber er würde in Zukunft sein gutes Rasiermesser, eine stilvolle Antiquität, die er vor vielen Jahren als Schüler von einer Englandreise mitgebracht hatte, nicht mehr einsetzen. Daraus ergab sich allerdings die Frage, welches Mordwerkzeug sich stattdessen anbot. Er hatte zwar ein Schnellfeuergewehr und mehrere Handgranaten, aber sowohl die Schusswaffe als auch die Granaten waren viel zu laut. Es wäre zu auffällig und gefährlich, sich ihrer zu bedienen. Jetzt noch eine Pistole mit Schalldämpfer zu besorgen, war ebenfalls riskant. Illegale Waffen gab es nicht an jeder Ecke zu kaufen. Wohin sollte er gehen? St. Pauli? Wen sollte er fragen? Eigentlich kam nur Gift in Betracht, irgendetwas, das sich aus harmlosen Bestandteilen selbst herstellen ließ, ohne durch den Kauf verdächtiger Substanzen aufzufallen. Aber auch das brachte eine ganze Menge an Problemen mit sich, war eine echte Herausforderung. Welches Gift war geeignet und wirkte schnell? Wie konnte er es herstellen, wie verabreichen? Er seufzte. Wie einfach war doch ein schneller Schnitt mit dem Rasiermesser. Wenn es nur nicht eine so große Sauerei geben würde.

Unglücklicherweise verstand er rein gar nichts von Giften. Zwar hatte er tagelang im Internet recherchiert, war aber noch zu keinem Schluss gekommen. Rizinussamen waren wahrscheinlich relativ leicht zu bekommen, töteten aber zu langsam. Es gab kein Antidot, aber das Opfer hätte noch Gelegenheit zu erzählen, wer ihm das Gift verabreicht hatte. Ähnlich verhielt es sich mit Thallium oder Polonium, diesen modischen Geheimdienstgiften, von denen man dieser Tage immer wieder in der Zeitung las. Ganz zu schweigen davon, dass er an solche ausgefeilten Sachen wohl nicht herankommen würde.

Die Klassiker Strychnin und Arsen kamen auch nicht infrage. Strychnin schmeckte bitter und Arsen tötete ebenfalls zu langsam. So mancher Giftmord in der Literatur hätte in der jeweils beschriebenen Form nicht funktioniert. Giftmorde waren was für Frauen. Er wollte sein Opfer sterben sehen, wollte dabei sein, wenn er dem Schweinehund das Lebenslicht auspustete. Sein Atem ging schneller und er fing an zu zittern. Schon alleine diese Gedanken versetzten ihn in Erregung.

Er hatte sich durch die einschlägigen Webseiten gearbeitet, die Geschichten der bekanntesten Giftmörder aus zwei Jahrhunderten gelesen, wie George Chapman, Ferdinand Wittmann und William Palmer. Das machte zwar Spaß, führte aber zu keinem brauchbaren Ergebnis. Noch immer wusste er nicht, wie er seine nächsten Morde verüben würde. Dabei ging es nicht einmal darum, die Tat zu vertuschen. Jeder sollte sehen können, dass es sich um einen Mord handelte, aber es musste schnell und sicher passieren, ohne dass das Opfer sich wehren konnte und ohne dass eine Spur die Polizei zu ihm führte.

Er schüttelte den Kopf. Warum mussten die Dinge auch immer so kompliziert sein? Schlürfend leerte er seine Latte macchiato, die „befleckte Milch". Er mochte diese Bezeichnung, den Ausdruck „befleckt" im Gegensatz zu „unbefleckt", die unbefleckte Empfängnis, „immacolata Concezione". In diesen Tagen wurde er selbst durch so etwas Profanes wie eine aufgeschäumte Milch mit Kaffee auf seine Tragödie gestoßen. Wie war seine Empfängnis? Befleckt oder unbefleckt? Schließlich hatte seine Mutter genau wie Maria keinen Geschlechtsverkehr mit seinem Vater gehabt, und wie Josef war ihr Ehemann auch nicht der Vater. War die Empfängnis deshalb unbefleckt? War er etwa ein neuer Messias? Das fühlte sich nicht richtig an, war aber auch eigentlich egal. Zu Zeiten der Bibel gab es noch keine Invitro-Zeugung durch donogene Insemination. Eine wütende Grimasse verzerrte für einen kurzen Moment sein Gesicht. Damals war es noch die alleinige Aufgabe Gottes, was

sich inzwischen der Mensch anmaßte.
Er legte ein paar Münzen auf den Tisch und verließ das Café. Es wurde Zeit, seinen Beobachtungsposten einzunehmen. Allmählich geriet er unter Zeitdruck. Sein Jahresurlaub war beinahe aufgebraucht. Zwar rechnete er nicht damit, jemals wieder an seinen Arbeitsplatz zurückzukehren, aber er wollte alle Optionen offenhalten. Und eines musste er auf jeden Fall vermeiden: zu früh aufzufallen. Irgendwann würde die endgültige Abrechnung kommen, aber den Zeitpunkt wollte er ganz allein bestimmen. Er nahm den Bus in die Innenstadt, stieg am Johannes-Brahms-Platz aus. Die letzten Meter zum Verlag ging er zu Fuß. Um diese Uhrzeit waren die Straßen rund um den großen Bürokomplex sehr belebt, Massen von Fußgängern strebten in alle Richtungen. Eigentlich mochte er die Innenstadt nicht. Tagsüber ging es ihm zu hektisch zu und am Abend waren die Prachtstraßen wie ausgestorben.
Das Foyer des Verlagshauses war allgemein zugänglich. Er setzte sich in einen der grauen Stühle, die für Besucher bereitstanden, und wartete. Auch hier herrschte jetzt, über Mittag, ein geschäftiges Treiben. Mengen hungriger Leute gingen zur Pause oder kamen gesättigt aus den umliegenden Restaurants zurück. Von oben ertönte ein chaotisches Stimmengewirr und das Klappern von Besteck. In der offenen Kantine im ersten Stock saßen all jene, die keine Lust hatten, das Gebäude zu verlassen, und lieber preisgünstiger aßen als im Restaurant. Er wusste, dass Albert Reineke in der Regel alleine außer Haus speiste. Heute allerdings kam er in Begleitung einer jungen Frau aus dem abgesperrten, nur offiziellen Besuchern und Mitarbeitern zugänglichen Bereich. Er fühlte sich völlig sicher, als er den beiden, durch die Menge geschützt, in einigem Abstand folgte. Da Reineke ihn nicht kannte, wäre es sogar kein Problem eng aufzuschließen, um dem Gespräch der beiden zu lauschen. Aber das war gar nicht nötig. Es interessierte ihn nicht, was sein Vater mit der jungen Frau zu besprechen hatte. Er

wollte einfach nur ein Gefühl für die Gewohnheiten des Mannes bekommen und herausfinden, wie und wann er ungefährdet an ihn herantreten konnte. In diesem Fall war es zu gefährlich, ihn zu Hause aufzusuchen, denn er war verheiratet und lebte mit Frau und Kindern zusammen. Das sprach im Prinzip für ihn, offenbar ein Mann, der Verantwortung für seine Nachkommen übernahm. Vielleicht würde er ihn gar nicht bestrafen müssen? Vielleicht würde Reineke ihn positiv aufnehmen, sich freuen, dass es ihn gab und er sich endlich bei ihm meldete? Er malte sich das erste Gespräch mit seinem Vater aus, stellte sich vor, wie dieser ihn begeistert und voller Freude umarmte und ihn nach Hause einlud, um seine kleinen Halbgeschwister kennen zu lernen. Diesmal würde es besser laufen. Er war wirklich optimistisch. Aber war er das nicht auch bei Lemberg und Schellenboom gewesen? Reineke und seine Begleiterin steuerten das Restaurant in der Kaiser-Wilhelm-Straße an, in dem er anscheinend am liebsten aß. Auch er war schon ein paar Mal dort gewesen und musste sagen, dass sein Vater einen guten Geschmack hatte. Ihm gefiel sowohl die Einrichtung als auch das Essen. Er schmunzelte. Na ja, kein Wunder, der Apfel fiel nicht weit vom Stamm. Wie der Vater, so der Sohn. Am liebsten hätte er Reineke in einem Anfall von Euphorie sofort angesprochen, aber das wäre doch unklug. Während der Feuilletonist mit seiner jungen Begleiterin das Restaurant betrat, ging der junge Mann langsam daran vorbei. Spätestens bis zum Ende der nächsten Woche musste er aktiv werden. Immerhin hatte er gerade in diesem Moment eine Idee, wie er dieses Mal vorgehen würde.

Albert Reineke verbrachte die Mittagspause am liebsten allein. Als Ressortleiter Kultur bei der „Abendpost" redete er schon während der Bürozeiten so viel mit den Kollegen, dass er es über Mittag genoss, schweigend am Tisch zu sitzen, sich auf das Essen zu konzentrieren und allenfalls Zeitung zu lesen.

Deshalb ging er nur selten in die Kantine. Das Essen dort war für Kantinenverhältnisse zwar sehr gut, denn es gab eine preiswerte Auswahl verschiedener Speisen, die sich auch miteinander kombinieren ließen. Aber dort ließ es sich nicht vermeiden, mit einem Pulk von Kollegen zusammenzusitzen und dann wurde über nichts anderes als über die Arbeit geredet. Außerdem merkte er, dass seine Mitarbeiter in seiner Anwesenheit meistens sehr befangen agierten, da er zum engeren Kreis der Chefredaktion. gehörte, und er wollte nicht gerne die Spaßbremse sein.

Niemand sah ihm an, dass er bereits deutlich über fünfzig war, aber gerade in den Medien war eine gewisse Jugendlichkeit Pflicht. Einer seiner Chefredakteure hatte mal gesagt, mit vierzig ist man entweder der Chef oder man ist draußen. Er fand das damals zynisch, aber wenn er sich so umsah in der Redaktion, dann musste er zugeben, dass der Mann recht gehabt hatte. Albert Reineke hatte in dieser Beziehung Glück: Er war der Typ Oliver Bierhoff mit der Ausstrahlung des Dauerjugendlichen, und wirkte dabei dennoch zielstrebig und intellektuell. Nur sein Friseur wusste, dass er sich regelmäßig die Haare färbte, um das Ergrauen zu kaschieren. Die schlanke, sportliche Figur erhielt er sich durch regelmäßiges Training.

Auch heute verließ er zu Mittag das Haus, allerdings nicht alleine, sondern in Begleitung einer jungen Frau, die ihm sein alter Kumpel Julius Schellenboom mit der Bitte empfohlen hatte, ihr einen der wenigen, heiß begehrten Praktikumsplätze in der Kulturredaktion der „Abendpost“ zukommen zu lassen. Ohne persönliche Beziehungen war da sonst nichts zu machen. Natürlich gehörten auch Talent und Qualifikation dazu, aber darüber verfügten viele Bewerber. Einmal hatte er schlimm daneben gegriffen, als er der Tochter eines befreundeten Nachbarn zu einer Stelle verhalf. Diese junge Frau war nicht nur unfähig, sondern auch faul gewesen, und noch lange musste er den Spott seiner Kollegen über „die schlechteste Praktikantin

aller Zeiten“ ertragen. Niemals wieder einen Gefälligkeitsdienst, hatte er sich vorgenommen, aber auf Julius’ Empfehlungen konnte er sich bisher immer verlassen und so hatte er versprochen, sich um die junge Frau zu kümmern. Immerhin kannte Julius als Professor an der Uni die Leistungen seiner Studenten und wusste ihre Fähigkeiten dementsprechend gut einzuordnen. Der arme Julius, dachte er. Es hatte ihn ins Mark getroffen, als er erfuhr, dass sein ehemaliger Kommilitone einem solch bestialischen Mord zum Opfer gefallen war. Genauso ging es der Praktikantin, Pheline Brüggemann, und so hatte er sie zum Mittagessen eingeladen.
„Wie konnte das nur passieren?“, fragte er, als sie im Aufzug aus dem vierten Stock hinunter ins Foyer fuhren. „So ein sinnloses und grausames Verbrechen.“
„Er war ein guter Professor, fair und fähig. Ich kenne niemanden aus der Fakultät, der ihn nicht mochte“, sagte die junge Frau.
„Irgendjemand muss ihn über alle Maßen gehasst haben. Anders ist eine solche Tat nicht zu erklären.“
„Wahrscheinlich nicht“, pflichtete sie ihm bei.
„Was kommt denn da infrage? Eifersucht? Soweit ich weiß, war er alleinstehend.“ „Nun ja.“ Pheline zögerte. „Ohne schlecht über ihn reden zu wollen, aber es wird Verschiedenes gemunkelt.“
„Hm.“ Reineke sah die junge Frau an. „Und was?“
„Er soll hin und wieder mal was mit Studentinnen angefangen haben.“
Reineke lachte. „Ist das nicht normal heutzutage? Ich meine, seit dem „Campus“ kräht doch kein Hahn danach, wenn der Lehrkörper sich ein paar Streicheleinheiten zukommen lässt.“
„Aber vielleicht ist irgendjemand dabei durchgedreht? Ich bin sicher, dass die Polizei in diese Richtung ermittelt“, sagte Pheline Brüggemann. „Viele Studenten sind schon dahingehend befragt worden, auch ich.“

Inzwischen waren sie im Erdgeschoss angelangt und strömten in einem ganzen Pulk von Kollegen zum Ausgang an der Kaiser-Wilhelm-Straße.

„Erstaunlich. Als Student hat er sich nicht gerade als großer Casanova profiliert."

Pheline Brüggemann merkte, dass sie begann, sich auf dünnes Eis zu begeben. „Es liegt mir fern, über meinen Professor zu tratschen. Lassen Sie uns bitte das Thema wechseln."

„Schon gut", erwiderte Reineke. „Ich verstehe, was Sie meinen."

Es waren nur wenige Meter die Straße hinauf, bis sie das Restaurant erreichten. Er hielt ihr die Tür auf. Aus den Augenwinkeln sah er einen jungen Mann vorbeilaufen, der ihn an jemanden erinnerte, allerdings ohne dass ihm einfiel, an wen, und ohne dass er dem irgendeine Bedeutung beimaß. Drinnen setzten sie sich an den Tisch, den der Wirt immer für ihn freihielt.

„Es tut mir einfach leid um meinen alten Freund", kam er noch einmal auf das Thema zu sprechen. „Allmählich dünnt unser Jahrgang sich immer weiter aus. Aber das ist wohl der Lauf der Welt.

„Nehmen Sie den Pannfisch", sagte er dann, nach einer kleinen Pause, „der ist hier immer sehr gut."

Albert Reineke schweifte einen Augenblick in Gedanken ab, dachte an seine Studienzeit, an die Clique, die sich damals regelmäßig getroffen hatte, und fragte sich, was wohl aus den anderen geworden war. Manchmal bedauerte er, dass er seine alten Freunde aus den Augen verloren hatte. Was hatten sie nicht alles vorgehabt. Die Literatur und die Philosophie des 20. Jahrhunderts wollten sie beeinflussen, nicht mehr und nicht weniger. Er lächelte und wandte seine Aufmerksamkeit wieder der jungen Frau zu, die ihm gegenüber saß. Wahrscheinlich hatte sie sich ganz Ähnliches vorgenommen.

Etwa zur gleichen Zeit saßen auch Olaf Hennings und Helena Zielinski beim Mittagessen in der Kantine des Polizeipräsidiums in der Nähe der City Nord. Das Essen hatte gewiss keinen Stern verdient, auch wenn es in einem riesigen Stern serviert wurde. Denn so sah das von dem Architekten Hadi Teherani gebaute Präsidium von außen aus, wie ein überdimensionaler Sheriffstern. Hennings war gelinde gesagt frustriert. Sie waren bei ihren beiden Mordfällen noch keinen Schritt vorangekommen. Das Bekenntnis von Loretta Schwarzkopf, ein Kind von Schellenboom zu erwarten, hatte Hoffnung und hektische Betriebsamkeit ausgelöst. Offenbar war Schellenboom doch nicht der große Asket, für den ihn alle gehalten hatten. War vielleicht Loretta Schwarzkopfs Schwangerschaft der Auslöser für den „Rabenvater“? Das schien die erste brauchbare Spur zu sein, und sie klammerten sich daran wie an einen Strohhalm. Nachdem sie den Doktoranden Wellershoff zu Stillschweigen verpflichtet hatten, waren die Polizisten mit Frau Schwarzkopf ins Präsidium gefahren, wo Helena Zielinski ein langes Gespräch von ‚Frau zu Frau’ mit ihr führte.

„Wie weit sind Sie denn?“, fragte Helena.

„Es ist noch ganz frisch, der zweite Monat. Ich habe es erst vor wenigen Tagen erfahren. Meine Periode ist seit mehr als zwei Wochen überfällig gewesen. Ich bin in die Apotheke gegangen und habe einen Schwangerschaftstest gekauft. Als der erste Test positiv war, habe ich einen zweiten gemacht, mit dem selben Ergebnis.“

„Wer hat davon gewusst, wem haben Sie es erzählt?“

„Nur Julius und Christa, meiner besten Freundin.“

„Wie hat Herr Schellenboom darauf reagiert?“

„Positiv. Er hat sich darauf gefreut. Wissen Sie, seine beiden Kinder aus seiner Ehe hat er nicht aufwachsen sehen.“

„Gibt es andere Männer in Ihrem Leben, die eifersüchtig auf Professor Schellenboom reagieren könnten?“

„Nein. Ich hatte schon lange keinen festen Freund mehr.“

„Wissen Sie von weiteren Beziehungen des Professors im Lauf der Jahre? Ich meine früher, vor Ihnen“, setzte Helena schnell hinzu, als sie sah, wie sich Lorettas Blick verfinsterte.
„Nein“, antwortete diese dann mit Bestimmtheit, „nur die alte Geschichte, die dazu geführt hat, dass seine Ehe in die Brüche ging. Er war auch nicht der Typ, der hinter jedem Rock her war. Mit uns war es etwas anderes, etwas ganz Einmaliges. Wir wollten zusammenziehen.“ Sie fing wieder an zu weinen. „Er hat mich sein 'Rübchen' genannt“, sagte sie mit tränenerstickter Stimme.
„Sie wissen nichts von weiteren Kindern Schellenbooms?“
Loretta Schwarzkopf schüttelte entschieden den Kopf. „Sie tun ja so, als hätte Julius nichts Besseres zu tun gehabt, als am laufenden Band Studentinnen zu schwängern.So ein Mann war er nicht.“
„Natürlich“, sagte Helena mitfühlend, dachte allerdings etwas anderes: Die Kerle schaffen es immer wieder uns naiven Frauen ein X für ein U vorzumachen, um uns ins Bett zu kriegen, aber vielleicht war Schellenboom tatsächlich anders gestrickt.
„Wie sieht es denn jetzt aus? Wollen Sie das Baby behalten?“, fragte sie Loretta Schwarzkopf.
„Sie meinen ... Oh Gott! Darüber habe ich noch nicht nachgedacht!“

Wieder hatte die Soko das Wochenende durchgearbeitet, sowohl Loretta Schwarzkopfs näheres Umfeld als auch Schellenbooms ehemalige Studentinnen und Studenten befragt, aber ohne den Hauch eines Erfolgs. Kein eifersüchtiger, verlassener Liebhaber, keine eifersüchtige Exfreundin und erst recht kein heimliches, zurückgewiesenes Kind. Auch der damalige Scheidungsgrund, die Studentin, mit der Schellenboom seine Frau betrogen hatte, war bisher nicht auffindbar. Entweder hatte Schellenboom es verstanden, sein Privatleben vollständig geheim zu halten, oder sie waren auf dem falschen Dampfer.

Aber obwohl Olaf Hennings und seine junge Kollegin sich das Hirn zermarterten, kamen sie doch auf keinen anderen Ansatz. Die Frau des Kommissars sorgte sich ernsthaft um seine Gesundheit, weil er überhaupt nicht mehr zur Ruhe kam. Nicht nur, dass er die Wochenenden durcharbeitete. Er schlief zudem schlecht und sein Rücken litt unter Dauerschmerzen.

Hennings und Helena Zielinski saßen in der Kantine, vor sich einen Teller mit dampfender Erbsensuppe und einem Würstchen.

„Autsch! Verdammt!" Helena hatte sich an der zwar faden, aber heißen Kantinensuppe den Mund verbrannt und sog die Luft leise zischend zwischen den Zähnen ein. „Wie machen wir weiter, Chef?", fragte sie Olaf Hennings dann.

„Ich weiß es nicht", gab der zu. „Inzwischen sind mir die Ideen ausgegangen. Vielleicht werde ich allmählich doch alt." Er schaute sie an. „Und jetzt widersprechen Sie nicht, sondern reichen mir das Salz rüber."

Sie musste grinsen, weil sie ihn gut genug kannte, um zu wissen, dass ihm nichts ferner lag als „fishing for compliments". „Sie sind der Chef, Chef."

„So wie es aussieht, müssen wir auf den nächsten Mord warten", sagte er resigniert.

„Wieso glauben Sie, dass es einen weiteren Mord geben wird?" Helena Zielinski war erstaunt über diese Aussage ihres Chefs.

„Nun. Verschiedene Faktoren sprechen dafür." Die Stimme des Kommissars klang müde. „Wir haben bisher zwei Tote. Konrad Lemberg und Julius Schellenboom. Wir wissen nicht mit absoluter Sicherheit, ob die beiden Taten zusammenhängen, aber für mich spricht einiges dafür, insbesondere die übereinstimmende Mordmethode mit dem Rasiermesser und die Abwesenheit eines plausiblen Motivs. In beiden Fällen haben wir im persönlichen Umfeld der Opfer gesucht und nichts gefunden. Wenn wir nichts übersehen haben, dann bedeutet das, dass die Männer Zufallsopfer sind."

„Wollen Sie mein Würstchen?" Hennings war zwar kein Vegetarier, hielt aber nur wenig von Würstchen, nachdem er vor Jahren mal gelesen hatte, was alles legalerweise verwurstet werden durfte. Helena teilte diese Bedenken nicht und ließ sich dankend die Wurst ihres Chefs auf ihren Teller legen.
„Da draußen läuft ein Verrückter herum, der Männer im Alter um die fünfzig hasst und tötet. Dabei geht es nicht um den echten Vater, sondern um die Vaterfigur. Und wenn das so sein sollte, dann ist die Sache noch lange nicht zu Ende", führte Hennings weiter aus.
„Verdammt. Das sind miese Aussichten."
„Aber welche, die wir in Betracht ziehen müssen."
„Was können wir tun?"
Beide löffelten die eher braungraue als grüne Erbsensuppe.
„Das ist ja das Fatale", stöhnte Hennings. „Nichts. Wenn es keine Beziehung zwischen Täter und Opfer gibt, wo sollen wir ansetzen? Wie sollen wir alle Männer dieser Altersklasse schützen?"
Darauf Helena. „Wir können nur darauf warten, dass der Täter einen Fehler macht oder dass das nächste Opfer uns einen Hinweis liefert."
„So ist es. Fahren Sie nach Hause und schlafen Sie sich aus. Ich werde das auch tun, sobald ich mit dem Staatsanwalt über diese unerfreulichen Aussichten geredet habe. Wir können alle eine Pause gebrauchen."
„Danke", sagte Helena.
Der Kommissar, der darüber nachdachte, dass es Menschen wie Lemberg gab, die ein völlig anonymes Leben führten, die von niemandem vermisst wurden, wenn es sie nicht mehr gab, stutzte für einen Moment. Eigentlich wusste auch er nicht viel über seine junge Kollegin, obwohl er mehr Zeit mit ihr verbrachte als mit seiner Frau. Sie hatte mal einen Freund gehabt, aber das war irgendwann auseinander gegangen. Er erinnerte sich, dass es ihr eine Weile schlecht damit gegangen war.

„Gibt es wenigstens jemanden, der auf Sie wartet?"
Ein Lächeln huschte über ihr Gesicht. „Zurzeit nicht. Aber darüber bin ich eigentlich ganz froh. Dafür stecke ich viel zu sehr in Arbeit." Sie erzählte ihm nicht, dass sie sich gelegentlich mit einem verheirateten Mann traf, der so wenig Zeit für sie hatte wie sie für ihn. Das würde ein Mann, der seit vierzig Jahren verheiratet und seiner Frau vermutlich immer treu war, nicht verstehen. Aber wie hatte sie gelitten, als sie erfuhr, dass Harald, ihr langjähriger Freund, mit dem sie seit der Schulzeit zusammen war, sie betrog und ihr dann noch vorwarf, sie sei ja nie da gewesen und ihr beschissener Beruf ginge ihr doch sowieso über alles. Dabei hatte der verlogene Hund immer so getan, als unterstütze er sie, als sei er ihr ein Rückhalt und würde sie auffangen, wenn sie nach 36- Stunden-Schichten völlig erschöpft nach Hause kam. Er hatte Verständnis geheuchelt, weil sie zu müde für Sex war, und in Wahrheit war er heilfroh, dass sie nichts von ihm wollte, weil er gerade erst die Andere gevögelt hatte.
Die Trennung hatte ihr beinahe den Boden unter den Füßen weggerissen. So etwas wollte sie nie wieder erleben. Nächtelang konnte sie nicht schlafen, und die Tage vergingen dumpf wie unter einer dicken Watteschicht. Zeitweise war die Verzweiflung so groß, dass sie kurz davor stand, ihren Beruf aufzugeben. Aber letztlich war es die Arbeit, die ihr Kraft gegeben und ihr über diese schlimme Zeit hinweggeholfen hatte. Sie war mit Leib und Seele Polizistin. Das würde sie sich nicht nehmen lassen.
Aber das Vertrauen in die Männer hatte sie verloren. Wenn es sich ergab, war sie einem kurzen Abenteuer nicht abgeneigt. Ansonsten traf sie sich in unregelmäßigen Abständen mit einem verheirateten Amerikaner, der immer wieder geschäftlich in der Hansestadt zu tun hatte. In dieser Konstellation drohte keine emotionale Gefahr. Dabei an eine Beziehung zu denken, war so utopisch wie der Glaube an das Wunder von Lourdes.

Von all dem wusste Olaf Hennings nichts, als sie sich von ihm verabschiedete, um nach Hause in ihre kleine Wohnung zu fahren.

Mittwoch, 20. Juli 2011

Es kostete ihn immer wieder Überwindung, aber Albert Reineke wusste, dass er es tun musste, und so kämpfte er den inneren Schweinehund nieder und ging zwei mal pro Woche morgens vor der Arbeit in den Jenischpark joggen. Aber nur der Anfang fiel ihm schwer. War er erst mal unterwegs, legte sich seine Unlust schnell und er begann, den Lauf zu genießen. Bei seinem stressigen Schreibtischjob war es unbedingt nötig, sich durch regelmäßige Bewegung fit zu halten. Natürlich hätte er auch in einen dieser schicken Fitnessclubs gehen können, die in den letzten Jahren an jeder Ecke aus dem Boden geschossen waren. Der Verlag hatte sogar Sonderkonditionen für seine Mitarbeiter ausgehandelt – aber wenn er sich schon bewegte, dann lieber an der frischen Luft. Das war ihm nach einem Probetraining schnell klar geworden. Warum auf dem Laufband rennen oder verschwitzt in irgendwelchen Foltermaschinen hängen, wenn er in der klaren Morgenluft durch einen besonders schönen Park laufen und sich dabei sogar einer wunderbaren Aussicht über die Elbe erfreuen konnte. Dieser Blick verzauberte ihn immer wieder, sodass er an bestimmten Stellen des Wegs manchmal stehen blieb, um ihn länger in sich aufzusaugen. Er konnte wie ein Kind staunen, dass dieselbe Aussicht von derselben Stelle an jedem Tag anders wirkte.

Heute Morgen stieg inselartiger Nebel aus den abschüssigen Feuchtwiesen auf, stand wie gemalt bis wenige Meter über dem Boden und löste sich dann allmählich nach oben hin auf. Der Morgentau hatte alles mit einem feuchten Film belegt und die Farben zum Leuchten gebracht. Das Grün war satt und die goldenen Verzierungen des Jenisch-Hauses glitzerten in der Sonne. Bis auf einen jungen Mann, der sich ebenfalls joggend näherte, und einen kleinen Trupp Kaninchen, der verspielt über die Wiese hoppelte, war der Park fast leer. Nur in der Ferne liefen ein paar Gestalten. Wieder musste er an seinen ehemaligen Kommilitonen Schellenboom denken. So schnell konnte es gehen. Es war wirklich wichtig, möglichst jeden Moment auszukosten und sich nicht mit überflüssigem Ballast zu belasten. Er machte gerade Dehnübungen, als der junge Mann sich näherte und ihn ansprach.

Es ging doch nichts über Leute mit zuverlässigen, berechenbaren Gewohnheiten. Beinahe hätte er übersehen, dass sein Vater mittwochs und sonntags gegen 6 Uhr morgens das Haus verließ und zum Joggen in den nahe gelegenen Jenischpark trabte. Er selbst hasste das frühe Aufstehen und hatte sich nur mit großer Disziplin zu dieser frühen Stunde auf seinem Beobachtungsposten vor Reinekes Haus eingefunden. Das zeigte ihm noch einmal, wie wichtig disziplinierte, saubere Arbeit war. Ohne diese morgendliche Joggingrunde wäre es nicht nur schwieriger, sondern auch gefährlicher gewesen, sich seinem Vater zu nähern. Ihm war schnell klar, dass dies die geeignete Situation für die erste Kontaktaufnahme darstellte. Er war ein paar Mal unbemerkt mitgelaufen, das eine oder andere Mal an anderen Wochentagen auch alleine. So konnte er die Lage gut einschätzen und wusste, dass der Park um diese Uhrzeit fast menschenleer war.
Er fand es gut, dass sein Erzeuger sich fit hielt. Daran würde er sich ein Beispiel nehmen. Es wunderte ihn ohnehin, dass Söhne, die bei ihren Vätern aufwuchsen, sich so zwanghaft von ihnen abzugrenzten. Er dagegen konnte gar nicht genug Übereinstimmungen entdecken und eiferte dem Vater eher nach.
Er schmunzelte, als er Reineke zur gewohnten Zeit antraben sah. Noch blieb er auf seiner Bank sitzen, ließ ihn vorbeilau-

fen und schaute mit gespieltem Desinteresse in eine andere Richtung. Er wusste, dass der Ältere oben auf dem Hügel in der Nähe des Jenisch-Hauses eine Pause machen würde. Dort würde er ihn ansprechen.

Ein paar Minuten später erhob er sich, atmete tief durch, warf seinen Rucksack über die Schulter und nahm die Verfolgung auf. Was für ein wunderbarer Morgen, dachte er, welche poetische Stimmung. Sein Blick wanderte über den aufsteigenden Morgennebel hinunter zur Elbe. Es erinnerte ihn an ein chinesisches Gemälde, das er mal gesehen und das ihm sehr gefallen hatte. Bäume und Schluchten tauchten da aus Nebelschwaden auf. Er fühlte das Gewicht des Hammers im Rucksack, der ihm unangenehm hart in den Rücken drückte. Damit lief es sich nicht gut, zum Glück hatte er es nicht mehr weit. Aber der Hammer musste schon schwer sein, alles andere wäre zu riskant. Wenn es drauf ankam, musste er Reineke mit einem Schlag außer Gefecht setzen. Schließlich konnte und wollte er sich nicht auf einen Kampf einlassen – falls es überhaupt so weit kommen würde. Eigentlich hasste er Gewalt. Er kramte in seinem Gedächtnis, wann er sich das letzte Mal geprügelt hatte. Das musste im Kindergarten gewesen sein. Aber der Hammer schien die beste Lösung für sein Problem zu sein. Er hatte ihn unverfänglich im Baumarkt gekauft, einen 1,5-Kilo-Fäustel. Damit würde ein Schlag von hinten auf den Kopf genügen. Zwar ging er davon aus, dass das Blut nicht so stark spritzte wie bei der durchschnittenen Kehle und dass Hirnmasse eine zähere Viskosität aufwies als Blut. Aber da er noch keine Erfahrung beim Totschlag mit dem Hammer hatte und ihm das Erlebnis bei Schellenboom noch in den Knochen steckte, trug er sicherheitshalber noch Kleidung zum Wechseln in seinem Rucksack. Man wusste ja nie!

Eine ganze Weile hatte er sich mit verschiedenen Giften beschäftigt, aber keines davon erfüllte die Anforderungen, die er an sein Mordwerkzeug stellte. Das Gift musste schnell wirken und unauffällig zu beschaffen sein. Das traf auf keine der von ihm in Betracht gezogenen Substanzen zu. Außerdem hätte er auch nicht gewusst, wie er seinem Vater das Gift im Park hätte verabreichen können. Inzwischen hatte er begriffen, dass es in vielen Krimis bei der Beschreibung von Giftmorden nicht so genau genommen wurde. Einen schweren Hammer zu besorgen war dagegen ein Kinderspiel, niemand würde seine Herkunft zurückverfolgen können. Dafür musste er eine kurze Gewalttat in Kauf nehmen, aber solange es keinen Kampf gab, das Opfer sich nicht wehren würde, war ihm das auch recht. Er würde ja überraschend von hinten zuschlagen. Der schnelle Schnitt mit dem Rasiermesser war schließlich auch nicht gerade gewaltfrei abgegangen. Er ging davon aus, dass ein Schlag reichte, um den Schädel zu zerschmettern. Zumindest hatten seine Trockenübungen mit Kokosnüssen, Steinen und einem Gipsblock diesen Schluss nahegelegt. Gut, eine Kokosnuss war kein Schädel, aber so viel härter konnte dieser nun auch nicht sein. Danach würde er den Hammer wieder einstecken, mitnehmen und in der Elbe versenken.

„Wird schon schiefgehen." Er schaute über die weite Wiese und nahm sich vor, die Dinge positiv anzugehen und sich nicht immer so viele Sorgen zu machen. Das war eine Eigenschaft, die er von seinem Ziehvater angenommen hatte. Der neigte auch dazu, sich sehr schnell zu sorgen. Besser war es, möglichst emotionslos vorzugehen und einen kühlen Kopf zu behalten. Bisher hatte doch alles großartig geklappt. Warum sollte sich das ändern?

Jetzt tauchte Albert Reineke vor ihm auf. Wie immer stand er etwas versteckt unter einer mächtigen hohlen Eiche, die eng verschlungen mit einer Birke in der Nähe des Jenisch-Hauses wuchs, und dehnte seine Muskeln.

Er lief ohne Eile die letzten Meter, um schließlich neben seinem Vater stehen zu bleiben. „Was für ein herrlicher Tag", sagte er mit breitem Lächeln zu dem Älteren.

Der wandte sich ihm zu. „Das kann man wohl sagen. Ein Wunder, dass nicht mehr Leute diese fantastische Morgenstimmung genießen."
„Alles faule Schlafmützen, die nicht wissen, was sie verpassen."
Reineke nickte. Da er offenbar erwartete, dass der junge Mann weiterlaufen würde, setzte seine Übungen fort. Als dieser jedoch keine Anstalten machte, sich wieder in Bewegung zu setzen, sah er ihn fragend an. „Kann ich etwas für Sie tun?"
„Ja", sagte der junge Mann, der diesmal erst gar nicht lange um den heißen Brei herumreden wollte. „Ich bin einer deiner Söhne, geboren aus den Samenspenden, mit denen du Mitte der 80er Jahre dein Studium finanziert hast."
Reineke erstarrte wie vom Blitz getroffen. „Was?"
„Du hast richtig gehört. Dein Sohn steht vor dir. Ist dir nie in den Sinn gekommen, dass diese Stadt voll ist von den Früchten deiner Lenden, wie es so poetisch heißt, in diesem Fall allerdings wahllos und ohne Liebe ausgesäten Früchten. Hast du dich noch nie spontan gefragt, ob ein junger Mensch, dem du auf der Straße oder im Supermarkt begegnet bist, vielleicht eines deiner Kinder ist?"
Reineke war noch immer dabei, den Schock zu verdauen. „N ... nein", stammelte er. „Ich habe, ehrlich gesagt, überhaupt nicht mehr daran gedacht. Das ist doch schon so lange her ... und sollte doch auch anonym sein. Wie haben Sie ... hast du ...?"
„Wie ich es herausgefunden habe. Das war ziemlich einfach. Die Sicherheitsstandards bei I-Baby, so heißt der Laden heute, sind ziemlich niedrig."
„Setzen wir uns doch auf eine Bank", schlug Reineke vor, als er sich wieder halbwegs gefangen hatte.
„Gute Idee." Der junge Mann freute sich. Dies war der erste Vater, der ihn akzeptierte, der mit ihm reden wollte. Es war verständlich, dass Reineke erst einmal geschockt war, das wäre ihm selbst auch nicht anders ergangen. Aber er stieß ihn nicht gleich fort. Vielleicht würde es diesmal gut gehen? Die zwei

Männer setzten sich auf eine mit grünem Moos bewachsene Holzbank mit Blick über die große Wiese und die Elbe. Ein mächtiges, chinesisches Containerschiff der Hanjin-Lines dröhnte langsam hafeneinwärts. Die verschiedenfarbigen Container waren bis in schwindelnde Höhen gestapelt und sahen aus der Entfernung wie Teile eines riesigen Puzzles aus. In der morgendlichen Stille schallten die Klänge des betriebsamen Hafens, das Krachen von Metall, rhythmisches Piepen und dumpfes Tuten bis zu ihnen den Hügel hinauf.

„Nie hätte ich gedacht, dass es einmal so weit kommen würde", sagte Reineke, „sonst hätte ich mich nicht darauf eingelassen."

„Dann gäbe es mich jetzt nicht", sagte der junge Mann. „Was hast du dir damals dabei gedacht?"

„Nicht viel", gab Reineke zu. „Ich habe ohne großen Aufwand Geld verdient und dabei noch ein gutes Werk getan und kinderlosen Paaren bei der Erfüllung ihres Wunsches nach Nachwuchs geholfen. Durch die Anonymität hatte es ja letztlich auch keine Konsequenzen."

„Hast du geglaubt, aber so ist es leider nicht gelaufen", sagte er, „sonst säßen wir jetzt nicht hier."

„Wie heißt du eigentlich?"

„Ernst Schering", log er.

„Ernst ..." Reineke wirkte nachdenklich. „Bist du in einer Familie mit Vater aufgewachsen?"

„Mit dem unechten Vater", berichtigte er ihn scharf.

„Das heißt, du mochtest ihn nicht."

„Wir hätten verschiedener nicht sein können. Und er hatte nicht das Format, mich in Ruhe zu lassen."

„Das klingt verbittert."

„Mein ganzes Leben war auf einer Lüge aufgebaut. Wie wäre es dir damit gegangen?"

„Ich weiß es nicht."

„Manchmal war es die Hölle. Ich wusste, ich war am falschen Platz, aber ich wusste nicht, warum."

„Aber bist du nicht froh, dass du lebst?"
„Das ist eine sehr merkwürdige Frage. Natürlich will ich nicht sterben. Aber manchmal wünschte ich, nie geboren zu sein. Wie klingt das: Geboren durch donogene Insemination?"
„Jedenfalls nicht romantisch. Vielleicht sollten wir doch der Natur nicht ins Handwerk pfuschen", sagte Reineke nachdenklich. „Von meiner heutigen Warte aus gesehen würde ich so etwas auch nicht noch einmal machen."
„Wie auch immer", sagte der junge Mann und lachte. „Jetzt gibt es mich nun mal."
„Was wünschst du dir eigentlich von mir? Weshalb hast du mich gesucht?"
„Ich weiß es nicht genau. Ich schätze, ich wollte dich einfach kennen lernen, wissen, was für ein Mensch mein leiblicher Vater ist. Will nicht jeder wissen, woher er kommt?"
„Und?"
„Spontan bin ich nicht enttäuscht." Der junge Mann frohlockte innerlich. Der Hammer konnte im Rucksack bleiben. Er war es und er verleugnete ihn nicht.
Reineke schaute ihn genau an, studierte seine Physiognomie, aber seine Versuche, Familienähnlichkeiten zu entdecken, blieben ohne Erfolg. „Du siehst mir aber nicht ähnlich." Er stutzte einen Moment. „Eher erinnerst du mich an Pauli."
„Wer ist Pauli?"
„Ein damaliger Kommilitone. Er war der erste von uns, der zum Spenden ging. Durch ihn sind wir überhaupt erst darauf gekommen. Dann ging das halbe Seminar hin."
„Dieser Name taucht in den Unterlagen aber nicht auf", sagte der junge Mann. Seine Stimmung war abrupt gekippt.
„Pauli war nur sein Spitzname. Wie hieß er noch?" Reineke schien angestrengt nachzudenken, gab dann auf. „Alle haben ihn nur Pauli genannt. Deshalb erinnere ich mich nicht mehr an seinen wirklichen Namen. Bist du sicher, dass ich es bin?"
„Nicht zu 100 Prozent", sagte der junge Mann mit belegter

Stimme. „Eine kleine Auswahl von Männern kam infrage." Die Enttäuschung war ihm deutlich anzumerken.
„Nicht dass ich etwas dagegen hätte, dein Vater zu sein, aber vielleicht forschst du besser weiter. Ich meine, wenn du sicher sein willst."
Der junge Mann nickte. Zum ersten Mal tat es ihm leid. Jetzt würde er es doch tun müssen. Reineke gefiel ihm, aber er wusste zu viel. Es würde nicht lange dauern und er würde Rückschlüsse auf Lemberg und Schellenboom ziehen. Er stand auf.
„Moment noch", sagte Reineke und griff in die Brusttasche seines Jogging-Anzugs. „Hier hast du meine Karte. Ruf mal an und erzähle, wie es mit dir weitergegangen ist."
Er nahm die Karte und steckte sie ein. Seine Arme waren schwer wie Blei und sein Mund knochentrocken. Er fühlte sich schlecht, aber er sah keine andere Möglichkeit. Als auch Reineke aufgestanden war und ihm den Rücken zuwandte, zog er den Hammer aus dem Rucksack und schlug dem Älteren mit voller Kraft auf den Kopf. Es gab ein hässliches Knirschen und Reineke brach zusammen. Ein paar Mal zuckten seine Gliedmaßen, dann rührte er sich nicht mehr. Tatsächlich spritzte kaum Blut, aber das Gras rund um seinen zerschmetterten Schädel färbte sich mit großer Geschwindigkeit rot. Er beugte sich vor, um sicherzugehen, dass Reineke wirklich tot war. Dann schaute er sich um, aber sie waren noch immer allein. Niemand hatte etwas gesehen. Er ließ den Hammer im Rucksack verschwinden, umrundete das Jenisch-Haus und lief wie ein harmloser Jogger weiter seine Runde.

Juni 1984

Noch am selben Abend hatte Pauli Gertrud Blatter angerufen und sich für das Wochenende mit ihr verabredet. Sie saßen bei schönstem Sonnenschein auf der Alsterwiese, der Himmel

war erfüllt von den flockigen, flauschigen, weißen Samen der Bäume, und sie waren im Begriff, eine sehr kuriose Liebesgeschichte zu beginnen, eine Geschichte, bei der schon vor dem ersten Kuss über sein Sperma geredet wurde, bei der sie aus den Akten alles über ihn und er nichts über sie wusste, eine unmögliche und auch verbotene Geschichte. Würde es herauskommen, dass sie sich trafen, würden beide ihren Job verlieren.
„Es ist schon komisch, jetzt mit dir hier zu sitzen." Sie hatten sich geküsst, das erste Mal und auch eher zaghaft.
„Und, bereust du es?"
„Weiß ich noch nicht ..." Sie lachte. „Nein ... bisher eigentlich nicht. Noch nicht."
Er streichelte ihren nackten Oberarm. „Was soll das denn heißen: Noch nicht? Ich werde schon dafür sorgen, dass du es nicht bereust."
„Wahrscheinlich", sagte Gertrud, „Du hast schließlich nur die besten Beurteilungen. Was soll da schon schiefgehen?"
„Aber du hast dich hoffentlich nicht nach Aktenlage mit mir verabredet?"
„Quatsch!" Sie küsste ihn. „Aber für viele Frauen bist du der perfekte Mann, der bevorzugte Vater ihrer Kinder. Ich wäre schön blöd, wenn ich dich so einfach ziehen lassen würde."
„Können wir das mit der Samenspende nicht einfach vergessen und so tun, als hätten wir uns beim Bäcker kennen gelernt?"
„Das wäre das Beste", sagte sie. „Trotzdem kommt es mir komisch vor, dass wir uns außerhalb der Klinik sehen. Ich habe das noch nie gemacht, nicht mal zufällig einen Spender auf der Straße getroffen."
„Ich kannte mal eine Frau, die bei Beate Uhse im Sex-Shop gearbeitet hat", erzählte Pauli. „Der ging das so ähnlich. Die ist schon manchmal Kunden auf der Straße begegnet, auch mit Frau und Kindern. Die haben allerdings alle angestrengt zur anderen Seite geguckt und so getan, als würden sie sie nicht kennen."

„Warst du da Kunde?"
„Nein. Ich kannte sie schon vorher. Sie war die Frau eines alten Freundes. Gehst du eigentlich gerne ins Theater?"
„Ja."
„Im Schauspielhaus gibt es ‚Ghetto' von Joshua Sobol, inszeniert von Zadek. Hast du Lust?"
„Willst du mich einladen?"
Pauli verzog das Gesicht. „Das täte ich herzlich gerne. Aber du weißt ja, dass ich ein armer Student bin – und dass ich das Geld mit mühsamer Handarbeit verdiene. Jeder zahlt für sich selbst."
„Ist schon klar. Eigentlich könnte ich dich einladen, bei meinem Gehalt."
„Das muss nun auch nicht sein", sagte Pauli und lachte, „jedenfalls nicht bei der ersten Verabredung. Ich find's gut, wenn jeder für sich zahlt."
„Okay. Meinst du denn, es gibt noch Karten?"
„Wenn wir rechtzeitig dort sind."
„Dann lass uns jetzt losgehen. Wir könnten mit dem Alsterdampfer fahren. Das habe ich lange nicht gemacht."
Gertrud und Pauli schlenderten bei schönstem Sonnenschein entlang der Außenalster zum Anleger an der Alten Rabenstraße und nahmen das Schiff hinüber zum Atlantic Hotel. Der langsam dahintuckernde Dampfer wurde von einer ganzen Flotte weißer Segelboote umschwirrt, die ihn überholten oder vor oder hinter ihm kreuzten.
Da Gertrud Paulis Geschichte schon in groben Zügen kannte, erzählte sie von sich, ganz so, wie man es bei einer ersten Verabredung mehr oder weniger wahrheitsgetreu tat, denn natürlich wollte sie einen möglichst positiven Eindruck machen. Sie hatte nach dem Abitur eine Berufsausbildung zur Buchhändlerin absolviert und war als Quereinsteigerin ‚Mädchen für alles' in der Klinik geworden. Dort verdiente sie einfach mehr als in der Buchhandlung und sie konnte ihre Arbeit selbstständig or-

ganisieren. Vorher hatte sie in einem kleinen inhabergeführten Buchladen gearbeitet, wo der Chef alles bis ins kleinste Detail vorgeschrieben und alles selbst entschieden hatte. Gerne hätte sie studiert, aber dafür hatte das Geld ihrer Familie nicht gereicht. „Du heiratest ja sowieso", hatte ihr Vater gesagt und lieber ihren jüngeren Bruder gefördert.

„Wie bist du eigentlich dazu gekommen, Philosophie zu studieren? Die Berufsaussichten sind da doch eher schlecht", fragte sie Pauli.

„Darüber habe ich mir vor vier Jahren, als ich anfing zu studieren, keinen Kopf gemacht", antwortete er, „die Philosophie, die reinste aller Wissenschaften, hat mich einfach interessiert. Es war ein Neigungsstudium. Jetzt, wo ich bald fertig bin, frage ich mich natürlich, was ich mal machen kann."

„Und? Woran denkst du?"

„Mein bester Freund ist Fotograf und arbeitet freiberuflich für eine Presseagentur. Für die habe ich auch schon ein paar Sachen geschrieben. Das lässt sich vielleicht ausbauen. Vielleicht kann ich ja mal als Redakteur arbeiten."

„Oder als Lehrer."

„Das ist nicht gerade mein Traumberuf."

Sie lachte. „Oder du wirst Betriebsphilosoph bei Blohm & Voss."

„Sehr witzig. Das Philosophiestudium hat mich anfangs übrigens ziemlich enttäuscht."

„Wieso das?"

„Es war so anders, als ich es mir nach dem Unterricht am Gymnasium vorgestellt hatte. Statt der großen Fragen nach dem Sinn des Lebens hatte ich plötzlich formale Logik, sprachanalytische Philosophie und Wissenschaftstheorie auf der Agenda. Das musste ich erst mal verdauen."

„Hm. Und worüber redet ein Philosoph sonst noch? Zum Beispiel, wenn er eine Frau verführen will?"

„Diese Frage ist schwer zu beantworten. Lass dich überra-

schen. Ich fürchte allerdings, darin bin ich nicht besonders gut. Oder magst du etwa über Fußball reden?"
„Bislang dachte ich, Intellektuelle würden sich nicht für Fußball interessieren. Du bist der erste Philosoph, den ich kenne, der dem Proletenspiel etwas abgewinnen kann."
„Wie viele Philosophen kennst du denn?"
„Einige sind Spender."
„Aber mit denen redest du nicht über Privates?"
„Ist Fußball denn Privates?" Offenbar neckte sie ihn gerne.
„Du weißt schon, wie ich das meine."
„Und wieso bist du nun so ein großer St. Pauli-Fan?"
„Das liegt an meinem Vater. Der war total fußballbegeistert und hat mich immer mit auf den Platz genommen. Als kleiner Junge saß ich auf seinen Schultern und feuerte St. Pauli an. Aus dieser Zeit stammt übrigens auch mein Spitzname."
„Jetzt weiß ich aber immer noch nicht, wie du eine Frau becirct. Fußball, Philosophie, was kommt da noch?"
Er grinste. „Das mache ich eigentlich immer nonverbal. Meistens reicht es, wenn ich mit meinem Knackarsch wackele. Dann bedarf es keiner weiteren Worte." Er schlenkerte auf eine komisch wirkende Weise seinen Hintern, dass sie lachen musste.
„Geschafft. Es hat funktioniert", sagte sie und fing ihn ein, um ihn zu küssen.
„Was?"
„Du hast es geschafft, mich zu becircen."
Sie verließen das Schiff, überquerten die mehrspurige Hauptstraße an der Ampel und gingen vorbei an dem imposanten Atlantic Hotel in Richtung der Langen Reihe. Auf dem kleinen Parkplatz am Spadenteich standen mehrere Prostituierte und warteten auf Freier. Eine der Frauen war gerade in Verhandlungen mit einem potenziellen Kunden, schickte ihn aber erbost lautstark fort. Offenbar hatte er versucht, den Preis zu drücken. Viele der Huren in St. Georg waren drogenabhängig

und prostituierten sich, um ihren Heroinbedarf zu decken. Da schienen manche Freier auf einen Schnäppchenfick zu spekulieren. Der Mann blieb hartnäckig und wollte sich nicht abwimmeln lassen. Erst als ein heruntergekommener, magerer Typ mit strähnigen, langen Haaren die Straße überquerte, um sich in die Diskussion einzuschalten, sah der Freier ein, dass es mit der billigen Nummer wohl nichts werden würde, und suchte laut schimpfend das Weite. Gertrud fühlte sich in dieser Nachbarschaft unwohl. Sie hängte sich bei Pauli ein und ging einen Schritt schneller.

Das Schauspielhaus erstrahlte weiß in frischem Glanz. Erst seit Kurzem war die groß angelegte Sanierung abgeschlossen und das Theater war von seinem zwischenzeitlichen Domizil auf Kampnagel zurück in das Stammhaus gezogen. Leider hing dann an der Kasse das hässliche Schild „Ausverkauft", sodass es mit dem ersten gemeinsamen Theaterbesuch an diesem Abend nichts wurde. Davon ließ das frisch verliebte Paar sich allerdings nicht die Stimmung verderben. Vielmehr dauerte es nicht mehr lange, bis eine der im Verlaufe der neueren Menschheitsgeschichte wahrscheinlich am häufigsten gestellten Fragen auch hier ins Gespräch gebracht wurde. „Zu dir oder zu mir?" Da Pauli nur ein Zimmer in der Wohngemeinschaft hatte, entschieden sie sich für Gertruds Wohnung. Auf dem Weg zu ihr kauften sie noch eine Flasche Rotwein bei Nagel an der Kirchenallee. Auch in dieser Nacht spendete Pauli reichlich Sperma, und auch dieses Mal war Gertrud diejenige, die es in Empfang nahm. Allerdings nicht wie bisher in einem kleinen, weißen Plastikgefäß und auch nicht nach rhythmischer Handarbeit beim Betrachten eines Porno. Vielmehr wendeten sie die herkömmliche, seit Jahrtausenden von Männern und Frauen erfolgreich praktizierte Methode an. Das machte in Wahrheit auch viel mehr Spaß.

6

Mittwoch, 20. Juli 2011

Olaf Hennings hatte zwar damit gerechnet, aber dass es so schnell gehen würde, hatte er nicht geglaubt. Zwei Jogger hatten den Mann gefunden. Es war kurz nach 7 Uhr am Morgen und die Polizisten wirkten alle noch unausgeschlafen. Ausgerechnet hier zu Füßen der „Liebenden“ ermordet zu werden, erschien ihm als besonders tragisch. Die Liebenden, so nannten die Leute aus der Nachbarschaft eine 350 Jahre alte Eiche, die in untrennbarer Verschlingung mit einer jüngeren Birke gewachsen war. Die Eiche war hohl und aus ihrer Mitte wuchs die etwa fünfzigjährige Birke.

Der Tote trug einen Jogginganzug, kein billiges Polenmodell aus Fallschirmseide, sondern einen funktionalen, hellgrauen Zweiteiler aus Baumwolle. Der Mann lag auf dem Bauch. Genauso hatte man ihn gefunden. Nur der Aufschneider hatte ihn flüchtig untersucht, ansonsten war die Leiche noch unberührt. Bis Alex Tischer mit den Tatortfotos fertig war und Hennings die Leiche freigab, würde das auch so bleiben. Wie immer waren an verschiedenen Stellen kleine Schilder aufgestellt, die Fundorte markierten, Abdrücke von Schuhen, Zigarettenstummel, Papierfetzen, ausgespuckte Kaugummis, eben das Übliche, was an Tatorten im öffentlichen Raum so gefunden wurde. Der Hauptkommissar wusste, dass all dieses Zeug nicht von dem Mörder stammte, trotzdem musste es fotografiert, akribisch in Zellophantüten eingesammelt, katalogisiert und untersucht werden.

„Wissen wir schon, wer der Mann ist?“

Helena Zielinski hielt eine Visitenkarte in die Höhe. „Er hatte ein paar Karten dabei. Dort neben der Leiche sind noch mehr. Die sind ihm wohl bei dem Sturz aus der Brusttasche gefallen.“

„Dr. Albert Reineke, Ressortleiter Kultur bei der Abendpost“, las er vor. „Ein Journalist. Da wird die Presse uns um so wütender attackieren. Gibt es Zeugen? Hat jemand etwas gesehen?“
„Bisher hat sich noch niemand gemeldet. Um diese Uhrzeit ist der Park noch menschenleer.“
„Weitersuchen“, sagte der Kommissar. Selbst der kleinste Hinweis kann hilfreich sein.“
Helena Zielinski nickte. „Das läuft schon. Wir haben an allen Ausgängen des Parks Kollegen postiert, um die Personalien sämtlicher Leute aufzunehmen, die den Park verlassen.“
„Sehr gut. Wer hat das veranlasst?“
„Das war ich“, sagte Helena.
„Schnell reagiert“, lobte er sie.
Dann ging er hinüber zu Ludger Hansen. „Können Sie schon etwas zum Todeszeitpunkt sagen?“
Ludger Hansen nickte. „Der Mann ist noch warm und höchstens seit einer Stunde tot.“ Er deutete auf den Hinterkopf der Leiche. „Mit großer Wucht erschlagen. Von hinten. Ein Schlag hat gereicht. Ich tippe auf einen schweren Hammer. Das Opfer hatte keine Chance sich zu wehren. Er hat das Unheil nicht einmal kommen sehen.“
„Danke.“
Obwohl die Mordwaffe diesmal kein Rasiermesser war, sagte ihm sein auf Erfahrung gegründetes Gefühl, dass es derselbe Täter war. Das Alter des Opfers stimmte. Der Täter hatte die Methode gewechselt, und Hennings wusste auch, warum. Es war das Blut. Bei Schellenboom hatte er sich mit Blut besudelt. Dieses Risiko wollte er nicht mehr eingehen, zumal die Tat dieses Mal nicht in einem geschlossenen Raum stattgefunden hatte. Deshalb die neue Methode. Aber was war sein Motiv?
Die Kollegen hatten den Tatort mit rot-weißem Band weiträumig abgesperrt. Eine kleine Gruppe Schaulustiger stand dahinter und versuchte, einen Blick auf die Leiche zu erhaschen. Einige Leute fotografierten oder filmten mit ihren Smartphones.

Er war froh, dass hier so früh noch nicht viel los war. Plötzlich geriet Bewegung in die Gruppe. Eine Frau hatte zu schreien begonnen und sich nach vorne gedrängt.
„Albert!“, rief sie. „Oh Gott, mein Mann.“ Sie stieg über das Absperrband und wollte zu dem Toten vordringen, aber zwei Beamte, die das Gelände sicherten, hielten sie zurück.
„Ich will zu meinem Mann. Lassen Sie mich los.“ Sie versuchte erfolglos sich zu befreien, aber jetzt war auch Hennings zu ihr geeilt.
„Beruhigen Sie sich, Frau ...?“
„Reineke“, sagte sie, „das ist doch mein Mann dort?“
Hennings nickte. „Vermutlich leider ja. Kommen Sie, setzen Sie sich.“ Er wollte sie zu einer nahe gelegenen Bank führen, aber sie weigerte sich.
„Was ist geschehen?“
„Ihr Mann ist erschlagen worden“, sagte der Kommissar.
Ihre Beine schienen für einen Augenblick zu versagen und sie musste sich gegen den Kommissar lehnen, der den Arm um sie legte, um sie zu stützen. Nach einem verzweifelten, tiefen Stöhnen fing sie an zu schluchzen.
„Was? ... Nein! Das kann doch nicht sein. Lassen Sie mich zu ihm.“
„Das geht jetzt noch nicht“, sagte der Kommissar. „Wir müssen die Beweisaufnahme erst abschließen. Kommen Sie mit mir zum Rettungswagen. Sie bekommen etwas zur Beruhigung von unseren Sanitätern und legen sich einen Moment hin.“
„Auf keinen Fall. Ich muss zurück. Die Kinder sind allein zu Hause. Sie müssen zur Schule.“
„Wir kümmern uns um alles.“ Er winkte Helena und bat sie, den psychosozialen Notdienst zur Krisenintervention anzufordern. Er hatte einen Kloß im Hals. Immer wenn auch Kinder betroffen waren, fühlte er sich besonders schlecht.
„Was hat Sie bewogen, in den Park zu kommen und nach dem Rechten zu sehen?“, fragte er Frau Reineke.

„Wir wohnen in unmittelbarer Nachbarschaft des Parks.“ Sie zeigte in Richtung Osten. „Gleich da vorne. Albert war schon eine dreiviertel Stunde überfällig und dann habe ich die ganzen Martinshörner gehört.“ Sie weinte. „Das alles hat mich beunruhigt. Deshalb wollte ich eben nachsehen, was hier los ist.“
Der Kommissar übergab die weinende Frau dem Arzt, der mit zwei Sanitätern neben dem Rettungswagen wartete. Er hatte sich schon umgedreht, um wieder zu der Leiche zu gehen, als er innehielt. „Eins fällt mir noch ein“, sagte er. „Wissen Sie, ob Ihr Mann und Professor Schellenboom sich kannten?“
Sie sah ihn aus tränenfeuchten Augen an. „Julius? Natürlich. Die beiden haben zusammen studiert.“ Jetzt dämmerte ihr, dass Schellenboom ja auch ermordet worden war. „Mein Gott! War es derselbe Täter? Aber warum? Warum denn nur?“
Genau diese Frage stellte sich auch der Kommissar. Und er hoffte, dass der Mord an Reineke ihn der Antwort auf diese Frage näherbringen würde. Jetzt ließ er die verzweifelte Frau in der Obhut des Arztes zurück und ging hinüber zu der Leiche, die inzwischen zum Abtransport freigegeben war. Helena Zielinski hatte die Taschen des Toten durchsucht, außer einem Schlüsselbund in der Hosentasche und den Visitenkarten in der Brusttasche jedoch nichts von Interesse gefunden.
„Reineke und Schellenboom kannten sich“, sagte der Kommissar zu Helena. „Seine Frau hat‘s mir gerade erzählt.“
„Gibt es Kinder?“, fragte Helena.
„Ja, anscheinend noch klein“, sagte der Kommissar. „Wir können unsere Zelte hier wohl allmählich abbrechen. Ich rechne nicht damit, dass die Untersuchung des Tatorts brauchbare Ergebnisse bringt. Unser Mörder hat bisher keine Spuren hinterlassen. Warum sollte er jetzt damit anfangen?“
„Jeder macht irgendwann den ersten Fehler“, wandte Helena ein.
„Was unser Täter nicht vermeiden konnte, ist, dass wir jetzt die Verbindung zwischen seinen Opfern erkennen und ihm da-

mit einen Schritt näherkommen", sagte Hennings. „Frau Reineke wird von unserer Psychologin nach Hause begleitet. Wir geben ihr etwas Zeit sich zu beruhigen und werden ihr dann einen Besuch abstatten."

Inzwischen hatten die Sanitäter den toten Literaturkritiker in einen schwarzen Leichensack gehoben, auf eine Bahre gelegt und waren dabei, ihn abzutransportieren. In der Gerichtsmedizin würde der Leichnam nach allen Regeln der Pathologenkunst aufgeschnitten, untersucht und wieder zugenäht werden. Ludger Hansen galt als ein Meister seines Fachs, wobei er auch nicht dazu neigte, sein Licht unter den Scheffel zu stellen. Hennings vermied es nach Möglichkeit, den Pathologen an seinem Arbeitsplatz aufzusuchen. Obwohl er in den Jahren seiner Arbeit für das Dezernat Gewaltverbrechen schon sehr viele Mordopfer gesehen hatte, tat ihm der Anblick noch immer weh. Insbesondere wenn die Körper noch geöffnet waren und die Einzelteile blutig in der Edelstahlschale daneben lagen, war es schwer für ihn zu ertragen, nicht nur wegen des Anblicks, sondern auch wegen des Geruchs. Er fragte sich, wie der Aufschneider es schaffte, so unbekümmert mit seinen „Kunden" - so nannte er sie manchmal - umzugehen, als handele es sich nicht um Leiber toter Menschen, sondern um Fleischberge oder Filmleichen, die nach Drehschluss wieder aufstanden und mit dem Pathologen Bier tranken. Er nahm sie aus wie tote Fische oder frisch geschlachtete Hühner. Vielleicht war Hansens exaltierte Angeberei nichts anderes als ein Schildkrötenpanzer, um sich vor dem täglichen Grauen zu schützen? Andererseits musste man schon ziemlich grobmaschig gestrickt sein, um sich überhaupt für einen solchen Beruf zu entscheiden. Aber war es bei ihm nicht ähnlich? Warum hatte er sich dafür entschieden, Polizist zu werden? Sicherlich hatte er eine etwas romantische Vorstellung gehabt, aber die war schnell verflogen, zumal sein Vater ihn schon frühzeitig auf die Widrigkeiten und Probleme der Arbeit im Polizeidienst hingewiesen hatte.

Schon bald hatte Hennings gemerkt, dass die Polizeiarbeit aus sehr viel langweiliger Routine und Kleinarbeit, ungeregelten Tag- und Nachtschichten mit unzähligen unbezahlten Überstunden, so manchem bitteren Moment und vielen Niederlagen bestand. Dazu kamen immer wieder Probleme mit Vorgesetzten, ein engmaschiges Netz an Regeln und Vorschriften, die einzuhalten waren, und nicht zuletzt verhängten Richter milde Strafen und ließen mühsam eingefangene Kriminelle wieder laufen. Und trotzdem hätte er seinen Beruf niemals aufgegeben, mit keinem hoch bezahlten Bürohengst in der Wirtschaft getauscht.
Hennings und Helena fuhren stadteinwärts zum Verlag der „Abendpost". Um diese Uhrzeit schien die gesamte Bevölkerung der Elbvororte auf dem Weg in die Büros in der Innenstadt zu sein, denn es ging auf der Elbchaussee nur im Schritttempo voran. Das Blaulicht aufs Dach zu setzen und die Sirene einzuschalten, kam nicht infrage, obwohl die Versuchung groß war. In der Kaiser-Wilhelm-Straße nutzten sie dann aber doch ihre Privilegien als Polizisten und parkten direkt vor dem Verlagsgebäude auf dem Bürgersteig. Als ein kleiderschrankbreiter Sicherheitsmann im schwarzen Anzug herausgelaufen kam, um sie höflich, aber bestimmt zum Weiterfahren aufzufordern, zückte Hennings seinen Dienstausweis und stellte sich und Helena vor.
„Wir müssen sofort mit dem Chefredakteur der ‚Abendpost' sprechen", sagte er.
„Aber ...", wollte der Kleiderschrank einwenden, wurde aber von Hennings unterbrochen.
„Sofort", sagte der Kommissar mit einer gewissen Schärfe in der Stimme, in einem Ton, den der gut geschulte Sicherheitsmann auf Anhieb richtig verstand.
„Kommen Sie bitte mit, ich bringe Sie hinauf."
Sie betraten das Gebäude auf der Rückseite der großen Eingangshalle. Der öffentlich zugängliche Eingangsbereich zog

sich durch das ganze Haus, von der Caffamacherreihe bis zur Kaiser-Wilhelm-Straße. Um zu den Aufzügen und Treppen ins Innere des Gebäudes zu gelangen, mussten Angestellte und Besucher durch eine Sicherheitsschleuse, die von zwei nahkampffähigen Pförtnern bewacht wurde. Die Männer behielten die hineinströmenden Mitarbeiter im Blick, die ihre mit einem Chip ausgestattete Ausweiskarte vor den Scanner hielten, bis ein grünes Licht aufleuchtete und sie passieren konnten.

„Die Herrschaften sind von der Polizei", sagte der Kleiderschrank zu seinen Kollegen. „Und wollen zu Herrn Drexler. Ist er schon im Haus?"

Einer der Pförtner schaute auf seinem Monitor nach, nickte dann. „Sechster Stock, sind Sie angemeldet?"

„Nein", antwortete Hennings, „aber es ist sehr dringend. Wenn Sie so freundlich wären, uns anzumelden." „Gerne", sagte der Pförtner, griff gleichzeitig nach dem Telefon und drückte den Summer, der die Schranke löste, sodass die Polizisten passieren konnten.

„Der Verlag bekommt täglich Drohungen, deshalb diese Sicherheitsvorkehrungen", sagte der Mann entschuldigend zu Hennings und Helena.

„Das sind wir gewohnt", sagte der Kommissar, „bei uns sind die Sicherheitskontrollen für Besucher erheblich schärfer."

„Wir nehmen den Aufzug in den sechsten Stock. Bitte hier entlang." Der Wachmann, der sie begleitete, zeigte mit einer ausladenden Armbewegung in Richtung eines Korridors, der vorbei an einem großen schwarzen Brett mit Aushängen und dem Aufgang zur Kantine zu den Aufzügen führte. Da um diese Uhrzeit ein großer Teil der Verlagsmitarbeiter den täglichen Job antrat, herrschte vor und in den Aufzügen ein ziemliches Gedränge. Die Polizisten wollten nicht, dass der Grund ihres Besuches durchsickerte, und fuhren deshalb schweigend nach oben. Im sechsten Stock, der die Redaktion der „Abendpost" beherbergte, stiegen mehrere Personen mit ihnen aus. Der

Wachmann brachte sie noch zum Vorzimmer des Chefredakteurs und zog sich dann zurück. Dort wurden sie bereits von der Sekretärin, einer blonden Enddreißigerin im dunkelblauen Hosenanzug, erwartet. Die Verbindungstür zum Büro des Chefredakteurs stand offen.

„Gehen Sie bitte gleich durch. Herr Drexler erwartet Sie."

Als Helena Zielinski und Hennings das Büro von Hartmut Drexler betraten, stand dieser auf und reichte beiden die Hand. Dabei stellten sie einander vor. Der Chefredakteur der „Abendpost" war überraschend jung, sportlich und locker. Er trug ein weißes Hemd ohne Krawatte und eine dunkle Hose. Er zeigte auf eine kleine Sitzgruppe vor dem Fenster. „Nehmen Sie doch Platz. Was führt denn die Polizei so überfallartig zu mir?"

„Wir bringen leider schlechte Nachrichten", sagte der Kommissar, noch bevor er sich in einen der Sessel gesetzt hatte. „Dr. Reineke, Ihr Kultur-Ressortleiter, ist heute Morgen tot im Jenischpark gefunden worden. Erschlagen."

„Mein Gott", sagte Drexler. „Jetzt muss ich mich erst mal setzen. „Das ist ja furchtbar. Was für ein Verlust. Warum nur?"

„Das wissen wir nicht", sagte Helena, „noch nicht. Vielleicht können Sie oder Ihre Mitarbeiter und Kollegen dazu beitragen, das Motiv zu verstehen. Deshalb sind wir hier."

Der Chefredakteur schüttelte geschockt den Kopf. „Warum sollte jemand Albert umbringen? Gerade er hatte nun wirklich keine Feinde."

„Was meinen Sie mit ‚gerade er'?", fragte Helena Zielinski.

„Nun ja. Als Journalist macht man sich nicht nur Freunde, tritt immer wieder mal jemandem auf die Füße. Es sind schon Autos von Kollegen angezündet worden, und oft genug erhalten wir massive Drohungen. Aber dabei geht es eher um politische Beweggründe. Gerade für das Kulturressort trifft das nicht zu."

„Wir haben bisher auch keinerlei Anlass zu glauben, dass der Tod von Herrn Reineke einen beruflichen Hintergrund hat",

sagte Hennings. „Hatten Sie auch privaten Kontakt?“
„Ja. Er war nicht nur ein guter Kollege, sondern fast ein Freund für mich.“
„Was wissen Sie über seine Familienverhältnisse? Hatte er außer seinen beiden ehelichen Kindern noch Kinder aus früheren Beziehungen?“
Drexler sah die Polizisten fragend an. „Nein. Nicht, dass ich wüsste. Aber warum fragen Sie das?“
„Darüber können wir leider noch nicht sprechen, vor allem nicht mit der Presse.“
„Das ist schade, aber ich verstehe Sie natürlich und kann Ihnen versichern, dass wir auf keinen Fall Informationen veröffentlichen, welche die Ermittlungen behindern .“
Hennings ging darauf nicht ein. „Also Ihnen fällt niemand ein, der Herrn Reineke schaden wollte?“
Der Chefredakteur zögerte einen Moment, schien nachzudenken. „Nein“, sagte er dann, „außer ...“
Hennings und Helena Zielinski horchten auf.
„Es hat da mal einen Zwischenfall gegeben, ist noch gar nicht lange her .Ich selbst war nicht dabei, aber Albert hat mir davon erzählt. Ein erfolgloser Krimiautor hat ihn unten im Foyer abgepasst und sich lautstark darüber beschwert, dass wir ihn ignoriert haben. Der Mann musste von unserem Wachdienst nach draußen eskortiert werden.“
„Wissen Sie, um wen es sich da gehandelt hat?“ Helena hatte ihr Notizbuch in der Hand, um alles Wichtige mitzuschreiben.
„Nein“, sagte Drexler, „aber das kann ich schnell herausfinden.“ Er rief seine Sekretärin und bat sie, die entsprechende Recherche im Kulturressort zu veranlassen.
„Kannten Sie eigentlich Professor Schellenboom?“, fragte der Kommissar, wohl wissend, dass er mit dieser Frage mehr preisgab, als ihm eigentlich lieb war.
„Flüchtig“, sagte Drexler. „In meinem Job kennt man solche Leute natürlich. Albert hat ihn mir mal vorgestellt. Er kannte

ihn noch aus gemeinsamen Studienzeiten. Sie vermuten einen Zusammenhang zwischen den beiden Morden?"
„So weit sind wir noch nicht", wiegelte Hennings ab. „Die einzige Verbindung ist, dass sie sich kannten."
„Aber es ist in der Tat seltsam, dass beide so kurz hintereinander ermordet wurden. Das macht auch mich stutzig", sinnierte Drexler.
„Ich bitte Sie allerdings, nichts zu schreiben, das in diese Richtung weist. Wir wollen den Täter nicht scheu machen."
„Keine Sorge. Selbstverständlich tun wir alles, um dazu beizutragen, dass der Täter zur Rechenschaft gezogen wird", sagte Drexler. „Schließlich ist dies eine persönliche Angelegenheit. Ich hoffe aber auch, dass Sie uns bevorzugt auf dem Laufenden halten, wie es mit den Ermittlungen weitergeht."
Der Kommissar nickte. Da kam doch gleich der Chefredakteur wieder durch, dachte er.
„Aber da Sie den Namen Schellenboom erwähnt haben. Das Kulturressort beschäftigt zurzeit eine Praktikantin, die auf seine Empfehlung zu uns gekommen ist, wie mir Albert erzählt hat."
Die Sekretärin klopfte an und betrat den Raum, um Helena Zielinski einen Zettel mit Namen und Adresse des erbosten Krimiautors zu geben, und zog sich sofort wieder zurück.
„Interessant", sagte Hennings. „Können wir mit ihr reden?"
„Ich führe Sie ins Kulturressort. So kann ich den Kollegen gleich persönlich die traurige Nachricht überbringen." Auf dem Weg nach draußen beauftragte er noch seine Sekretärin, per Mail verlagsweit alle über den tragischen Tod des Kollegen Reineke zu informieren. Da die Zwischentür während des ganzen Gesprächs geöffnet war und sie mithören konnte, wusste sie, was geschehen war.
Die Kulturredaktion saß in einem Gemeinschaftsbüro. Da es sich nur um vier Ressortmitarbeiter handelte, wäre die Bezeichnung Großraumbüro aber nicht zutreffend.

Als der Chefredakteur die Polizisten vorgestellt und mit wenigen Worten dargestellt hatte, was geschehen war, herrschte für einen Augenblick entsetztes Schweigen. Dann fing Pheline Brüggemann, die Praktikantin, an zu weinen. Sie legte den Kopf auf die Unterarme und versteckte ihr Gesicht. „Erst der Professor und jetzt Herr Reineke“, schluchzte sie. „Wie kann das sein? Zwei Männer, die ich kenne, und beide ermordet.“
„Wir würden gerne kurz mit jedem von Ihnen alleine reden“, sagte Hennings.
„Sie können unser Besprechungszimmer nutzen“, schlug der Chefredakteur vor. „Dort haben Sie Ruhe.“
„Dann lassen Sie uns mit Ihnen anfangen, Frau Brüggemann“, sagte der Kommissar. „Kommen Sie doch bitte mit.“
„Ist es Ihnen recht, wenn ich mich jetzt zurückziehe?“, fragte Drexler. „Natürlich bin ich jederzeit für Sie da, wenn Sie mich brauchen.“
„Kein Problem.“ Hennings drückte Drexler seine Karte in die Hand. „Falls Ihnen noch etwas einfällt.“
„Dann melde ich mich.“ Er nickte den Polizisten und seinen Mitarbeitern zu und verließ den Raum. Hennings und Helena folgten Pheline Brüggemann zum Konferenzraum, einem großen, mit vielen grauen Stühlen bestückten Zimmer, in dem sie sich zu dritt ein bisschen verloren fühlten. Sie rückten drei Stühle zurecht, sodass sie ein Dreieck bildeten. Hennings wartete einen Moment, bis die noch immer in Tränen aufgelöste Praktikantin sich ein wenig beruhigt hatte. Von seinem Platz aus sah er nichts als den Himmel, wenn er zum Fenster hinausschaute. Dort oben schien der Wind stärker zu sein als auf dem Straßenniveau, denn der Westwind trieb die kleinen, weißen Wolken vor sich her und zauberte immer wieder neue flauschige Gebilde an den blauen Sommerhimmel. Ihm fiel der Satz eines indischen Gurus, mit dem er sich vor langer Zeit mal beschäftigt hatte, ein: „Mein Weg ist der Weg der weißen Wolke.“ Darüber hatte er einmal sehr lange nachgedacht, um sich

dann, ohne zu einem endgültigen Schluss gekommen zu sein, anderen Dingen zuzuwenden. Auch jetzt war nicht der richtige Moment für solche Fragen.

„Kannten Sie Herrn Schellenboom auch privat?“ Die junge Frau hatte sich so weit gefangen, dass Olaf Hennings sie guten Gewissens ansprechen mochte. Sie hatte ein Tempotuch aus der Tasche gezogen und schniefte geräuschvoll die Nase.

„Nein“, antwortete sie, „ich habe meinen Magister bei ihm gemacht, ansonsten war da nichts.“

„Aber sein Tod hat Sie ganz schön mitgenommen, nicht wahr?“ Sie schaute den Kommissar vorwurfsvoll an. „Wenn Sie denken, ich hatte etwas mit Schellenboom, liegen Sie falsch. Ich kenne die Gerüchte, aber mir gegenüber hat er sich immer integer verhalten. Es ist nur so: Wenn in Ihrer nächsten Umgebung zwei Menschen ermordet werden, dann fühlen Sie sich natürlich verfolgt und fragen sich, ob das etwas mit Ihnen zu tun hat.“

„Hat es das?“, fragte jetzt Helena Zielinski. „Sie sind die einzige Studentin, die beide Männer kennt.“

„Das mag sein. Aber trotzdem habe ich nichts mit diesen scheußlichen Morden zu tun. Sowohl mit dem Professor als auch mit Herrn Dr. Reineke hatte ich keinen Kontakt, der über das Berufliche hinausging.“

„Aber vielleicht haben Sie einen krankhaft eifersüchtigen Freund, der in jedem Mann in Ihrer Umgebung einen heimlichen Nebenbuhler sieht“, bohrte Helena Zielinski weiter.

Pheline Brüggemann schüttelte den Kopf. Sie zögerte einen Moment. Inzwischen hatte sie aufgehört zu weinen. „Eigentlich geht Sie das nichts an, aber es gibt keinen eifersüchtigen Freund. Ich lebe mit meiner Freundin zusammen, und die ist höchstens mal ein bisschen eifersüchtig und gewalttätig ist sie schon gar nicht.“

„Oooh!“ Helena war verblüfft. „Entschuldigung. „Ich wollte Ihnen auch nichts unterstellen. Selbstverständlich behandeln

wir das diskret."
„Schon gut", sagte die Praktikantin. „Ich verstehe ja, dass Sie hinter jeder Ecke nach dem wahnsinnigen Mörder suchen müssen."
Auch die Befragung von Reinekes anderen Mitarbeitern brachte die Polizisten nicht weiter. Zwar galt er als angenehmer Chef und der Umgang miteinander war, wie in den Medien anscheinend üblich, ziemlich locker, aber darüber hinaus pflegten die Kollegen keinen weiteren Kontakt. Also verabschiedeten sich die Polizisten, um zurück nach Klein Flottbek zu fahren und Reinekes Witwe einen Besuch abzustatten.

Weihnachten 1995

David war ein intelligentes Kind mit einer sehr raschen Auffassungsgabe. Seit dem Sommer ging er zum Gymnasium und hatte auch dort nur beste Noten. Dabei musste er nicht einmal viel lernen, der Stoff flog ihm einfach zu. Wenn Frank sich an seine eigene Schulzeit erinnerte, dann musste er zugeben, dass es ihm ganz anders ergangen war. Zwar war auch er kein schlechter Schüler gewesen, hatte dafür aber hart arbeiten müssen. Ungezählte Nachmittage hatte er mit seiner Mutter in der Küche gesessen und gepaukt, obwohl er viel lieber mit den anderen Jungs draußen herumgetobt wäre. Dabei war er nicht einmal auf dem Gymnasium, sondern nur auf der Realschule gewesen. Schon damals hatte er seine Klassenkameraden beneidet, denen alles so leicht von der Hand gegangen war. Allerdings hatte das nicht bedeutet, dass diejenigen, die nicht für ihren Erfolg arbeiten mussten, es im Leben weiter gebracht hätten als er. Im Gegenteil: Einige hatten den Zeitpunkt verpasst, an dem auch sie ohne zu lernen nicht mehr weiter kamen, und waren dann mächtig abgerutscht. Wenn er da nur an seinen ehemals besten Freund Helmut dachte, dem in der Schule alles zugeflogen war

und der es dann nicht einmal schaffte, seine Lehre abzuschließen, der sich lange mit Gelegenheitsjobs über Wasser hielt und jetzt als „Hartzer" sein Dasein fristete. Oder sein ehemaliger Nachbar Rudolf: Hatte einen messerscharfen Verstand, studierte Informatik im vierundzwanzigsten Semester und schaffte es irgendwann vor lauter Ängsten nicht einmal mehr, seine Post aus dem Briefkasten zu holen. Manche dieser Intelligenzbestien standen sich selbst im Wege. Frank hoffte, dass es David nicht so ergehen würde. Aber Evelyn wollte ja unbedingt einen superintelligenten Studenten als Spender, dazu noch einen Geisteswissenschaftler und Schöngeist. Er hoffte, dass das nicht eines Tages nach hinten losging.
Er hatte den Weihnachtsbaum aufgestellt, geschmückt und die Geschenke darunter gelegt. Wie immer befanden sich Davids Pakete in der Mitte und nahmen den größten Raum ein. Evelyns Geschenke lagen rechts, die seinen links. Er handhabte es genauso, wie er es aus seiner Kindheit kannte, als sein Vater, Opa Erich, den Baum aufgestellt hatte. Zum Schluss zündete er die Kerzen an. Zwar fand er es leichtsinnig und unzeitgemäß, echte Kerzen zu benutzen, aber Evelyn mochte die elektrische Lichterkette nicht, die er irgendwann mal gekauft hatte. Sie fand sie stillos und unromantisch und bestand trotz der Feuergefahr auf echte Kerzen. Ein letzter prüfender Blick, dann kletterte er zum Fenster hinaus in den Garten, umrundete das Haus und schlich durch den Vordereingang wieder herein. Obwohl David schon lange nicht mehr an das Christkind oder den Weihnachtsmann glaubte, hingen alle drei Hammerschmidts an dem Ritual.
Evelyn saß mit dem Jungen in der Küche.
„Wie lange noch?", fragte David. Das Warten auf die Bescherung war noch immer sehr spannend für ihn. Sie pflegten den Heiligen Abend zu dritt zu verbringen. Die Großeltern kamen dann am ersten Weihnachtstag, und am zweiten Feiertag traf sich dann die ganze Familie jedes Jahr wechselnd bei einem

anderen Verwandten. Evelyn war froh, dass sie in diesem Jahr nicht an der Reihe waren, denn es bedeutete immer sehr viel Arbeit für sie, und Frank war nicht der Typ, der im Haushalt half. Überhaupt war sie in letzter Zeit nicht mehr richtig zufrieden mit ihrer Ehe. Zwar konnte sie Frank nicht wirklich etwas vorwerfen, aber sie fühlte sich oft vernachlässigt und hatte den Eindruck, er nehme sie gar nicht mehr richtig wahr, als gehöre sie einfach zum Hausrat. Als sie neulich mit einer Freundin darüber gesprochen hatte, hatte diese nur gelacht und sie mit einem „Herzlich Willkommen im Alltag" begrüßt. Das sei normal in so einer langen Beziehung, hatte sie gesagt, und dass es bei ihr und ihrem Mann auch nicht anders sei. Trotzdem war Evelyn nicht glücklich damit und fragte sich immer wieder, wie das wohl zu ändern wäre.
David konnte seine Ungeduld kaum im Zaum halten. Zu gerne wüsste er, ob seine Wünsche erfüllt würden. Er hatte sich ein Supernintendo gewünscht und wusste, dass sein Vater ihn noch zu jung dafür fand. Er solle lieber draußen an der frischen Luft spielen und außerdem sei so ein Gerät zu teuer. Eines Abends hatte er unabsichtlich seinen Eltern zugehört, die darüber diskutierten, ohne zu einem Schluss zu kommen. Daher wusste er aber, dass seine Mutter sich dafür einsetzte, ihm die Spielekonsole zu Weihnachten zu schenken, während sein Vater dagegen war. Dabei hatten schon viele Kinder in seiner Klasse so ein Ding, auch sein Freund Benno. Immer wenn er ihn besuchte, spielten sie „Supermario" oder „Donkey Kong". Aber am allerliebsten spielte David „Zelda". Das hatte er sich auch als Spiel zusammen mit der Konsole gewünscht.
Lange dauerte es nicht mehr, bis das leise Bimmeln des aufziehbaren Glöckchens das Ende der Wartezeit einläutete. Es war schon ziemlich lange her, dass er tatsächlich geglaubt hatte, das Christkind hätte den Weihnachtsbaum und die Geschenke gebracht. Tatsächlich hatte er noch an diesem Glauben festgehalten, als die meisten seiner Spielkameraden längst wussten,

was Sache war, und er hatte sich sehr über seine Eltern geärgert, dass sie ihn ins offene Messer hatten laufen lassen. Alle hatten sich damals über ihn lustig gemacht, als er im Kindergarten vehement die Existenz des Weihnachtsmannes gegen eine Phalanx von Ungläubigen verteidigt hatte. Er fand es ganz gemein von seinen Eltern, dass sie ihn angelogen hatten, sie hätten ihm eher die Wahrheit sagen sollen. Noch tagelang hatten die anderen Kinder ihn ausgelacht, bis er angefangen hatte, die größten Quälgeister zu verprügeln, woraufhin es Ärger mit den Erzieherinnen gab.

Als das helle Läuten verklungen war, rannte der Junge hinüber in das Wohnzimmer, um endlich zu erfahren, was in diesem Jahr unter dem Christbaum auf ihn wartete. Ungeduldig riss er ein Paket nach dem anderen auf, aber ein Supernintendo war nicht dabei. Neben einigen Büchern, die er sich gewünscht hatte, gab es eine Angel mit allem Zubehör. Im letzten Urlaub am Mittelmeer – die Hammerschmidts fuhren jeden Sommer nach Italien auf einen Campingplatz südlich von Neapel – hatte er manchmal den Anglern zugesehen, und daraus hatte sein Vater geschlossen, dass er sich fürs Angeln interessierte. Obwohl er versuchte sich zusammenzureißen, sahen Evelyn und Frank dem Jungen die Enttäuschung an, und Frank wiederum war enttäuscht, dass David sich nicht über die Angel freute. Vater und Sohn schwiegen muffig vor sich hin. Die weihnachtliche Stimmung im Hause Hammerschmidt war alles andere als harmonisch. Evelyn versuchte nach Kräften, ihre Männer aufzuheitern, ärgerte sich aber insgeheim selbst darüber, dass immer sie diejenige sein musste, die die eigenen Gefühle wegdrückte, weil sie sich für das Wohlbefinden der anderen und die Stimmung in der Familie verantwortlich fühlte.

„Ich habe mich so sehr auf ein Supernintendo gefreut", sagte David nach einer Weile.

„Aber ich habe dir doch gesagt, dass es so ein Ding nicht gibt, jedenfalls jetzt noch nicht", entgegnete Frank.

„Aber alle meine Freunde haben eins."
„Und sitzen selbst bei schönstem Sonnenschein nur noch vor der Mattscheibe und spielen", sagte Frank. „Jungs brauchen Bewegung, müssen sich austoben, klettern, springen. Du willst doch nicht so ein Stubenhocker werden?"
Ein Stubenhocker wollte er natürlich auch nicht sein. David wusste nicht, was er seinem Vater entgegensetzen sollte, fühlte sich aber trotzdem schlecht, weil er kein Supernintendo bekommen hatte. Er sah einfach nicht ein, was daran falsch sein sollte, „Supermario" oder „Zelda" zu spielen, war seinem Vater aber argumentativ hoffnungslos unterlegen.
„Ich spare mein Taschengeld, bis ich mir selbst eine Konsole kaufen kann", brummte der Junge trotzig.
So weit kam es aber nicht. Zu seinem elften Geburtstag im folgenden Frühjahr bekam er die Konsole, zusammen mit „The Legend of Zelda" und „ Supermario". Evelyn hatte sich gegen ihren Mann durchgesetzt. Während Frank ständig versuchte, aus David einen Jungen nach seinem Bild zu formen, nahm Evelyn ihn eher so, wie er einfach war: Ein eher stilles Kind, fantasiebegabt und kreativ, das gerne las und wenig Interesse an Sport und Technik zeigte.

Mittwoch, 20. Juli 2011

Auf dem Rückweg nach Groß Flottbek kamen sie zügig durch den Verkehr. Die Familie Reineke bewohnte ein Einzelhaus in der Holztwiete, an der Ostseite des Parks. Der Kommissar wunderte sich, dass ein Ressortleiter bei der „Abendpost" so gut verdiente, um sich ein Haus in dieser Lage leisten zu können. Aber wie die späteren Routinenachfragen ergaben, lag Reinekes Gehalt deutlich höher, als Hennings vermutet hatte. Der Literaturkritiker verdiente deutlich mehr als beispielsweise Schellenboom auf seiner Professorenstelle. Außerdem hatte

seine Frau Geld mit in die Ehe gebracht, sodass man das Ehepaar durchaus zu den wohlhabenden Hanseaten zählen konnte. Haus und Garten wirkten gepflegt und gediegen, ohne dabei protzig zu sein, zeugten vom guten Geschmack der Bewohner.
Auf ihr Klingeln öffnete die Frau vom psychosozialen Dienst. Er kannte Sabine Kauzich und freute sich, sie zu sehen. Das eine oder andere Mal hatte er schon mit ihr zusammengearbeitet. Sie war eine erfahrene Psychologin, die auch ihn schon einmal hatte aufbauen müssen, als er auf der Suche nach einem Kindermörder in einer tiefen Krise steckte. Er hatte den Täter nicht rechtzeitig ermitteln können, um den Tod eines zweiten Kindes zu verhindern.
„Hallo Herr Hennings“, begrüßte sie ihn. „Und Sie müssen Frau Zielinski sein.“
„Schön, Sie im Team zu haben, Frau Kauzich. Wie sieht es aus? Ist Frau Reineke ansprechbar?“ Er schüttelte der Psychologin die Hand.
Sie nickte. „Die Frau liegt im Wohnzimmer auf der Couch und ruht sich aus. Sie hat Valium bekommen.“ Sie zeigte in Richtung einer offen stehenden Tür. „Ich kümmere mich inzwischen oben um die Kinder“, sagte sie und verschwand treppaufwärts in den ersten Stock.
Der Kommissar fragte sich, wie die Psychologin mit den Kindern umgehen würde, wie sie es schaffte, den richtigen Ton zu treffen, oder was sie ihnen sagte? Er würde sich trotz einer Schulung, an der er mal teilgenommen hatte, in so einer Lage völlig hilflos fühlen und war sehr froh, dass es heutzutage speziell dafür ausgebildete Kolleginnen wie Frau Kauzich gab.
Bevor sie eintraten, klopften die Polizisten an die offene Wohnzimmertür. Frau Reineke, die unter einer maisgelben Wolldecke auf dem Sofa lag, richtete sich mühsam auf. Ihre Augen waren dick und verweint, die Nase rot. Hennings ließ den Blick durch das Zimmer schweifen. Er fand, dass die Art, wie Menschen wohnten, einiges über sie aussagte. Der ohnehin große

Raum wirkte durch die geöffneten, deckenhohen Glasschiebetüren, die auf eine Terrasse führten, noch weitläufiger. Die Einrichtung war modern und teuer. Obwohl das Ambiente ihm im Großen und Ganzen gefiel, fühlte er sich doch in seinem Reihenhäuschen wohler. In kleinen Zimmern hatte er die Illusion von Sicherheit und den konservativen Möbelgeschmack hatte er von seinen Eltern übernommen. Ohnehin überließ er die Gestaltung ihres Hauses seiner Frau, denn schließlich verbrachte sie mehr Zeit dort als er.

„Es tut mir leid, dass wir Sie stören müssen", sagte Hennings behutsam, „und wenn Sie jetzt noch nicht mit uns reden können, kommen wir später wieder. Aber ich denke, es ist auch in Ihrem Interesse, so wenig Zeit wie möglich bei der Suche nach dem Täter zu verschenken."

Clarissa Reineke nickte stumm, griff nach einem Taschentuch und schnäuzte geräuschvoll die Nase.

„Wie lange sind Sie verheiratet, Frau Reineke?", fragte Helena Zielinski.

„Seit 13 Jahren", antwortete die Witwe leise.

„Kannten Sie Ihren Mann schon seit der Studienzeit?"

„Nein. Wir haben uns bei einer Pressereise in Weimar kennen gelernt. Er arbeitete damals schon für die ‚Abendpost'. Ich habe vonseiten der Stadtverwaltung die Journalisten betreut. Es ging um Tourismusförderung und positive Berichterstattung. Dabei haben wir uns verliebt. Anfangs führten wir eine Fernbeziehung, dann zog ich zurück nach Hamburg und wir lebten zusammen."

„Wieso ‚zurück nach Hamburg'? Stammen Sie nicht aus Weimar?"

„Nein. Ich bin Hamburgerin, war nur wegen des Jobs nach Weimar gegangen. Geboren und aufgewachsen bin ich hier in Othmarschen."

„Dann können Sie uns wahrscheinlich nicht viel über die Studienzeit Ihres Mannes erzählen?", fragte Helena.

Hennings hielt sich zunächst zurück. Die Polizisten hatten die Marschrichtung auf dem Weg nach Groß Flottbek abgesprochen.

„Nicht aus erster Hand“, sagte Clarissa Reineke, „aber Albert hat mir viel erzählt. Wieso interessieren Sie sich gerade für diese Zeit?“

„Nur Vermutungen“, wich Helena aus. „Sie sagten, Professor Schellenboom und Ihr Mann kannten sich.“

„Sie waren Kommilitonen und haben bei demselben Doktorvater promoviert, eine Zeit lang haben sie sogar in einer Wohngemeinschaft gewohnt. Beide waren wissenschaftliche Assistenten, und während Julius an der Uni blieb, schlug mein Mann einen anderen Weg ein.“

„Wer war der gemeinsame Doktorvater?“ Helena schrieb mit.

„Professor Weber, ein renommierter Literaturwissenschaftler, allerdings schon seit Langem verstorben. Wir waren auf seiner Beerdigung, Julius übrigens auch.“

„Sagt Ihnen der Name Konrad Lemberg etwas?“ Hennings stellte diese Zwischenfrage.

Clarissa Reineke dachte einen Moment nach, verneinte dann. „Wer ist das?“

„Das erste Mordopfer, der Taxifahrer. Sie werden es in der Zeitung gelesen haben.“

„Ich bin sicher, dass Albert diesen Namen nie erwähnt hat.“

„Sie sagten etwas von einer Wohngemeinschaft. Wissen Sie, wer da noch gewohnt hat?“

„Ja.“ Clarissa Reineke stand mühsam vom Sofa auf und ging unsicheren Schrittes durch den Raum, öffnete einen Wandschrank, um eines aus einer ganzen Reihe von Fotoalben zu ziehen.

„Wissen Sie, Albert hatte wenig Zeit, deshalb habe ich die Fotoalben gepflegt.“ Sie setzte sich wieder und blätterte eine Weile in dem Album. Dann schob sie es aufgeschlagen über den Tisch zu Helena.

Alle Fotos waren ordentlich beschriftet. „Alberts WG 1985, Albert, Julius, Lene, Christel und Che“ stand in blassblauer Frauenhandschrift mit Tinte unter einem der Fotos auf dieser Seite.
Die Polizisten erkannten Schellenboom und Reineke trotz der komischen Achtzigerjahre-Frisuren,
„Vokuhila“, wie man damals sagte – Vorne-kurz-hinten-lang. Schellenboom ähnelte ein wenig dem jungen Dieter Bohlen, dachte Helena Zielinski, während Albert Reineke damals wie heute dieselbe Frisur trug, einen Seitenscheitel wie mit dem Lineal gezogen. Er war ja noch nicht einmal ergraut. Überhaupt schien er seit seinen Studententagen kaum gealtert zu sein.
„Können Sie uns etwas über die anderen drei Personen auf dem Foto sagen?“, fragte Helena die Witwe.
„Lene und Christel haben Zahnmedizin studiert, wenn ich mich recht erinnere. Wie sie mit vollem Namen heißen, weiß ich nicht, aber wahrscheinlich können Sie das über die alten Melderegister herausfinden. Ich kann natürlich nicht sagen, ob alle, die dort gewohnt haben, auch gemeldet waren. Loogestieg 1 ist die Adresse.“
„Und Che?“ Helena zeigte auf den dunkelhaarigen Lockenkopf, den dritten Mann, der neben Schellenboom und Reineke in die Kamera lächelte.
„Che war natürlich nur sein Spitzname“, sagte Clarissa Reineke. „Er heißt Ernst, deshalb Che, wie Ernesto Che Guevara. Ich glaube, er hat Maschinenbau studiert. Er war der Freund einer der zwei Frauen und hat nicht im Loogestieg gewohnt, war aber meistens da. Albert hat ihn aus den Augen verloren, wie Lene und Christel auch.“
Hennings hatte sich entschuldigt, war nach draußen auf die Terrasse gegangen und hatte sein Handy gezückt, um Nachforschungen über diese WG zu veranlassen, während Helena Frau Reineke weiter befragte.

„Zwei der vier Bewohner sind ermordet worden. Irgendetwas muss damals vorgefallen sein. Wir müssen unbedingt die anderen ausfindig machen."
„Sie denken wirklich, dass Alberts Tod mit diesen Leuten zusammenhängt? Mit Ereignissen, die mehr als 25 Jahre zurückliegen?" Clarissa Reineke sah Helena fassungslos an.
„Hat Ihr Mann Kinder aus anderen, früheren Beziehungen?"
„Nein."
„Sind Sie ganz sicher?"
„Das hätte Albert nicht verheimlicht. Wieso ist das wichtig?"
„Der Mörder von Professor Schellenboom hat mit dem Blut des Opfers das Wort ‚Rabenvater' auf den Fußboden geschrieben. Wir vermuten deshalb, dass die Taten in Zusammenhang mit einem verleugneten oder misshandelten Kind stehen."
„Oh mein Gott!"
„Allerdings hat es bei Lemberg und auch jetzt bei Ihrem Mann keinen derartigen Hinweis gegeben. Dem Taxifahrer hat der Täter einen 50-Euro-Schein in den Nacken gesteckt."
„Das ist ja alles grauenhaft." Clarissa Reineke hielt sich die Ohren zu. „Aber sind Sie wirklich sicher, dass der Tod meines Mannes und die Morde an Julius Schellenboom und diesem Taxifahrer zusammenhängen?"
„Nein." Der Kommissar war in das Zimmer zurückgekehrt, „sicher sind wir nicht. Und wir werden auch gewiss in andere Richtungen ermitteln. Aber es wäre schon ein sehr großer Zufall, wenn zwei Leute, die sich kennen, so kurz hintereinander getötet werden, ohne dass es einen Zusammenhang gibt. Wenn mich nicht alles täuscht, werden wir dem Mörder näherkommen, wenn wir herausfinden, was damals an der Uni oder in dieser Wohngemeinschaft geschehen ist."
„Aber warum erst jetzt?", fragte Frau Reineke, „warum so viele Jahre später?"
Der Kommissar zuckte die Schultern. „Ich weiß es nicht. Und ich habe nicht einmal eine Vermutung."

7

Freitag, 22. Juli 2011

Es war später Vormittag. Er saß wieder in seinem Lieblings-Café und las die „Abendpost“, diesmal allerdings nicht das Feuilleton, sondern die Nachrichten auf Seite eins. Er hatte ausnahmsweise lange geschlafen und frühstückte außer Haus, zwei belegte Brötchen mit Schinken, Käse und Marmelade, ein gekochtes Ei, Kaffee und ein Glas Orangensaft. Im Gegensatz zur regen Betriebsamkeit auf der Straße war es im Café noch ruhig.

Die Freitagsausgabe der „Abendpost“ hatte viel Tinte verschlungen. Sie war durchgängig mit einem schwarzen Trauerrand gedruckt. Die ersten drei Seiten beschäftigten sich mit dem Tod von Albert Reineke. Ihm schossen die Tränen der Rührung in die Augen und er unterdrückte mühsam ein Schluchzen, als er den Nachruf las. Zwei junge Frauen am Nebentisch hatten das bemerkt.

„Furchtbare Sache, nicht wahr?“, sagte die eine zu ihm. „Mit dem Hammer von hinten erschlagen. Wir waren auch ganz geschockt, als wir es im Radio gehört haben. Und er hinterlässt eine Frau und zwei kleine Kinder. Was muss der Mörder für ein Monster sein.“

Er nickte. Zwar fand er das mit dem „Monster“ etwas übertrieben und ungerecht, aber Reinekes Tod tat ihm wirklich leid. Er dachte sogar für einen Moment daran, der Witwe zu schreiben, sich zu entschuldigen, zu sagen, dass er es nicht gewollt hatte, dass er gezwungen war, es zu tun. Aber dann erschien ihm das doch zu riskant und er glaubte auch nicht, dass sich die Witwe oder die Kinder damit besser fühlen würden. Albert Reineke war ein guter Mann, der Erste, der freundlich mit ihm umgegangen und ihm nicht mit sofortiger Abwehr begegnet war, als

er erfahren hatte, wer er war. Jammerschade, dass nicht er sein Vater war.
Er brauchte eine ganze Weile, bis er alle Beiträge über den „tragischen Tod des geschätzten Kollegen Dr. Albert Reineke" gelesen hatte, wobei ihn neben dem Nachruf eben auch besonders interessierte, was es seitens der Polizei zu berichten gab. Zum ersten Mal wurden die Namen der ermittelnden Beamten genannt: Olaf Hennings und Helena Zielinski. Wie unhöflich, dachte er, die nennen den Mann zuerst. Wahrscheinlich ist er der ranghöhere Beamte. Er wunderte sich, dass nicht von einer Verbindung zu Professor Schellenboom die Rede war. Entweder war die Polizei dümmer, als er gedacht hatte, oder sie verschwiegen der Presse den Stand der Ermittlungen. Er hatte einkalkuliert, dass spätestens ab jetzt mit ernsthaften Ermittlungen in die richtige Richtung zu rechnen war. Nicht dass ihm dadurch Gefahr drohte, aber es bedeutete, dass er bei seinen nächsten Schritten noch vorsichtiger sein musste. Im Nachhinein ärgerte er sich doch, dass er sich zum „Rabenvater" hatte hinreißen lassen. Dieses Bekenntnis, in Verbindung mit der Tatsache, dass Schellenboom und Reineke sich kannten, konnte die Polizei doch zu früh zu I-Baby schicken, zu früh, um sein Unterfangen gefahrlos abzuschließen. Aber darüber musste er sich jetzt noch keine Gedanken machen. Ohnehin war es klüger, sich Problemen dann zu stellen, wenn sie akut wurden, nicht schon ewig vorher oder erst, wenn es zu spät für eine saubere Lösung war. Bis auf diesen kleinen Ausrutscher hatte er jedenfalls bisher noch keinen Fehler gemacht. Und jetzt war er endlich auf der richtigen Spur. Zwar hatte er noch immer nicht herausgefunden, wer „Pauli" war, aber das war nur noch eine Frage der Zeit. Eigentlich kamen nur noch zwei Männer aus dem Kreis der damaligen Samenspender infrage. Er wusste, dass es ein Student war, Germanistik und/oder Philosophie. Dadurch war der Kandidatenkreis auf fünf Männer eingegrenzt und drei waren bereits ausgeschieden. Die letzten zwei würden

allerdings härtere Nüsse werden. Nicht nur, dass es schwieriger sein würde, mit ihnen in Kontakt zu kommen – ihm blieb auch nicht mehr viel Zeit. Es machte keinen Sinn, nachträglich darüber nachzugrübeln, ob er sich vielleicht zuerst um die schwierigeren Fälle hätte kümmern sollen. Allerdings hatte er sich mit guten Gründen dagegen entschieden. Der Tod von Prominenten hätte sehr viel mehr Staub aufgewirbelt, sodass es ihm klüger erschien, mit den Unbekannten anzufangen und sich dann weiter zu den Personen vorzuarbeiten, die im Rampenlicht standen. Deshalb hatte er mit Lemberg begonnen. Außerdem war es nur zu menschlich, mit den einfacheren Aufgaben zu beginnen. Er wunderte sich ohnehin, in welchen Berufen ehemalige Germanistik- und Philosophiestudenten landeten, vom Taxifahrer bis zum Schauspieler war alles dabei. Am meisten Probleme würde wahrscheinlich der Schauspieler machen. Allerdings war es gerade bei ihm unwahrscheinlich, dass er „Pauli“ war. Denn hatte Reineke nicht gesagt, er wisse nicht, wie Pauli mit echtem Namen heiße? Und den Schauspieler hätte er ganz bestimmt erkannt. Demnach wäre der Krimiautor eher der Richtige. Jobst Denker war zwar ein absoluter Bestsellerautor, aber er schrieb unter Pseudonym und kaum jemand wusste, wie der Mann dahinter hieß und wie er aussah. Die Art von Krimis, die er schrieb, wurde nicht im Feuilleton besprochen, sondern als billige Massenware eher totgeschwiegen. Deshalb war es auch verständlich, dass Reineke seinen alten Kumpel nicht erkannte. Natürlich hatte der junge Mann die Bücher inzwischen alle gelesen. Es war auch für ihn gar nicht so einfach gewesen, Denkers wirklichen Namen und seine Adresse herauszufinden, und zwischenzeitlich hatte er damit gerechnet, dass der Schriftsteller nicht mehr in der Hansestadt lebte, aber in der Beziehung hatte er dann doch Glück.

Nachdem er über einen Fanclub erfolglos versucht hatte, an Denker heranzukommen, war er schließlich systematisch vorgegangen. Er hatte im Impressum einer großen Frauenzeitschrift nachgeschlagen und unter dem Namen eines männlichen Redakteurs bei Denkers Verlag angerufen und um eine Homestory mit Interview bei dem Schriftsteller zuhause gebeten. Dabei hatte er durchscheinen lassen, dass die Zeitschrift eine große, werbewirksame Geschichte plane. Die für die Pressearbeit verantwortliche Dame hatte sofort angebissen, musste aber noch das Einverständnis des, wie sie sagte, „scheuen Autors" einholen. Er hatte es dringend gemacht, von baldigem Redaktionsschluss gesprochen und die Nummer seines nur für diesen Anlass gekauften Prepaid-Handys hinterlassen.

Zwei Tage später rief die Frau zurück, nannte ihm Namen, Adresse und für seinen Besuch einen Termin in der folgenden Woche. Er bedankte sich, rief dann aber ein paar Tage später wieder an, um den Termin abzusagen. Der Chefredakteur hätte die Geschichte aus der aktuellen Ausgabe gekegelt und in den November verschoben. Das sei wegen des Weihnachtsgeschäfts auch für Denker viel besser. Die PR-Frau verblieb freundlich und verbindlich, und er war ziemlich sicher, keinen Verdacht erregt zu haben. Falls sie irgendwann in der Redaktion nachfragte, sollte die Sache längst erledigt sein.

Jobst Denker, der in Wahrheit Heiner Keesemeyer hieß, residierte am Feenteich, einer der renommiertesten und teuersten Hamburger Adressen. Kein Wunder, dass Denker sich ein Pseudonym zugelegt hatte. Mit seinem echten Namen hätte er es bestimmt nicht so weit gebracht. „Denker" klang richtig gut, besser konnte man ein Pseudonym kaum wählen, dachte er. Eigentlich viel zu schade für die wenig intellektuelle Massenware, die er schrieb. Er war noch am selben Tag zu der angegebenen Adresse gefahren, um sich einen ersten Überblick zu verschaffen. Anschließend war er, wie bei den anderen Kandidaten, regelmäßig vor Ort, um die Gewohnheiten Denkers auszuspähen. Als besonders interessant erwies es sich, ein Kajak zu mieten und über die Alsterkanäle bis auf den Feenteich zu paddeln. Von dort hatte er einen hervorragenden Blick auf

die Rückseite des Hauses. Denker hatte auf Vorhänge verzichtet und bewegte sich arglos hinter den großen Panoramascheiben. Er konnte beobachten, dass der Autor täglich schrieb, aber auch ganz gerne junge Frauen empfing. Es war ihm zwar peinlich – schließlich war er kein Voyeur –, aber einmal musste er mit ansehen, wie er es mit einer dieser Frauen auf dem Wohnzimmertisch trieb. Eine Frau oder feste Freundin hatte Denker anscheinend nicht, sondern er wechselte die Damen öfter als die Hemden. Dafür hatte er einen Hund, einen großen Weimaraner, der nicht nur Auslauf in dem großen Garten mit Zugang zum Wasser hatte, sondern mit dem er auch regelmäßig ausgedehnte Spaziergänge unternahm.
Ihm gefiel dieser Lebensstil. Unkonventionell, locker, hedonistisch. Er konnte sich gut vorstellen, eines Tages genauso zu leben. Was sollte dieser ganze intellektuelle Quatsch? Viel Geld verdienen und das Leben genießen war angesagt. Vielleicht war Denker ja tatsächlich sein Vater. Aber wieso der Spitzname „Pauli", wenn er Heiner hieß und sich später selbst Jobst nannte? Heimlich fotografierte er ihn aus sicherer Entfernung mit dem Teleobjektiv und studierte die Aufnahmen zuhause. Auch hier suchte er nach Ähnlichkeiten und taumelte zwischen Hoffnung und Enttäuschung hin und her. Statur und Größe ähnelten sich, aber wie war es mit den Gesichtszügen. Denker hatte starke Schlupflider. Würde er eines Tages auch welche bekommen? Was war mit der Augenfarbe? Die ließ sich auf den Fotos nicht genau erkennen. Das gab das Teleobjektiv nicht her. Wie auch immer. Er würde es bald genau wissen, wenn er seinem Vater gegenüberstand.
Er hoffte inständig, dass Denker der Richtige wäre. Nicht nur, weil der Mann ihm gefiel, sondern auch, weil er des Mordens müde war. Er war ja kein schlechter Mensch und tat es nicht aus Habgier oder ähnlich niedrigen Motiven. War es seine Schuld, dass das Schicksal ihn so schlecht behandelt hatte, belogen, betrogen, vaterlos? Es fiel ihm schwer, sich auf die Zeitung zu

konzentrieren. Einen Absatz las er nun bereits zum dritten Mal und wusste noch immer nicht, was dort geschrieben stand. Das Thema war für ihn eben extrem emotional belastet. In seiner Vorstellung lief alles viel intensiver ab als in der Wirklichkeit. Wut wallte fast übermächtig auf und mündete in Vorstellungen exzessiver Gewalt, in gottgleicher Macht über Leben und Tod. In der Fantasie war er der vom Schicksal ausgewählte Racheengel, an dessen Bestimmung und rechtmäßigen Auftrag es keinen Zweifel gab. Im Gegensatz dazu war während und nach der Tat alles so schrecklich profan, ohne jeden mystischen Glanz, ohne den großen Affekt, es war blutig, schmutzig und kein bisschen heroisch.

Er faltete die Zeitung zusammen und steckte sie in seine lederne Aktentasche, dann wandte er sich den beiden jungen Frauen am Nebentisch zu. Die eine von beiden sah ganz süß aus und erwiderte sein Lächeln. Es wäre doch gelacht, dachte er. Was sein Vater konnte, konnte er auch.

Etwa zur gleichen Zeit saßen Hennings und Helena Zielinski im Auto auf dem Weg nach Friedrichstadt, einem kleinen Ort in Schleswig-Holstein in der Nähe von Husum. Während der letzten Tage hatten die Polizisten bis hart an die Grenze der Belastbarkeit gearbeitet. Zu allem Überfluss, aber nicht unerwartet hatte Olaf Hennings seinem Team gerade an diesem Morgen mitgeteilt, dass es auch dieses Mal kein freies Wochenende geben würde. Zu groß war der Druck, endlich Erfolge bei der Fahndung nach dem Philosophenmörder – so nannten sie ihn inzwischen – verzeichnen zu können. Hennings hatte ein schlechtes Gefühl. Er befürchtete, dass der Täter in nicht allzu ferner Zukunft erneut zuschlagen würde. Die Serie war noch nicht zu Ende. Wenn sie den nächsten Mord verhindern wollten, mussten sie schnell sein.

Immerhin hatten sie inzwischen herausgefunden, dass auch Konrad Lemberg zeitgleich mit Schellenboom und Reineke

Philosophie studiert hatte. Ob sie sich kannten, ließ sich nicht mehr ausmachen. Die Unterlagen an der Universität waren längst vernichtet, und Lemberg hatte aus irgendwelchen Gründen alle Hinweise auf seine Vergangenheit getilgt. Vielleicht wollte er nicht an seinen hoffnungsvollen Start ins Berufsleben erinnert werden, nachdem er kläglich gescheitert war und Tag für Tag hinter dem Steuer seines Taxis saß. Sie hatten nach unermüdlicher Suche doch einen seiner Kollegen gefunden, mit dem er in einer schwachen Stunde über seine Vergangenheit gesprochen hatte. Der Mann war noch jung und finanzierte sein Studium durchs Taxifahren. Er war irgendwann mal mit Lemberg ins Gespräch gekommen und von ihm ermahnt worden, nicht im Taxi sitzen zu bleiben und das Studieren zu vergessen, so wie es ihm selbst ergangen war. Er hatte ihm erzählt, er habe in den Achtzigerjahren Philosophie und Germanistik studiert, allerdings ohne Abschluss und habe das in den letzten Jahren oft bereut.

Jetzt war Hennings sicher, dass die drei Opfer sich kannten. Sie mussten einfach eine gemeinsame Geschichte haben. Auch die Anfrage beim Einwohnermeldeamt wegen der Wohngemeinschaft im Loogestieg war erfolgreich. Sie hatten Lene und Christel identifizieren können. Beide Frauen waren inzwischen niedergelassene Zahnärztinnen, allerdings nicht in der Hansestadt. Christel Wentorf, geborene Schumacher, hatte ihre Praxis in Gießen, Lene Ostrowski hatte es nach Friedrichstadt an der Eider verschlagen.

Nach etwas mehr als einer Stunde Fahrzeit, größtenteils auf der Autobahn, parkte Helena Zielinski den Dienstwagen auf dem zentralen Platz des netten kleinen Städtchens. Wäre der Anlass ihres Besuches in Friedrichstadt nicht so dringlich und ernst, hätte Helena sich gerne dort umgeschaut. Als zugewanderte Norddeutsche kannte sie sich in Schleswig-Holstein nicht besonders gut aus. Die historische Häuserzeile gegenüber dem Platz gefiel ihr auf Anhieb sehr. Die Praxis von Dr.

Ostrowski lag gleich um die Ecke in der Prinzenstraße in einem weiß getünchten, zweigeschossigen Altbau, der entfernt den alten Häusern in Amsterdam ähnelte. Das Erdgeschoss füllte eine Mischung aus Andenken- und Möbelladen aus. Die Zahnarztpraxis befand sich im ersten Stock. Das weiß gestrichene Treppenhaus wirkte adrett und sauber. Drei Seestücke lockerten den sterilen Eindruck auf. Hennings blieb für einen Moment vor einem der Bilder stehen. Sie waren handwerklich perfekt gearbeitet und zogen den Betrachter mit ihrer schlichten, schnörkellosen Aussage in ihren Bann. Es gab nichts als Himmel, Wasser, Sand und ein paar Büschel Gras zu sehen.
„Die Bilder sind viel zu meditativ, um in einem Treppenaufgang zu einer Zahnarztpraxis zu hängen", sagte der Kommissar zu Helena, die nicht verstand, was er an diesen nichtssagenden Bildern fand. Sie interessierte sich eher für Kunst, die verstörte, statt zu beruhigen.
„Solange sich die Patienten nicht davon abhalten lassen, weiter nach oben zu gehen", sagte sie scherzhaft.
Sie stiegen die schmale Stiege hinauf und wurden oben von einer jungen, weiß bekittelten Sprechstundenhilfe empfangen, die hinter einem Tresen saß und am Computer arbeitete.
„Sie sind die Polizisten aus Hamburg, nehme ich an."
„Sieht man uns das an?", fragte Hennings lächelnd.
„Nein", antwortete die junge Frau, „aber ich kenne unsere Patienten, und die Uhrzeit passt."
Natürlich waren sie telefonisch angemeldet. Der Kommissar zeigte seinen Dienstausweis, aber sie schaute ihn nicht an.
„Kommen Sie bitte mit. Frau Doktor erwartet Sie." Als sie an dem kleinen Wartezimmer vorbeikamen, wunderte sich der Kommissar, dass es leer war.
„Die Nähe zur Nordsee und die jodhaltige Seeluft scheinen sich positiv auf die Zähne auszuwirken", sagte er lachend.
„Schön wär's", meinte die Sprechstundenhilfe. „Aber wir haben eigentlich Mittagspause." Sie klopfte an und öffnete den

Besuchern die Tür zu einer Art Pausenraum, in dem die Zahnärztin saß und Zeitung las. Als Helena und Hennings eintraten, legte sie die Zeitung zur Seite. Alle stellten sich vor, dann nahmen auch die Polizisten Platz.
Lene Ostrowski hatte nur noch wenig Ähnlichkeit mit der jungen Frau auf dem Foto, das sie von Clarissa Reineke bekommen hatten. Sie hatte kräftig an Gewicht zugelegt, die ehemals blonden Locken waren einer grauen Kurzhaarfrisur gewichen und das jugendlich glatte Gesicht war ‚in Würde gealtert'. Da bei ihrer telefonischen Anmeldung nicht über den Grund des Besuches der Beamten gesprochen worden war, sah Frau Ostrowski sie fragend an.
Diesmal führte der Kommissar das Gespräch.
„Ist es richtig, dass Sie 1985 in einer Wohngemeinschaft im Loogestieg 1 gewohnt haben, zusammen mit Julius Schellenboom und Albert Reineke?"
Die Zahnärztin nickte. „Ich habe von dem tragischen Schicksal der beiden in der Zeitung gelesen. Furchtbar! Aber Sie kommen doch nicht etwa wegen dieser uralten Verbindung den weiten Weg von Hamburg hierher zu mir?"
„Doch", antwortete Hennings. „Auch wenn es zunächst unverständlich klingt, aber wir haben Hinweise darauf, dass die Taten mit irgendetwas zusammenhängen, das bis in diese Zeit zurückreicht. Worum es sich dabei handelt, wissen wir nicht. Wir erhoffen uns unter anderem von dem Gespräch mit Ihnen Aufklärung."
„Ehrlich gesagt, weiß ich aber nichts Besonderes zu erzählen. Haben Sie vielleicht konkrete Fragen?"
„Ja", sagte der Kommissar. „Wer war Che. Wir haben ihn nicht ermitteln können. Er war nie im Loogestieg gemeldet, taucht aber auf einem Foto mit Ihnen und Ihren Mitbewohnern auf."
Lene Ostrowski errötete. „Das stimmt. Offiziell hat er gar nicht dort gewohnt. Er war mein Freund, hat deshalb immer bei mir übernachtet und gehörte sozusagen dazu."

„Dann können Sie uns bestimmt sagen, wie er heißt und wo wir ihn finden?"
„Sein Name ist Ernesto Lopez, ein Deutscher spanischer Abstammung. Wohin es ihn verschlagen hat, weiß ich allerdings nicht. Wir haben schon seit mehr als zwanzig Jahren keinen Kontakt mehr."
„Der Name hilft uns schon weiter."
„Er stammt aus dem Stuttgarter Raum. Sein Vater war einer der ersten spanischen Gastarbeiter bei Daimler. Aber was soll Che mit der ganzen Sache zu tun haben?"
„Keine Ahnung. Wir machen uns lediglich Gedanken, weil schon zwei der männlichen Mitglieder Ihrer damaligen WG umgebracht worden sind."
„Sie meinen, ihm droht dasselbe, er ist in Gefahr?"
„Vielleicht. Wenn die Taten tatsächlich mit Ihrer WG zusammenhängen."
„Aber wieso? Was soll denn damals vorgefallen sein?"
„Gab es irgendwelche Probleme, Eifersüchteleien? Hatte einer der Männer Probleme mit seiner Freundin, ungewollte Schwangerschaften? Vielleicht eine Vergewaltigung? Wir wissen es nicht."
Lene Ostrowski dachte nach. „Mir fällt wirklich nichts ein. Was Che betrifft, kann ich das definitiv ausschließen. Die Freundin war ja ich, und eine ungewollte Schwangerschaft gab es bei uns nicht. Was Albert und Julius betrifft ... nein, ich glaube auch bei denen nicht. Die hatten zwar ständig wechselnde Freundinnen, da flossen auch manchmal Tränen, aber ernsthafte Probleme gab es nicht. Und eine Vergewaltigung traue ich ihnen erst recht nicht zu."
„Gab es noch weitere Mitglieder Ihrer ‚Clique', wenn ich das mal so nennen darf?"
„Natürlich. Das Studentenleben war damals noch lockerer als heute. Vor allem die Philosophen hatten einen echten Lenz, anders als wir Zahnmediziner. Obwohl ich schon sagen muss,

dass Albert und Julius wirklich fleißig und ehrgeizig waren. Sie haben es ja auch beide weit gebracht."
„Und wer gehörte noch dazu?", wiederholte der Kommissar seine Frage.
„Da war zum Beispiel noch Pauli", sagte Lene. „Fragen Sie mich aber nicht, wie der mit vollem Namen hieß. Alle nannten ihn ‚Pauli', weil er mit Leib und Seele FC St. Pauli-Fan war. Heiner und Urs waren auch oft dabei. Keine Ahnung, was aus Heiner geworden ist, aber Urs sehe ich immer wieder im Fernsehen. Er ist ein bekannter Schauspieler geworden."
„Ich nehme an, Sie meinen Urs Frigge", sagte Helena Zielinski, „den Tatort-Kommissar. Ich wusste nicht, dass er Philosophie studiert hat."
Hennings kannte ihn nicht. Er sah zu selten fern und Krimis guckte er schon gar nicht. Davon hatte er im Alltag genug.
„Genau den", sagte Lene Ostrowski. Sie dachte weiter nach, aber mehr Leute fielen ihr nicht ein. „Wissen Sie, wir zwei Mädels von der Zahnmedizin waren ohnehin ein bisschen draußen vor, bei den ganzen Geistesgrößen. Die saßen oft bis spät in die Nacht und diskutierten: Hegel, Kant, Marx oder die verschiedenen Literaturtheorien. Sie hielten sich allesamt für etwas Besseres. Frauen waren geduldet, weil man sie auch irgendwie brauchte, aber im Grunde hatte die Philosophenrunde schon ein wenig homosexuelle Züge."
„Im Ernst?"Helena Zielinski machte große Augen.
„Also nicht im sexuellen Sinne", entgegnete Lene Ostrowski, „ich glaube ausnahmslos alle, von denen die Rede ist, hatten es mit Frauen. Aber wenn man sie so über das Philosphieren im alten Griechenland reden hörte, von wegen, dass keine Frauen zugelassen waren und dass Sokrates schwul war, dann war das schon recht merkwürdig."
„Und Ihr Freund, gehörte der auch dazu?"
Sie lachte. „Gott bewahre. Che hat Maschinenbau studiert. Mit dem reinen Geist hatte er nichts am Hut, er war eher handfest."

„Gestatten Sie mir noch eine persönliche Frage?“, sagte der Kommissar. „Warum ist der Kontakt zu Ihren alten Freunden abgerissen?“
Sie zuckte die Achseln. „Das weiß ich nicht. Streit hat es jedenfalls nicht gegeben. Ich bin nach dem Studium hierher gezogen. Die Praxis ist alteingesessen und war günstig zu haben, weil alle lieber in der Großstadt arbeiten wollen. Und dann ging eben jeder seiner Wege. Ich geriet damals auch ziemlich in die Krise, weil Che mich verlassen hatte und kapselte mich lange ab.“ Sie sah die Polizisten an. „Mein Problem waren die Männer. Wissen Sie, ich mochte immer die südländischen Typen, aber die sind keine guten Partner für einen ruhigen Alltag. Der Machismo tut einer deutschen Frau auf die Dauer nicht gut. Deshalb bin ich unverheiratet geblieben.“
Die Beamten bedankten und verabschiedeten sich.
Auf Anregung von Helena machten sie noch einen kleinen Spaziergang durch den Ort, bevor sie sich für die Heimreise wieder ins Auto setzten. Sie schlenderten über den niedrigen Deich neben einer der Grachten. Eine Touristengruppe auf einem kleinen Ausflugsdampfer winkte ihnen zu. Der Kommissar winkte zurück. Da ihm noch immer sein Rücken zu schaffen machte, wollte er sich nach dem kurzen Fußweg auf eine Bank setzen, von der aus man über das Wasser schauen konnte.
„Gerade bei Kreuzschmerzen ist Bewegung wichtig“, mahnte Helena.
„Jetzt reden Sie schon wie meine Frau und mein Orthopäde.“
Helena lachte, setzte sich dann aber doch hin.
„Was denken Sie“, fragte sie dann. „Hat unser Ausflug an die Nordsee uns weitergebracht?“
„Auf jeden Fall.“ Hennings hatte bereits sein Telefon in der Hand und drückte die Kurzwahl für das Präsidium. Er gab die Namen Ernesto Lopez und Urs Frigge durch mit der Anweisung, den Verbleib der zwei Männer ausfindig zu machen. Dies würde in Bezug auf „Heiner“ und „Pauli“ sicherlich schwieri-

ger werden. Immerhin war bekannt, dass beide Mitte der 80er Jahre in Hamburg Philosophie studiert hatten. Außerdem wollte er bei seiner Rückkehr nach Hamburg sofort den Bericht der Kollegen aus Gießen sehen, die Christel Wentorf befragt hatten. Nachdem er alles veranlasst hatte, wandte er sich wieder seiner jungen Kollegin zu, die die Aussicht genoss.

„Fragen Sie mich nicht warum, aber dieser Philosophenkreis macht mir Hoffnung."

„Aber Lemberg hat nicht dazugehört", erinnerte Helena ihn.

„Vielleicht nicht, vielleicht aber doch", meinte der Kommissar. „Wir kennen die Verbindung nicht, aber das heißt nicht, dass es sie nicht gibt."

„Was ist mit Che?"

„Besonders mit dem müssen wir reden. Auch wenn er nicht dort gewohnt hat. Vielleicht hat er ja Dinge erfahren, die sie den Frauen nicht erzählt haben."

„Und was könnte das sein?"

Hennings hob die Hände, sodass sie seine leeren Handflächen sah. „Das weiß ich leider nicht."

„Dies sind die merkwürdigsten Mordfälle, an die ich mich erinnere", sagte Helena. „Noch nie habe ich so wenig von dem verstanden, das da vor sich geht."

„Eine letzte große Herausforderung vor meiner Pensionierung", stimmte der Kommissar zu. „Ich hoffe, wir können den Spuk bald beenden. Gehen wir zurück zum Auto und fahren nach Hamburg.

Juli 1984

Seit etwa einem Monat waren Gertrud und Pauli fast unzertrennlich. Sogar auf den Fußballplatz am Millerntor begleitete sie ihn. Sie waren über beide Ohren ineinander verliebt. Dabei blieb allerdings ein Problem.

Eines Abends – sie hatten einen wunderbaren Tag miteinander verbracht und lagen nach zärtlichem Sex aneinander gekuschelt im Bett – sprach sie das leidige Thema an. „Du darfst nicht mehr zum Spenden kommen. Das Risiko ist zu groß. Wenn auffliegt, dass wir zusammen sind, verliere ich meinen Job. Das will ich nicht riskieren."
„Meinst du wirklich, das merkt jemand?"
„Du kennst Murphys Gesetz. Was schiefgehen kann, wird auch schiefgehen. Irgendwann treffen wir gerade den Kollegen auf der Straße oder beim Bäcker, der mir schlecht gesonnen ist und der mich verpfeift. Nee. Und auf die dauernde Angst vor Entdeckung habe ich auch keine Lust."
„Hmm. Aber wovon soll ich leben? Gerade jetzt stecke ich so tief in meiner Magisterarbeit, dass ich überhaupt keine Zeit habe, einen anderen Job zu suchen und erst recht nicht einen zeitaufwändigeren als das Spenden."
Sie küsste seinen Nacken. „Ich weiß. Das ist wirklich unglücklich. Aber es geht nun mal nicht anders." Sie fing an zu lachen. „Außerdem lieferst du zurzeit sowieso Mogelpackungen. Wenn wir es jeden Tag zweimal machen, bleibt für die Klinik ohnehin nur dünnflüssiges Ejakulat mit einem Minimalanteil an Spermien übrig."
Er drehte sich zu ihr um. „Du weißt. Berufsverbote sind eigentlich verfassungswidrig."
Sie presste ihren nackten Körper gegen den seinen. „Ich hätte da eine Idee."
„Du setzt unlautere Mittel ein, um mich zu überzeugen. Wie soll ich dir so widerstehen?"
Sie küsste ihn wieder, saugte sich an seiner Unterlippe fest. Er hatte längst wieder einen Ständer. „Warum ziehst du nicht bei mir mit ein? Du würdest das Geld für die Miete sparen."
„Wir kennen uns doch noch nicht lange", wandte er ein.
„Wer nicht wagt, der nicht gewinnt. Ich liebe dich."
„Ich dich auch."

„Wir könnten es doch versuchen. Wenn es nicht geht, ziehst du eben wieder aus."
„Ich wäre dann ziemlich abhängig von dir. Ich weiß nicht, ob mir das gefällt."
„Das wäre doch höchstens für ein Jahr. Dann hast du das Studium abgeschlossen."
„Und dann werde ich Betriebsphilosoph bei Blohm & Voss, wie du mal gesagt hast."
„Quatsch. Du findest einen guten Job."
„Ich weiß nicht." Pauli fühlte sich nicht wohl bei dem Gedanken, von Gertrud finanziell abhängig zu sein.
„Wir könnten einen Vertrag schließen, dass ich dir das Geld leihe und du es mir zurückzahlst, meinetwegen mit Zinsen, wenn du dich damit besser fühlst", schlug sie vor und rieb sich an ihm.
„Ich muss darüber nachdenken."
„Nicht zu lange. So ein gutes Angebot bekommt man nur selten." Sie rollte sich auf ihn.
„So kann ich aber nicht nachdenken."
„Ihr Männer denkt doch sowieso mit dem Kleinen da unten." Sie presste ihm ihren Unterleib entgegen. „Du musst ja nicht sofort entscheiden."
Am nächsten Abend sagte er zu. Zwar machten sie keinen schriftlichen Vertrag, aber er bestand darauf, ihr das Geld für Miete und Lebensunterhalt später auf Heller und Pfennig zurückzuzahlen.
„Ich hatte schon immer ein gutes Händchen mit Geld", sagte sie. „Ich bin sicher, ich investiere in ein gutes Produkt. Bis du zurückzahlst, bist du beschlagnahmt." Sie umarmte ihn. „Ich behalte dich als Sicherheit."
„Jetzt sage aber nicht, dass ich dir auch noch zu Willen sein muss."
„Ich bestehe darauf", sagte sie lachend und spreizte ihre Schenkel. „Ich will täglich meine Zinsen."

„Ausbeuterin! Wucherin! Ich werde mich beim europäischen Gerichtshof in Straßburg beschweren."
„Komm. Wir haben etwas zu feiern."
Zum Glück hatte seine Wohngemeinschaft kein Problem, auf die Schnelle einen Nachfolger für ihn zu finden, sodass er zum 1. August mit seinen wenigen Habseligkeiten bei ihr einziehen konnte, und beide waren von Anfang an glücklich mit diesem Arrangement. Natürlich gab es wie in jeder gesunden Beziehung gewisse Reibereien, wie zum Beispiel den Abwasch oder die schmutzigen Socken auf dem Fußboden betreffend, aber im Großen und Ganzen kam das junge Paar sehr gut miteinander zurecht.
Was seinen Status als Samenspender anging, leistete Gertrud ganze Arbeit, allerdings ohne dass er davon erfuhr. Seine Daten aus der Kartei zu entfernen, war leicht. Ein kleines Problem ergab sich aus der fortlaufenden Nummerierung, aber das würde frühestens bei der Inventur auffallen. Dann würde sie das Fehlen von Spender 27 als Fehler bei der Nummernvergabe auf ihre Kappe nehmen und sagen, sie hätte die 27 wohl nicht vergeben. Da sie es selbst war, die die Kartei führte, konnte nichts schiefgehen. Einen Fehler zuzugeben war zwar peinlich, ihn zu machen aber menschlich, und so war es ihr eben passiert, dass auf die 26 die 28 folgte, sei's drum. Schwieriger war es, das noch nicht verbrauchte, tiefgekühlte Sperma zu vernichten. Eigentlich hatte sie im Kühlraum nichts zu suchen und kannte sich dort auch nicht aus. Aber da sie die Schlüssel verwahrte, konnte sie abends unter einem Vorwand länger bleiben und sich auf die Suche nach dem Sperma des Spenders Nummer 27 machen. Die kostbaren Strohhalme lagen sortiert und gekennzeichnet in dem flüssigen Stickstoff und waren leicht zu finden. In der Bestandsliste buchte sie Paulis Sperma aus. Das noch nicht verbrauchte, tiefgekühlte Material landete in der Damentoilette und wurde gnadenlos in die Kanalisation gespült, wo sich die Ratten mit großem Appetit darüber hermachten.

Es war, als hätte er niemals die Klinik betreten, als hätte er nie sein Sperma in einen der kleinen Plastikbecher gespritzt, als hätte sein Samen nie die Eizelle unbekannter Frauen befruchtet und als hätte nie ein Kind mit seinen Genen das Licht der Welt erblickt. Im Gegensatz zu allen anderen Spendern war er wirklich und unwiderruflich anonym. Seine künstlich gezeugten Nachkommen würden die Identität ihres leiblichen Vaters niemals in Erfahrung bringen können.

Da noch genügend andere Philosophen, arme Poeten und Literaturwissenschaftler zur Auswahl standen, vermisste niemand den Spender mit dem Spitznamen „Pauli". Schließlich hatte er seinen halben Freundeskreis dort untergebracht, die alle regelmäßig und unverdrossen allwöchentlich ihre Ladung fruchtbaren Geisteswissenschaftlerspermas ablieferten.

Gertrud war zufrieden. Sie war sicher, dass sie es geschafft hatte, ihn ohne Rückstände auszuradieren.

Keiner ihrer Kollegen in der Klinik bemerkte jemals, dass es sich bei ihrem neuen Freund um einen ehemaligen Spender handelte. Natürlich erzählte sie von ihrem „Pauli", aber da dort außer ihr niemand seinen Spitznamen kannte, gab es auch keine unangenehmen Nachfragen. Sie ließ viel Zeit verstreichen, bis sie ihn ihren Kollegen vorstellte. Ihr schlechtes Gewissen hielt sich in überschaubaren Grenzen. Was sollte denn daran verwerflich sein? Sie liebte ihren Pauli und schadete niemandem. Schließlich hatte sie sich diese bescheuerte Regel, keinen privaten Kontakt mit Spendern zu haben, nicht ausgedacht.

Samstag, 23. Juli 2011

Vor allem für den Kommissar ging es allmählich ans Eingemachte. Die Dauerbelastung war Gift für seine alten Knochen und die Arbeit fiel ihm zunehmend schwerer, aber wenigstens waren sie vorangekommen. Nach dem Besuch bei Lene Ostrowski in Friedrichstadt hatten sie zunächst alle Hebel in Bewegung gesetzt, um den Aufenthaltsort von Ernesto Lopez zu ermitteln. Und das war schließlich gelungen. Lopez lebte mit Frau und Kindern in Essen, arbeitete als Ingenieur bei ThyssenKrupp. Fast den ganzen restlichen Freitag versuchte die Soko ihn anzurufen, aber weder übers Festnetz noch auf dem Handy war er zu erreichen. Auch brachten die Nachrichten, die sie in seiner Mailbox hinterlassen hatten, ihn nicht dazu zurückzurufen. Am Nachmittag wurde es dem Kommissar dann zu bunt und er bat die Essener Kollegen um Hilfe. Die schickten einen Streifenwagen zu der angegebenen Adresse und fanden durch Nachfragen bei Nachbarn heraus, dass die Familie Lopez in den Ferien nach Spanien zu seinen Eltern gefahren war. Da die Ferien in Hamburg und Nordrhein-Westfalen verschoben stattfanden, hatte Hennings nicht daran gedacht. Nun war guter Rat teuer. Wahrscheinlich hatte Lopez sein Handy wegen der teuren Roaming-Gebühren ausgeschaltet. Helena Zielinski erinnerte sich daran, dass Frau Ostrowski erzählt hatte, Lopez' Vater habe als einer der ersten spanischen Gastarbeiter einige Zeit bei Daimler in Stuttgart gearbeitet. Sie schaffte es, dass eine Mitarbeiterin der Rentenkasse in Berlin am arbeitsfreien Samstag ins Büro fuhr und ihren Computer anwarf, allerdings nur um festzustellen, dass es sehr viele Lopez gab, die infrage kamen. Der Name Lopez war in Spanien so geläufig wie Müller bei uns. Sie brauchte wenigstens den vollen Namen, besser noch zusätzlich das Geburtsdatum. Sie gab Helena ihre Handynummer und erklärte sich bereit erneut nachzusehen, sobald die Polizistin den Namen herausgefunden hatte. Daraufhin setzte Helena Himmel und Hölle in Bewegung, um am Wochenende jemanden aus der Personalabteilung von Daimler in Stuttgart dazu zu bringen, alte Akten zu wälzen. Aber hier hatte sie weniger Glück als bei der Rentenkasse. Kurz bevor sie aufgeben wollte, kam ihr dann die rettende Idee. Sie schlug sich mit der flachen Hand vor die Stirn. Warum war sie nicht

sofort darauf gekommen? War sie schon so betriebsblind? Lene Ostrowski! Einen Versuch war es wert. Sie erreichte die Zahnärztin sofort.
„Natürlich kann ich Ihnen sagen, wie Ches Eltern hießen, Maria und Gustavo. Ich war sogar mal mit Che in ihrem Heimatdorf in der Nähe von Marbella. Allerdings weiß ich nicht, ob sie wieder dorthin gezogen sind."
Ein erneuter Anruf bei der Rentenkasse brachte die Bestätigung. Das Ehepaar Lopez hatte es als Rentner in die alte Heimat gezogen und die Adresse war bekannt. Nun war es leicht, die Telefonnummer zu ermitteln.
„Gute Arbeit", lobte Hennings seine junge Kollegin.
Sie verzichtete darauf zu erwähnen, dass sie ziemlich lange auf der Leitung gestanden hatte, bevor sie darauf kam, noch mal mit der Zahnärztin zu sprechen. Schließlich war das dem Kommissar überhaupt nicht eingefallen. Jetzt allerdings nahm Hennings den Hörer in die Hand, um in Spanien anzurufen.
Dieses Mal hatten sie Glück. Auf Anhieb erwischte er Ernesto Lopez' Mutter Maria, die nach 30 Jahren in Stuttgart bestes Schwäbisch sprach, das allerdings in norddeutschen Ohren beinahe noch fremdartiger klang als Spanisch. Ihr Sohn war mit seiner Familie an den Strand gefahren, würde aber zurückrufen, sobald er nach Hause kam.
Als gegen 19 Uhr Hennings' Telefon klingelte, war es tatsächlich Ernesto „Che" Lopez.
„Was ist passiert?" Seine Stimme klang beunruhigt. Schließlich wurde man nicht ohne triftigen Grund im Spanienurlaub von der deutschen Polizei angerufen. Und dieser Grund bedeutete in der Regel nichts Gutes.
„Keine Sorge", versuchte der Kommissar ihn zu beruhigen. „Es geht um eine ganz alte Geschichte. Wir haben Ihren Namen von Lene Ostrowski."
„Von Lene? Das ist doch schon mehr als 20 Jahre her. Geht es ihr gut?" Lopez Stimme hatte den sorgenvollen Unterton ver-

loren, hörte sich jetzt eher neugierig an. „Was ist mit Lene?"
Hennings drückte die Mithörtaste an seinem Telefon, sodass Helena Zielinski dem Gespräch folgen und die wesentlichen Informationen notieren konnte
„Frau Ostrowski geht es gut. Es dreht sich auch nicht direkt um sie", stellte der Kommissar richtig. „Eher um ihre damalige Wohngemeinschaft im Loogestieg."
„Aha. War eine turbulente, aber schöne Zeit."
„Zwei Ihrer alten Freunde sind ermordet worden, Julius Schellenboom und Albert Reineke. Wir vermuten, dass das Motiv für die Morde mit der damaligen WG zusammenhängt."
„Mein Gott! Julius und Albert sind tot! Ermordet. Wieso das?"
„Das wissen wir nicht. Wir hoffen, dass Sie uns weiterhelfen können", sagte Hennings.
„Merkwürdig. Und Sie denken, dass Motiv liegt so tief in der Vergangenheit? Woran genau haben Sie dabei gedacht?"
„Auch das wissen wir nicht. Wir tappen vollkommen im Dunkeln. Vielleicht fällt Ihnen etwas ein?", sagte der Kommissar. „Außerdem wollen wir Sie warnen. Wenn der Täter es wirklich auf die Männer der damaligen Wohngemeinschaft vom Loogestieg abgesehen hat, schweben vielleicht auch Sie in Gefahr."
„Oh!" Lopez schwieg eine ganze Weile.
„Ist damals irgendetwas Schwerwiegendes vorgefallen? Hat es Streit gegeben, Streit um Frauen?"
Der Mann in Spanien dachte nach. „Ehrlich gesagt fällt mir nichts ein, was so lange nachwirkt und nach 25 Jahren einen Mord rechtfertigen würde. Natürlich gab es mal Meinungsverschiedenheiten ..."
„Der Mörder hat mit Julius Schellenbooms Blut das Wort ‚Rabenvater' auf den Küchenboden geschrieben. Deshalb denken wir, dass es vielleicht um ein verleugnetes, uneheliches Kind gehen könnte. Gab es eine Frau, mit der sowohl Schellenboom als auch Reineke und vielleicht noch weitere Männer aus Ihrem Kreis Sex hatten und die vielleicht schwanger wurde, ohne zu

wissen von wem? Vielleicht sogar eine Gruppenvergewaltigung?"
Wieder dachte Lopez nach. Einen Moment lang glaubte der Kommissar, er könne das Knacken seiner Hirnwindungen hören, aber das waren wohl doch nur Störgeräusche in der Überlandleitung. „Nein. Soweit ich weiß, ist so etwas nicht vorgekommen, Vergewaltigung schon gar nicht. Ich habe allerdings nicht zum harten Kern gezählt, weil ich kein Geisteswissenschaftler war. Alles haben mir die Jungs vielleicht auch nicht erzählt."
Hennings merkte, wie die Enttäuschung ihm die Wirbelsäule hinunterkroch und sich in seinem Kreuz festzusetzen drohte. Alle Arbeit der letzten zwei Tage umsonst! Wäre er nicht ein so beherrschter Mann, hätte er aus Frustration laut geschrien
„Eines fällt mir jetzt doch ein, wo Sie von Kindern sprechen", fuhr Lopez nach einer längeren Pause fort. „Fast alle aus der alten Gruppe haben ihre Finanzen als Samenspender aufgebessert, anonym natürlich. Julius und Albert waren auf jeden Fall dabei, sehr wahrscheinlich auch Heiner und Urs. Die wohnten zwar nicht im Loogestieg, gehörten aber zu der Philosophengang und waren oft dort."
Dem Kommissar stockte der Atem. „Mein Gott", rief er aus. „Das ist es!"
„Aber wie soll das funktionieren? Die Spender waren anonym. Niemand hätte davon wissen können."
„Waren Sie auch dabei?"
Lopez räusperte sich. „Ich wäre gerne dabei gewesen. Schließlich war es gutes, leicht verdientes Geld. Und man tat sogar noch ein gutes Werk."
„Und wieso hat es bei Ihnen nicht geklappt?" Der Kommissar, dem schon das Abgeben einer Urinprobe auf Kommando Schwierigkeiten bereitete, stellte es sich als unmöglich vor, auf Abruf Sperma zu produzieren.
„So weit ist es nie gekommen", sagte Lopez, „und ehrlich ge-

sagt, bin ich im Nachhinein ganz glücklich darüber. Nein, das hatte andere Gründe. Als ich damals in der Klinik anrief, um mich zu bewerben, haben die mir ganz klar zu verstehen gegeben, dass die meisten deutschen Frauen keinen Ausländer und kein Gastarbeiterkind als genetischen Vater für ihren Nachwuchs akzeptieren würden."

„Ooohh!" Jetzt schluckte Hennings.

„Damals fand ich das unmöglich und rassistisch. Heute bin ich, wie gesagt, froh darüber, dass es nicht geklappt hat. Sollen die blonden Mütter im Lande der Dichter und Denker doch ihresgleichen zur Welt bringen. Aber denken Sie wirklich, die Morde hängen mit den Samenspenden zusammen?"

„Zumindest ist das ein neuer Ansatz", sagte Hennings, der instinktiv auf diesen Zug aufgesprungen war. „Wissen Sie noch, wie diese Klinik hieß?"

„Nein. Alle haben sie nur ‚die Klinik' genannt. Sie war irgendwo in Klein Flottbek, ganz in der Nähe des S-Bahnhofs."

„Heiner und Urs haben Sie genannt. Urs Frigge kennen wir, aber wissen Sie vielleicht den vollen Namen von Heiner?"

„Leider nicht. Ich lebe schon lange nicht mehr in Hamburg und habe jede Verbindung abgebrochen, auch zu Lene. Meine Frau will nicht, dass ich mit meinen Verflossenen Kontakt habe."

„Ich danke Ihnen sehr für dieses Gespräch, Herr Lopez. Wenn Ihnen noch etwas einfällt, rufen Sie jederzeit an."

„Halt. Warten Sie. Glauben Sie wirklich, dass auch ich auf der Liste des Mörders stehe?", griff Lopez die zu Anfang des Gesprächs geäußerte Vermutung des Kommissars auf.

„Nach allem, was Sie mir erzählt haben, denke ich, dass Sie außen vor sind. Wie lange bleiben Sie in Spanien?"

„Nur noch knapp zwei Wochen. Soll ich länger bleiben?"

„Das wird nicht nötig sein. Zwei Wochen sind erst mal ausreichend", sagte Hennings. „So sind Sie in jedem Fall für den Moment aus der Schusslinie. Wenn sich Neues ergibt, melden wir uns."

Auch Helena Zielinski war von der aktuellen Wendung der Ermittlungen überrascht.
„Ist das der Durchbruch oder nur ein neuer Strohhalm, an den wir uns klammern?“, fragte sie den Kommissar.
Hennings war euphorisch. „Wir müssen schnellstmöglich drei Dinge tun“, sagte er. „Das Einfachste zuerst, nämlich Kontakt zu Urs Frigge aufnehmen, um ihn zu warnen. Außerdem kann er uns vielleicht noch ein paar Dinge erzählen, die uns weiterbringen. Dann müssen wir herausfinden, von welcher Klinik Lopez gesprochen hatte und drittens gilt es, die Identität dieses Heiner zu ermitteln.“
„Was ist mit Lemberg, dem ersten Opfer?“, fragte Helena Zielinski ihren Chef. „Noch immer kennen wir keine echte Verbindung zu den anderen Opfern.“
„Stimmt. Das erste Opfer gibt mir noch die meisten Rätsel auf. Bis auf die Tatsache, dass er damals wie die anderen auch Philosophie studiert hat, wissen wir nichts, nicht einmal, ob er mit den Leuten vom Loogestieg Kontakt hatte. Aber ich bin sicher, dass er sich irgendwie ins Bild einfügen wird, auch ohne dass wir weiter in seiner Vergangenheit suchen müssen.“

Sonntag, 24. Juli 2011

Helena Zielinski hatte noch am Samstagabend mit Urs Frigge telefoniert und sich nach einem kurzen Gespräch für den Sonntagnachmittag in seinem derzeitigen Wohnort Köln mit ihm verabredet. Dabei war es nicht leicht, den Kommissar davon zu überzeugen, sich einen Tag Pause zu gönnen und sie alleine fahren zu lassen. Sie musste versprechen, ihn sofort nach dem Treffen anzurufen und über das Gespräch zu informieren. Da sie mit der Eisenbahn fahren wollte, hatte Frigge sich bereit erklärt, sie vom Bahnhof abzuholen. Tatsächlich hätte ein längeres Telefongespräch es auch getan, aber – und das behielt sie

natürlich für sich – sie schwärmte schon lange für den kräftig gebauten Tatortkommissar und wollte sich die Gelegenheit, ihn persönlich kennen zu lernen, auf gar keinen Fall entgehen lassen. Wie verabredet erwartete er sie auf dem Bahnsteig. Er stand wie ein Turm in der anbrandenden Menschenmasse, die dem Ausgang zustrebte. „Das ist ja wie ein blind date", sagte er, „fehlt nur noch die rote Nelke im Knopfloch. Sind Sie hungrig? Wir können beim Essen reden. Hier auf dem Bahnsteig ist es mir zu zugig."
„Eine Kleinigkeit zu essen wäre nicht schlecht."
„Ich kenne hier ganz in der Nähe ein nettes Bistro."
„Die Currywurstbude am Rhein ist wahrscheinlich zu weit weg."
Er sah sie an und lachte. „Die gibt es nur bei den Dreharbeiten", sagte er, „aber ich merke, Sie kennen unsere Filme."
Frigge und Helena verließen den Bahnhof und spazierten unter seiner Führung in Richtung Dom. „Ich sehe sie sogar ausgesprochen gerne."
„Und? Sind wir in den Augen einer echten Polizistin überzeugend?"
„Na ja", antwortete Helena, „nicht immer, aber dafür immer spannend und unterhaltsam. Die echte Ermittlungsarbeit ist oft zäh und langweilig. Das will kein Zuschauer sehen."
„Ich weiß. Das habe ich schon oft von Ihren Kollegen gehört. Wir haben natürlich Berater, die uns halbwegs auf dem Teppich halten."
Sie hatten das Bistro erreicht. Das Wetter am Rhein war besser als an der Elbe, sodass man draußen sitzen konnte. Solange Helena die Karte studierte, ruhte das Gespräch.
„Eine böse Geschichte, die Sie mir da am Telefon erzählt haben", sagte er dann. „Wie sind Sie auf mich gekommen?"
„Sie haben Philosophie und Germanistik studiert, bevor Sie Schauspieler geworden sind."
„Ich habe sogar einen Magister", sagte Frigge. „Aber dann hat

es mich doch eher zum Theater gezogen. Schon als Student habe ich kleinere Rollen gespielt. Das hat mir ein wenig Extra-Kohle gebracht." Er lachte. „Nicht nur als Statist. Ich durfte sogar ein paar Sätze sprechen."
„Aber das war nicht Ihr einziger Nebenjob."
„Nein. Sie hatten es am Telefon schon angesprochen. Obwohl es an und für sich ja nicht ehrenrührig ist, möchte ich Sie doch bitten, die Sache vertraulich zu behandeln. Sonst steht es morgen breit ausgewalzt in der Regenbogenpresse."
Helena nickte.
„Gerade junge Schauspieler haben oft dubiose Nebenjobs. Viele meiner Kollegen haben zu Beginn ihrer Karriere Pornos synchronisiert, manche sogar gedreht. Wussten Sie das?"
„Nein. Dagegen ist Ihre Kurzkarriere als Samenspender ja eher harmlos."
„Trotzdem. Das ist eine ziemlich intime Sache, die hängt niemand gerne an die große Glocke. Außerdem habe ich keine Lust, dass danach eine ganze Kohorte durchgeknallter Typen bei mir auf der Matte steht, die mich für ihren Vater halten."
Helena erzählte von den Morden und vom „Rabenvater" und fasste kurz für ihn zusammen, was sie wussten, was sie vermuteten, und was sie von Lene Ostrowski und Che Lopez erfahren hatten.
„Wie, sagten Sie noch, hieß der Taxifahrer, der als Erster ums Leben gekommen ist?"
„Konrad Lemberg. Er hat ebenfalls Philosophie studiert. Wir haben aber keinen Hinweis darauf, dass er zur Ihrer Gruppe um den Loogestieg gehörte. Auch ob er ebenfalls Samenspender war, wissen wir nicht."
„Aber ich", sagte Frigge. „Julius und Albert hatten nichts mit ihm zu tun. Er war durch mich an die Klinik gekommen." Er dachte nach. „Im Wintersemester 1983/84 haben wir gemeinsam eine Hausarbeit über Frege und Wittgenstein geschrieben. Da er Geldprobleme hatte, habe ich ihm von der

Klinik erzählt. Soweit ich weiß, hat er das auch eine Zeit lang gemacht. Aber mit dem Typen war nicht viel los. Die Hausarbeit musste ich fast alleine schreiben und er hat die Punkte dafür mitgenommen. Das hat mich damals ziemlich genervt. Ich habe ihn schnell aus den Augen verloren." Frigge lehnte sich zurück, reckte sich, verschränkte die Hände im Nacken und sah Helena an.
„Lemberg hat das Studium abgebrochen und jeden Hinweis darauf aus seinem Leben getilgt. Offenbar war der Mann ziemlich unzufrieden mit sich selbst."
„Pauli war es, der uns auf die Klinik gebracht hat. Er hatte die Suchanzeige gelesen und als Erster ins Töpfchen gewichst – verzeihen Sie mir die drastische Ausdrucksweise –, aber genauso war's."
„Der Name Pauli ist schon mehrmals gefallen, aber wir wissen noch immer nicht, wer sich dahinter verbirgt."
„Hm. Das kann ich Ihnen leider auch nicht sagen. Alle haben ihn Pauli genannt. Ich glaube, keiner von uns hat je gewusst, wie er wirklich heißt. Ach, die alten Jungs. Schade eigentlich, dass wir uns aus den Augen verloren haben. Es war eine schöne Zeit damals, Wir hatten wenig Geld, dafür aber viel Spaß." Urs Frigge schaute versonnen über den Domplatz.
„Es gibt noch jemanden, den wir bisher nicht ausfindig machen konnten: Heiner?"
„Heiner Keesemeyer. Den Namen kann man doch eigentlich nicht vergessen, oder?" Er lachte. „Den habe ich vor ein paar Jahren sogar mal getroffen."
„Herr Kollege, Sie machen uns glücklich." Helena Zielinski strahlte übers ganze Gesicht.
„Frigge fragen – Wohlbehagen." Der Schauspieler machte dieses für ihn typische Gesicht mit einer hochgezogenen Augenbraue, das er bei den Frotzeleien mit seinem Kollegen gerne zeigte.
„Wo haben Sie ihn getroffen?"

„Auf der Frankfurter Buchmesse. Ich war dort, um ein von mir gelesenes Hörbuch vorzustellen. Dabei ist er mir über den Weg gelaufen. Ich glaube, er war nicht sehr glücklich darüber, weil er sich vor mir geschämt hat. Er schrieb nämlich unter irgendeinem Pseudonym zweitklassige Krimis."
„Erinnern Sie sich an das Pseudonym?" „Leider nicht. Ich glaube, er hat es mir gar nicht verraten."
„Schade. Aber das sollten wir herausfinden können. Pseudonyme müssen auch irgendwo eingetragen werden, wenn man sie schützen will."
„Glauben Sie wirklich, dass ich in Gefahr bin?"
„Wenn unsere Theorie stimmt, ja, auf jeden Fall."
„Aber wer und warum sollte das tun? Einer meiner anonymen Nachkommen? Der sollte sich doch freuen. Ohne meine Spende gäbe es ihn nicht. Einer der Väter, dem mit Verspätung klar wird, dass er sich selbst ein Kuckucksei ins Nest gelegt hat? Ich weiß nicht. Besonders vernünftig hört sich das nicht an."
„Ich verstehe, was Sie meinen. Mit Vernunft hat das bestimmt nichts zu tun", stimmte Helena ihm zu, „aber gerade in solchen emotionalen Grenzbereichen drehen immer wieder Leute durch. Für uns ist das Thema auch brandneu. Wir haben noch keine Expertenmeinung dazu gehört."
„Was empfehlen Sie mir?"
„Seien Sie vorsichtig, wenn sich Ihnen Fremde nähern. Lassen Sie auf keinen Fall Unbekannte in Ihre Wohnung."
„Vorsichtig bin ich ohnehin. Wenn man so bekannt ist wie ich, lauern überall Leute, mit denen man eigentlich nichts zu tun haben will, Paparazzi, aufdringliche Fans, Stalker." Er zog eine Pfefferspray-Kartusche aus der Jackentasche. „Für besonders schlimme Fälle habe ich die dabei."
„Hoffentlich brauchen Sie die nicht", sagte Helena.
„Was haben Sie noch Schönes vor, hier in Köln?", fragte er sie dann mit einem breiten Lächeln auf seinem breiten Gesicht und winkte nach dem Kellner.

„Nichts", sagte sie. „Ich wollte den nächsten Zug zurück nach Hamburg nehmen."
„Oder wären Sie an einer kleinen Stadtführung mit ortskundiger Reiseleitung interessiert?"
„Das klingt ganz wie ein Angebot, das ich nicht ablehnen kann. Ich muss nur kurz meinen Chef anrufen. Der brennt auf meine Neuigkeiten."

8

Montag, 25. Juli 2011

Er hatte die Gruppe übers Internet gefunden. Natürlich hatte er immer gewusst, dass es mehr Leute wie ihn gab, dass er nicht der Einzige war, aber er wäre nie auf die Idee gekommen, dass sie den Kontakt miteinander suchen würden – Schicksalsgenossen, Leidensgenossen. Vielleicht wäre sein Leben anders verlaufen, wenn er sich frühzeitig jemandem anvertraut hätte. Aber: Hätte, hätte, Fahrradkette! Es war schon eine Weile her, dass er von der Selbsthilfegruppe der Spenderkinder gelesen hatte, aber lange hatte er stets neue Gründe gefunden, die dagegen sprachen, zu einem ihrer Treffen zu gehen. Dann war die Neugier jedoch zu groß geworden.

Die Gruppe traf sich in einer kommunalen Einrichtung in der Schanze. Außer ihm gab es noch sechs weitere Betroffene, fünf Frauen und einen Mann. Auch hier zeigte sich wieder, dass Frauen mit Problemen offener umgingen als Männer. Er wurde sehr freundlich aufgenommen, sodass er es bedauerte, sich unter falschem Namen vorgestellt zu haben.

„Seit wann weißt du es?“, fragte Stella, eine stupsnasige Rothaarige mit grünen Augen und sehr vielen Sommersprossen.

„Schon seit fast zehn Jahren“, sagte er. „Meine Mutter hat es mir gesagt, als ich sechzehn war. Da hat es den großen Knall gegeben. Bis dahin hatten sie mich voll angelogen.“

„Und warum kommst du erst jetzt zu uns?“

„Neugier? Ich wollte mal wissen, wie ihr damit umgeht. Ich habe noch nie mit jemandem geredet, der dasselbe Schicksal hat wie ich.“ Er senkte den Kopf. „Außer mit meiner Mutter, meinem angeblichen Vater und meiner Ex-Freundin habe ich überhaupt noch nie darüber gesprochen. Ich weiß auch nicht, ob ich das kann.“

„Mach dir keinen Stress. Du musst auch nichts erzählen“, sagte Stella. „Hör einfach zu, was wir hier so machen. Reden kannst du, wenn du so weit bist.“
„Dann würde ich gerne anfangen“, sagte eine der Frauen, die sich als Brigitte vorgestellt hatte und nervös mit den Beinen zappelte. Sie schien unter großem, inneren Druck zu stehen. „Schon wenn ich mir meine Zeugung vorstelle, bekomme ich Albträume. Meine Mutter liegt in einem weiß gefliesten Raum mit weit gespreizten Schenkeln in einem Gynäkologenstuhl. Männer in weißen Kitteln, vermummt mit einem Mundschutz, injizieren ihr mit einem Strohhalm Samen in die Vagina.“
„Das ist bestimmt auch so ähnlich abgelaufen“, meinte eine der anderen Frauen.
„Die meisten Menschen sind in Liebe gezeugt worden.“
„Auch nicht alle. Schließlich gibt es viele ungewollte Kinder. Die werden oft nicht angenommen. Immerhin sind wir ganz bestimmt gewollt“, sagte Stella.
„Das ist für mich auch nicht das Problem“, hakte eine Frau namens Lena ein. „Meine Eltern haben sich so sehr ein Baby gewünscht und waren total glücklich, als ich geboren wurde. Sie haben mich geliebt. Aber sie hätten mir gleich sagen sollen, dass mein Papa nicht mein Papa ist. Als ich es dann später erfuhr, war ich total verwirrt. Alles, woran ich geglaubt hatte, stimmte nicht mehr, der Boden war mir unter den Füßen weggezogen. Ich war total fertig und hatte nur noch Streit mit meinen Eltern.“
Einige der anderen nickten.
„Ich glaube auch, dass das der entscheidende Punkt ist“, stimmte Stella ihr zu.“Adoptierte Kinder wissen doch auch darüber Bescheid. Warum nicht wir Spenderkinder? Jedes Kind sollte von Anfang an darüber aufgeklärt werden, anstatt mit der Lüge aufzuwachsen und es irgendwann mit einem großen Schock zu erfahren.“
„Das war auch für mich mit das Schlimmste“, sagte nun der

etwa achtzehnjährige Junge, der sich als Reinhard vorgestellt hatte. „Und ich würde wirklich gerne wissen, wer mein leiblicher Vater ist."
„Das kannst du vergessen", sagte Stella. „Die Anonymität des Spenders ist vorrangig."
„Und wer denkt an uns?" Lenas Stimme hörte sich an, als würde sie mit den Tränen kämpfen.
„Andererseits würden wir ohne unsere Spenderväter gar nicht existieren."
„Ehrlich gesagt: Manchmal wünsche ich mir, dass es so wäre."
„Das ist doch eine gruselige Vorstellung. Wir sind nun mal da und müssen das Beste daraus machen", sagte Christin, eine dunkelhaarige Mitzwanzigerin, die bisher geschwiegen hatte. „Mir ist es auch lange ziemlich schlecht gegangen und ich habe mit meinem Schicksal gehadert. Aber ist es nicht wichtiger, nach vorne zu sehen? Wir haben nun einmal das Leben geschenkt bekommen. Keiner wird gefragt, ob er es will oder nicht. Und trotz des ungewöhnlichen Starts sind die meisten von uns doch in positive Verhältnisse hinein geboren."
„Wenn das mal so einfach wäre. Nach vorn schauen. Aber dazu würde ich gerne wissen, woher ich komme, was ich mitbringe."
Der junge Mann, der sich als „Bernd" vorgestellt hatte, wurde immer unruhiger. Am liebsten hätte er dazwischen gerufen: „Hört mit dem Gelaber auf, tut was!" Mit diesem mädchenhaften Gefühlsgequatsche konnte er nichts anfangen. Was sollte das ganze Gesabbel? Diese Leute versuchten, sich mit dem Mangel zu arrangieren, den Selbsthass unter dem Deckel zu halten. Da würde er nicht mitmachen Sein Leben war nicht geschenkt, sondern gekauft, er war das verdammte Ergebnis eines würdelosen Geschäfts. Wie sollte er damit in Würde leben? Würde konnte er nur dadurch erlangen, dass er seinen echten Vater fand und von diesem angenommen wurde oder dass er die Beteiligten an diesem unsäglichen Handel bestrafte. Auf dem Heimweg ärgerte er sich, dass er überhaupt hingegangen

war. Vertane Zeit. Aber wenigstens hatte der Besuch bei dieser Gruppe seinen Willen, den eingeschlagenen Weg weiterzuverfolgen, bestärkt. Er würde sich noch heute um Keesemeyer kümmern, die Vorbereitungen waren längst abgeschlossen.

Auch Helena Zielinski und der Kommissar saßen in großer Runde. Die Soko hatte sich im großen Konferenzraum versammelt, um die Ergebnisse der Wochenendarbeit zu besprechen. Helena hatte am Montag einen frühen Zug genommen und war direkt vom Bahnhof ins Präsidium gefahren. Auf Nachfragen des Kommissars, warum sie in der Domstadt übernachtet hatte, antwortete sie ausweichend, murmelte etwas von einer Cousine, die sie besucht hatte, aber ihr alter Kollege schmunzelte in sich hinein und dachte sich seinen Teil. Warum auch nicht? Sie war jung und ungebunden. Bei dem Stressjob, den sie im Moment zu bewältigen hatten, konnte sie ein wenig Abwechslung gebrauchen.
„Wir haben endlich so etwas wie ein Motiv“, sagte Hennings, „ein Motiv, das den ‚Rabenvater‘ erklärt und das die Opfer miteinander verbindet. Die drei Toten waren in den Achtzigerjahren als Samenspender aktiv.“
„Aber wieso ist das ein Motiv?“, fragte einer der Kollegen, ein kräftiger, stiernackiger Bursche mit einem gutmütigen Gesicht, den man beim Nahkampf gerne auf seiner Seite hatte.
„Das kann ich auch noch nicht genau sagen“, antwortete Hennings und stellte Sabine Kauzich vor, die Psychologin, die er zu der heutigen Sitzung eingeladen hatte. „Vielleicht kann Frau Kauzich uns dabei helfen, die Sache besser zu verstehen?“
Alle Augen richteten sich auf die Psychologin, die raschelnd in den Papieren blätterte, die vor ihr auf dem Tisch lagen.
„In der kurzen Zeit ist es mir natürlich nicht gelungen, ein brauchbares Profil des Täters beziehungsweise der Täterin zu entwickeln“, begann sie, „und ich gebe ehrlich zu, dass auch ich mich anfangs gefragt habe, wie das Motiv beschaffen sein

sollte, das dazu führt, Samenspender zu töten. Aber bei zunehmender Recherche ergibt sich dann doch ein relativ klares Bild." Frau Kauzich schaute hinüber zum Kommissar, der ihr ermunternd zunickte.

„Vieles spricht dafür, dass es sich bei dem Täter um eines der damals gezeugten Kinder handelt. Das heißt, der Täter – ich rede immer vom Täter, obwohl es sich, wie schon gesagt, auch um eine Frau handeln kann – ist etwa Mitte zwanzig."

„Warum fängt er erst heute mit seinem Rachefeldzug an?"

„Dafür gibt es zwei Möglichkeiten: Entweder er hat erst kürzlich erfahren, dass sein Vater nicht sein genetischer Erzeuger ist, oder er weiß es schon länger und der Leidensdruck hat sich über einen gewissen Zeitraum aufgebaut, eventuell durch zusätzlichen persönlichen oder beruflichen Stress verstärkt."

„Wieso Leidensdruck? Kann er nicht froh sein, dass es die Möglichkeit der Samenspende gibt? Sonst würde er doch gar nicht existieren."

„Sollte man denken", sagte Sabine Kauzich, „und ist bei den meisten Spenderkindern wahrscheinlich auch so. Ich habe aber auch gelesen, dass einige der durch donogene Insemination gezeugten Kinder Probleme entwickeln, wenn sie über Jahre unaufgeklärt bleiben, was ihre Herkunft betrifft."

„Oh Gott, ‚donogene Insemination', das klingt sehr unsexy. So wäre ich auch nicht gerne gezeugt worden", sagte eine junge Beamtin und zog eine Grimasse.

„Das entscheidende Problem scheint darin zu liegen, dass einige der Kinder, nach einem langen Leben mit einer Lüge, mit der plötzlich über sie hereinbrechenden Wahrheit nicht zurechtkommen. In Verbindung mit schweren Konflikten im Elternhaus, vor allem mit dem Mann, den sie für ihren Vater gehalten haben, kann sich durchaus eine gewisse Gewaltbereitschaft entwickeln." Sie blätterte wieder in ihren Papieren. „Ich zitiere hier sinngemäß aus einem Artikel im Stern, wo ein durch Samenspende gezeugter Däne davon redet, mit einer ge-

zogenen Maschinenpistole in die Samenbank zu stürmen, dort Amok zu laufen und es allen zu zeigen, die sich anmaßen, über das Leben anderer zu entscheiden. Er fühlt sich wie ein Replikant aus dem Film ‚Blade Runner‘, ein künstlich erzeugtes Wesen, hineinversetzt in eine Familie, die zur Hälfte nicht die seine ist, deren Liebe er sich erschlichen hat, als falscher Neffe, falscher Enkel, falscher Cousin.“
Inzwischen war es im Raum ziemlich still geworden.
„Und so jemand könnte unser Mörder sein.“
„Dazu gehört ein extremer Selbsthass“, sagte Sabine Kauzich. „Ich gehe davon aus, dass sich das Ganze um eine Art erweiterten Selbstmord handelt, dass sich der Täter nach Abschluss seiner Mission mit einem großen Knall selbst umbringt.“
„Verdammte Scheiße!“, entfuhr es dem gutmütigen Muskelberg. „Da kommt wohl noch Übles auf uns zu.“
„Aber die Spender bleiben doch grundsätzlich anonym. Woher kennt unser Mörder seine Opfer? Wie konnte er sie ausfindig machen?“, fragte Helena Zielinski.
„Genau das müssen wir so schnell wie möglich herausfinden“, sagte der Kommissar. „Und wir müssen Heiner Keesemeyer finden. Er könnte der Nächste auf der Liste des Killers sein.“
„Aber wieso bringt der Täter so viele Männer um, wieso nicht nur seinen leiblichen Vater?“, fragte die junge Beamtin, die „donogene Insemination“ unsexy gefunden hatte.
Noch einmal ergriff die Psychologin das Wort. „Vielleicht ist es ihm nicht gelungen, seinen Vater zu identifizieren. Vielleicht hat er den Kreis nur annähernd eingrenzen können. Vielleicht hasst er aber auch alle Samenspender und bringt um, wen er erreichen kann.“
„Darüber werden wir dann mehr wissen, wenn wir sagen können, wie er überhaupt an Namen von Spendern kommen konnte“, sagte der Kommissar. „Frau Zielinski und ich haben heute Nachmittag eine Verabredung mit Professor Pauke von der Firma ‚I-Baby‘.“

Einige der Beamten fingen an zu lachen.
„Das ist kein Witz", sagte Helena, „die heißen wirklich so."
‚I-Pad, I-Phone, I-Baby' – die schrecken vor nichts zurück."
Die Spannung entlud sich jetzt in Scherzen und Gelächter.
„Wofür steht denn das ‚I'?"
„Intelligent?"
„Instant?"
„In Vitro?"
„Industriell?"
„Wahrscheinlich für irrsinnig."

„I-Baby" lag in Klein Flottbek, gar nicht weit entfernt von dem Park, in dem Albert Reineke ermordet worden war. Hennings und Helena Zielinski fuhren pünktlich auf den Parkplatz, der zu dem repräsentativen Neubau gehörte.
„Anscheinend verdient man nicht schlecht mit donogener Insemination", sagte Helena, „wenn man sich die Autos und das Firmengebäude ansieht."
Bis auf wenige Ausnahmen standen teure Sportwagen oder Oberklasselimousinen auf dem Parkplatz, und das Gebäude der Firma war ein Prunkbau aus Granit und Glas. Die breite Eingangstür öffnete sich automatisch, glitt geräuschlos nach links und rechts, als die Beamten sich näherten. Auf großen hinterleuchteten Tafeln waren überlebensgroße, lachende, hübsche Babys oder zufriedene Mutter-Vater-Kind-Familien wie in der Margarine- oder Zwiebackwerbung abgebildet. In einem Display fand sich eine Auswahl verschiedener Broschüren zum Mitnehmen. Die freundliche und wohlfrisierte junge Frau in weißer Bluse mit blaugelbem Halstuch hinter dem polierten Edelstahltresen erinnerte den Kommissar an eine Stewardess.
„Herzlich willkommen bei ‚I-Baby'. Mein Name ist Sybille Kuckuck. Was kann ich für Sie tun?" Offenbar hielt Frau Kuckuck den alten Kommissar und die junge Frau für ein Paar mit Kinderwunsch.

„Wir haben einen Termin bei Professor Pauke“, sagte der Kommissar und zeigte seine Dienstmarke.
„Oh, einen Moment bitte.“ Frau Kuckuck telefonierte kurz, lächelte die Beamten dann mit ihrer professionell einstudierten Freundlichkeit an. „Frau Blatter holt Sie sofort ab.“
Helena Zielinski fand den Namen der Empfangsdame irgendwie passend und musste sich ein Grinsen verkneifen. Sie nutzte die Zeit, um in einer der Broschüren zu blättern. „Jeden Tag wird mindestens ein Kind geboren, das in unserer Klinik konzipiert ist“, stand da neben den Fotos glücklicher Kinder und Mütter, oder „Jetzt mit 24-Stunden-Überwachung Ihrer Embryos im Embryoskop“.
Helena Zielinski wusste nicht, was sie davon halten sollte. Sympathisch war ihr derartige Werbung nicht. Was war das für eine Welt, in der Kinder „konzipiert“ und Föten im „Embryoskop überwacht“ wurden. So würde sie bestimmt nicht Mutter werden wollen.
Es dauerte nicht lange, bis eine freundliche, grauhaarige Dame die Treppe herunterkam, den Polizisten die Hand schüttelte und sich als „Gertrud Blatter, technische Leiterin der Klinik“ vorstellte. Helena schätzte Frau Blatter auf etwa fünfzig, obwohl sie sich sehr gut gehalten hatte. Die grauen Haare waren zu einem modischen Pagenkopf geschnitten, sie war schlank und wirkte sportlich.
„Professor Pauke erwartet Sie, kommen Sie bitte mit nach hinten.“
Zu viert, das heißt einschließlich der technischen Leiterin, nahmen sie in einem der Besprechungszimmer Platz, die sonst für die Beratungs- oder Verkaufsgespräche mit den Kundinnen und Kunden der Klinik genutzt wurden. Auch hier gab es Werbefotos an der Wand und Broschüren auf dem weißen Tisch.
Siegmar Pauke war ein gut aussehender Mann Mitte dreißig, dynamisch, kompetent und als Fachmann für „Befruchtungen aller Art“ auch immer zu Scherzen aufgelegt.

„Lassen Sie uns gleich zur Sache kommen", sagte Hennings. „Es geht um die Mordserie, von der die Hansestadt zurzeit heimgesucht wird. Alle drei Opfer waren etwa fünfzig Jahre alt und Mitte der Achtzigerjahre als Studenten eine Zeitlang aktive Samenspender. Wir vermuten einen Zusammenhang zwischen den Samenspenden und den Morden."
Während der Professor den Kopf schüttelte, wurde Gertrud Blatter rot und schwieg. Natürlich hatte sie von den Morden gelesen und sich an die Namen erinnert, aber niemals hätte sie gedacht, dass der Tod der drei Männer irgendwie mit der Klinik zusammenhängen würde.
„Aber wie soll das möglich sein?", fragte Pauke, „und warum?"
„Seit wann gibt es Ihr Institut?", fragte Helena.
„Seit 2001", antwortete jetzt Frau Blatter, „im Zuge der Privatisierungswelle wurde es von den Universitätskliniken abgespalten. Seither heißt es ‚I-Baby'."
„Und früher? Wer war davor in Hamburg für Samenspenden zuständig?"
„Das waren auch wir. Damals hieß das Institut noch ‚Klinik für künstliche Befruchtung'. Ich bin eine Mitarbeiterin der ersten Stunde, schon seit 1983 dabei."
„Wie viele Spendersamenkinder gibt es eigentlich in Deutschland?", fragte Hennings den Professor.
„Etwa 100 000. Ganz genau kann das allerdings keiner sagen. Es gibt eine Dunkelziffer. Zu Beginn der Inseminationsmedizin gab es keine konsequent geführten Aufzeichnungen."
„Wie viele Nachkommen kann ein Spender haben?"
„Theoretisch unbegrenzt viele", sagte Pauke, „aber in Deutschland ist die Menge auf fünfzehn beschränkt, um ungewollten Inzest zu verhindern. Wenn in einer Stadt zu viele Kinder desselben Spenders herumlaufen, ist die Chance, dass sich zwei treffen und verlieben, zu groß."
„Wissen denn die Kinder, dass sie Spendersamenkinder sind?"
„Das ist ein heikler Punkt", antwortete der Professor.

„Früher wurde grundsätzlich von einer Aufklärung abgeraten, aber diese Vorgehensweise wird heute infrage gestellt. Heute empfehlen wir, dass möglichst früh aufgeklärt werden sollte, damit beim Kind nicht das Gefühl aufkommt, dass die Eltern ihm etwas verheimlicht haben. Am schlimmsten ist es, wenn das Kind es durch einen Zufall von jemandem aus dem sozialen Umfeld erfährt."
„Und sind Ihnen Fälle bekannt, bei denen die späte oder zufällige, ungewollte Aufklärung zu psychischen Problemen geführt hat?"
Pauke dachte nach. „Direkt psychische Probleme nicht, aber in letzter Zeit häufen sich bei den Gerichten die Klagen von Spendersamenkindern, die ihren genetischen Vater kennen lernen wollen. Das bringt allerdings für alle Beteiligten große Probleme mit sich."
„Inwiefern?", hakte Hennings nach.
„Nun ja. Den Spendern wurde Anonymität zugesichert. Außerdem gibt es noch keine Rechtssicherheit. Spenderväter sind zum Beispiel auch unterhaltspflichtig. Es wird Zeit, dass endlich mal Grundsatzurteile gefällt werden und EU-weit einheitliches Recht gilt. Außerdem müssen Akten nur für zehn Jahre aufgehoben werden. Viele der Spender aus der Zeit davor sind überhaupt nicht mehr zu ermitteln."
Dem Kommissar lief eine Hitzewelle durch den Körper.
„Gilt das auch für Ihre Akten?"
„Nein", antwortete Gertrud Blatter. „Wir führen unsere Aufzeichnungen seit 1983. Vor zwei Jahren haben wir sogar die alten Akten digitalisiert. Mit den nötigen Zugriffsrechten ist alles per Computer recherchierbar."
„Wir wollten auf eventuelle Gesetzesänderungen vorbereitet sein", sagte der Professor.
Hennings atmete auf. „Das heißt, wir könnten herausfinden, wer mit den Samenspenden von Schellenboom, Lemberg und Reineke befruchtet worden ist."

„Theoretisch ja, praktisch nein", sagte Pauke entschieden.
„Wieso nicht?"
„Das widerspricht allen Prinzipien von Anonymität und Vertraulichkeit, für die wir stehen. Nicht einmal ein staatsanwaltlicher Beschluss könnte uns zur Herausgabe der Daten zwingen. Wir stehen für absolute Verschwiegenheit genauso grundsätzlich wie der katholische Priester zum Beichtgeheimnis."
„Aber es geht um eine Mordermittlung", rief der Kommissar mit Schärfe in der Stimme.
„Nicht einmal bei einer Mordermittlung. Die meisten Menschen, deren Namen wir Ihnen geben würden, sind wahrscheinlich nicht aufgeklärt, nur 5% der Kinder wissen Bescheid. Was glauben Sie, was Sie anrichten, wenn Sie oder Ihre Leute bei den Ermittlungen da auftauchen und sagen: Hey, wir suchen einen Mörder unter den Samenspenderkindern. Sie sind doch eins davon. Da ist ein Elefant im Porzellanladen nichts dagegen!"
Hennings seufzte. Er wusste, dass Pauke recht hatte. Zwar hatte er das Gefühl, so dicht an der Lösung seines schwierigsten Falles zu sein wie noch nicht zuvor, aber er war wie der Ertrinkende, der das Land sah, aber nicht erreichte.
Auch der Professor war bestürzt. „Es tut mir furchtbar leid, noch nie war ich in einer derartigen Zwickmühle."
„Schon gut", sagte Hennings. „Es ist einfach wie verhext.

Montag, 25. Juli 2011

Er war gut vorbereitet. Diesmal hatte er die Hände mit farblosem Latex eingepinselt, um Fingerabdrücke zu vermeiden. Das Kanu war bis zum nächsten Tag gemietet. Er würde es in der Nacht zurückbringen, um Nachforschungen nach dem Mieter zu vermeiden. Allerdings wäre es für den Bootsvermieter am Goldbekkanal ohnehin unmöglich, ihn korrekt zu

beschreiben, denn er war wieder mit Perücke, Bart und Brille zur Unkenntlichkeit verkleidet. Zusätzlich hatte er ein Kissen unter dem Trenchcoat, das ihn dicker erscheinen ließ, und das darüber hinaus während der Paddeltour an den Feenteich für einen gewissen Komfort sorgte, weil er es auf die harte Holzbank legen konnte, um sich daraufzusetzen. Außerdem hatte er einen stilechten englischen Picknickkoffer dabei. Dem Bootsverleiher hatte er erzählt, er würde am Mühlenkamp seine Freundin abholen, mit ihr in den Stadtpark paddeln, um ihr bei einem Mondscheinpicknick einen Heiratsantrag zu machen.
Der Verleiher zwinkerte ihm zu. „Da sind Sie vielleicht etwas spät dran. Bis gestern war das Wetter noch besser."
„Da haben Sie recht, aber es ging einfach nicht eher."
„Trotzdem viel Glück."
Er war ganz froh, einen kühleren Abend erwischt zu haben. An wärmeren Tagen war die Wahrscheinlichkeit größer, dass Denkers Nachbarn draußen in ihren Gärten saßen und er ihnen auffallen könnte. Außerdem waren an einem kühlen Abend auch weniger Kanuten auf dem Wasser. Als er genügend Entfernung zwischen sich und den Verleih gebracht hatte, legte er Perücke, Bart und Brille ab, zog den Trenchcoat aus und verstaute alles in dem Picknickkoffer, in dem er außer belegten Broten und einer Flasche Cola einen schweren Hammer, Pfefferspray, ein Brecheisen und für den Hund ein Kilo bestes, mit hochwertigem Heroin gespicktes Biorinderhack verstaut hatte. Noch immer wunderte er sich, wie leicht es war, an Heroin zu kommen, kaum schwieriger, als Rinderhack zu kaufen. Der dritte Schwarze, den er in St. Georg auf dem Hansaplatz angesprochen hatte, verkaufte ihm das Zeug anstandslos. Er setzte sich auf das Kissen und paddelte gemächlich weiter. Es war wichtig, nicht zu früh anzukommen, und so ließ er sich Zeit, um genau bei einsetzender Dämmerung den Feenteich zu erreichen. Wie erhofft waren außer ihm nur noch wenige Freunde des Kanusports unterwegs. Er würde so lange warten

müssen, bis die anderen Kanuten und Ruderer den Feenteich verließen.
Die letzten Strahlen der Sonne tauchten die oberen Wipfel der riesigen alten Eichen in orangenes Licht. Hinter vielen Fenstern gingen die Lichter an. Er hörte das gleichmäßige Summen und Brummen des Verkehrs auf der Sierichstraße.
Mit der schwarzen Baseballkappe und dem ebenfalls schwarzen Pullover fiel er im Dämmerlicht nicht weiter auf. Als es jedoch plötzlich blitzte, bekam er einen Heidenschreck. Jemand hatte fotografiert. Was, wenn er zufällig auf dem Foto im Hintergrund zu sehen war? Er musste sich beherrschen,um nicht sofort abzubrechen und den Rückzug anzutreten. Als er genauer hinschaute, wer da was fotografiert hatte, beruhigte er sich zunächst wieder. Es war ein Pärchen im Ruderboot. Er hatte sie fotografiert, glücklicherweise mit Blick in die andere Richtung. Sollte der Mann noch mal auf den Auslöser drücken, wurde die Lage unkalkulierbar und er würde sein Anliegen definitiv verschieben. Zum Glück war das nicht nötig. Der rudernde Romeo hatte seine Julia im Blümchenkleid oft genug abgelichtet. Offenbar wurde es ihr zu kalt, denn er stemmte sich jetzt in die Riemen und glitt leise rauschend davon.
Das Paddeln hatte ihn hungrig und durstig gemacht und so aß er mit gutem Appetit seine Brote und trank von der Cola, bevor sie zu warm wurde. Schließlich war nicht davon auszugehen, dass Denker ihn zum Abendessen einladen würde. Es war bereits stockdunkel, als er endlich alleine auf dem Wasser war. Rund um den Feenteich waren die Fenster der Villen hell erleuchtet. Er sah eine Familie, Vater, Mutter, zwei Kinder. Welche Idylle, dachte er wehmütig. Das war ihm leider nicht mehr vergönnt. Und das, worauf er zurückblickte, war nichts als Täuschung und Lüge. Er drehte eine langsame Runde in Ufernähe, um zu überprüfen, ob trotz der abendlichen Kühle jemand in seinem Garten saß, aber negativ. Leise landete er an und sprang von Bord. Vorsichtig vertäute er das dunkelblaue

Polyesterkanu an dem schmalen, hölzernen Bootssteg, der zu Denkers Domizil gehörte, nahm den Picknickkoffer und schlich im Schatten der alten Bäume, die rund um den Weiher standen, zum Haus des Krimiautors.
Durchs Fenster sah er Denker in seinem Arbeitszimmer sitzen. Er schien auf dem Laptop zu schreiben, ein Glas Rotwein neben sich auf dem Schreibtisch. Leider fiel das Licht aus dem erleuchteten Zimmer durch das große Fenster bis in den Garten und erhellte genau das Areal, das er durchqueren musste, um zu der Kellertür zu gelangen, durch die er ins Haus einsteigen wollte. Ihm war sofort klar, dass Denker ihn von seinem Platz aus sehen würde, dass er warten musste, bis sein Vater aufstand, um zum Klo zu gehen oder sich etwas aus der Küche zu holen. Und er musste nicht lange warten.
Jetzt oder nie, dachte er. Der Schriftsteller war aufgestanden und verließ sein Arbeitszimmer. Er huschte wie ein dunkler Schatten über die beleuchtete Fläche und stand Sekunden später unsichtbar in dem Kellerabgang. Die feuchten, mit Algen überzogenen Stufen waren glitschig, sodass er aufpassen musste, um nicht auszurutschen. Er stellte den Picknickkoffer ab. Da er lange auf Denkers hell erleuchtetes Fenster gestarrt hatte, brauchten seine Augen jetzt eine Weile, um sich an das Dunkel zu gewöhnen. Im unteren Teil der Kellertür gab es einen Durchschlupf für den Hund. Er war schlank genug, sich auf allen Vieren und den Picknickkoffer vor sich her schiebend, hindurchzuzwängen. So gelangte er in einen langen Kellergang. Dort, gleich hinter der Tür, legte er das mit Heroin versetzte Rinderhack ab und versteckte sich in einem der angrenzenden Kellerräume, deren Tür er hinter sich zuzog. Auf keinen Fall wollte er mit dem großen Weimaraner in Konflikt geraten. Jetzt zahlte es sich aus, dass er in Denkers Abwesenheit einige Male im Haus gewesen war und sich mit den Örtlichkeiten vertraut gemacht hatte.

Heiner Keesemeyer alias Jobst Denker stand unter erheblichem Druck. Das Manuskript für seinen neuen Krimi hätte schon vor zwei Wochen beim Verlag eintreffen müssen, und selbst dieser Termin war schon ein Zugeständnis an den Bestsellerautoren gewesen. Die PR-Kampagne für den neuen Denker lief bereits auf Hochtouren, Werbeanzeigen waren geschaltet und ein verspäteter Druck würde sogar die Präsentation auf der Frankfurter Buchmesse gefährden. Das war ihm zwar alles klar und er konnte verstehen, dass der Verleger allmählich nervös wurde, aber bisher hatte er es doch noch immer geschafft. Dostojewski hatte seine fabelhaften Romane immer unter Zeitdruck geschrieben, um Spielschulden zu begleichen. Was dachten sich diese verdammten Erbsenzähler? Ideen lassen sich nicht auf Kommando scheißen! Er schenkte sich ein weiteres Glas Rioja ein und ging hinüber in sein Arbeitszimmer. Draußen wurde es allmählich dunkel. Dabei war es noch so früh. Er seufzte. Irgendwie war der Sommer schon wieder zu Ende, bevor er richtig angefangen hatte. Was das Wetter betraf, war Hamburg Jahr für Jahr eine Katastrophe. Er fragte sich, warum er so schlecht gelaunt war. Eigentlich ging es ihm doch großartig. Er war erfolgreich, hatte Geld, schöne Frauen und ein interessantes, abwechslungsreiches Leben.
Draußen blitzte es. Gab es etwa ein Gewitter? Aber der Donner blieb aus. Als er prüfend zum Fenster herausschaute, sah er, dass es ein Kamerablitz war. Ein junges Paar saß in einem Ruderboot draußen auf dem Teich. Er hatte die Ruder zur Seite gelegt und fotografierte seine Freundin, ein hübsches Mädchen im romantischen Blümchenkleid. Der Autor knurrte leise, sodass der Hund zu seinen Füßen sich angesprochen fühlte, den Kopf hob und ebenfalls knurrte. Herrchen und Hund verstanden sich blendend, aber manchmal bedauerte er es doch, nie geheiratet zu haben. Dabei war er davon überzeugt, dass die meisten dieser Weiber, die ihn ständig belagerten, es ohnehin nur auf sein Geld und seinen Status abgesehen hatten.

Sie wollten Jobst Denker und nicht Heiner Keesemeyer. Nur Betty war eine Ausnahme gewesen, aber die hatte ihm damals wegen seiner Eskapaden die Brocken hingeschmissen. Mit ihr hätte er eine Familie gründen können, aber er hatte sich nicht getraut. All diese glücklichen Paare, die immer wieder über den Feenteich paddelten. Dabei sah man letztlich doch in aller Deutlichkeit, wohin das führte: Die Männer ruderten und die Frauen saßen dekorativ im Bug und ließen sich rudern. Aber nicht mit ihm.
Er startete seinen Laptop. Der Cursor blinkte auffordernd hinter dem letzten Wort, das er am Nachmittag geschrieben hatte. Weiter, weiter, weiter, schien er ihm mit seinem Stakkato sagen zu wollen. Eigentlich hatte er überhaupt keine Lust, an der miesen Geschichte weiterzuschreiben. Vielleicht sollte er mal wieder ganz was anderes machen. Er dachte an früher. Als Student hatte er wenig Geld, war aber deutlich glücklicher. Genau betrachtet hatte er sein Talent verschleudert. Wahrscheinlich hätte er ein sehr guter Schriftsteller werden können, wäre er nicht den Verlockungen des Geldes erlegen. Kreativ ist, was sich verkauft, hatte er mal gelesen. Genau dieser Satz, den er früher verachtet hatte, war zu seinem Lebensmotto geworden. Er schrieb einen Absatz, löschte ihn dann aber wieder. Zorro, sein Hund, ein großer, alter Weimaraner, war wieder eingeschlafen und lag leise schnarchend unter dem Schreibtisch auf seinen Füßen.
„Mach dich nicht so dick, Alter." Er stupste dem Hund mit dem Fuß in die Rippen, sodass dieser leise jaulte.
„Dir fällt wohl auch nichts mehr ein, was?", sagte er zu dem Hund, „redest immer denselben Scheiß, wie dein Herrchen."
Das Tier erhob sich auf die Vorderpfoten, legte ihm den Kopf auf den Oberschenkel und schaute ihn aus seinen braunen Augen von unten an.
„Und jetzt sabberst du mir wieder auf meine gute Hose. Was soll ich nur mit dir anfangen?"

Der Hund begleitete ihn schon seit dreizehn Jahren. So lange hatte er es mit keiner Frau ausgehalten.
Inzwischen war der Abend in die Nacht übergangen, es war dunkel draußen. Das war die Zeit, zu der er am besten mit seinen Texten vorankam, aber kaum hatte er es in einen gewissen Schreibfluss geschafft, läutete es an seiner Tür. Wer um alles in der Welt mochte das um diese Zeit sein? Er zögerte einen Moment, wollte keinen Besuch, stand dann aber doch auf, um zu öffnen. Der Hund blinzelte nur kurz und blieb unter dem Schreibtisch liegen.
Ein Blick auf den Monitor neben der Haustür zeigte ihm ein ungleiches Paar: Ein älterer Mann im Cordanzug und eine junge Frau in Jeans und Lederjacke. Sein Gesicht bekam einen missmutigen Zug. Er kannte die Leute nicht. Vielleicht Jehovas Zeugen? Aber nicht um diese Zeit. Die junge Frau klingelte erneut. Er betätigte die Gegensprechanlage: „Ja bitte?"
Die Frau griff in die Jackentasche und hielt etwas vor die Kamera: „Kripo Hamburg", sagte sie, „wir müssen uns dringend mit Ihnen unterhalten."
Er musste grinsen. Wie oft hatte er diesen oder einen ähnlichen Satz in seinen Krimis geschrieben? Nun war es das erste Mal, dass er ihn realiter zu hören bekam. Er öffnete die Tür und bat die Beamten einzutreten. „Was verschafft mir die Ehre eines so späten Besuchs der Polizei?"
„Mein Name ist Helena Zielinski." Sie deutete auf Ihren Chef. „Hauptkommissar Olaf Hennings. Wir ermitteln in drei ungeklärten Todesfällen und glauben, dass auch Sie in Gefahr schweben. Haben Sie ein paar Minuten Zeit für uns?"
Denkers Gesicht zeigte ungläubiges Staunen. „Bitte kommen Sie mit in mein Arbeitszimmer." Er führte sie durch den Flur in den hinteren Teil des Hauses.
„Donnerwetter", sagte der Kommissar beeindruckt, als sie das Arbeitszimmer des Schriftstellers betraten. „Sie könnten glatt eine Filiale der Staatsbibliothek eröffnen. Haben Sie die alle

gelesen?“ Noch nie hatte er außerhalb einer öffentlichen Bibliothek oder einer Buchhandlung so viele Bücher gesehen.
„Ich fürchte ja“, antwortete der Krimiautor. „Und die haben mir alle das Gehirn verstopft.“

An diesem Abend sprachen auch Gertrud und Pauli über die Morde an Schellenboom und Reineke. Der Besuch der Polizei hatte Gertrud sehr beunruhigt. Die Erinnerung an alte, längst vergessene Zeiten war aufgeflammt. Nicht im Traum hätte sie geglaubt, dass die kleine Unregelmäßigkeit, die sie damals begangen hatte, sie noch mal einholen würde. Natürlich hatten sie auch in den Tagen zuvor über die Morde an seinen ehemaligen Freunden und Kommilitonen gesprochen, waren jedoch nicht darauf gekommen, dass die Taten mit der Klinik und dem Spenden zusammenhängen könnten.
Sie saßen spät beim Abendessen, denn Gertrud musste in ihrer Position meistens bis in den Abend hinein arbeiten. Vor zehn Jahren hatte sie die technische Leitung der Klinik übernommen. Da sie sich als Mitarbeiterin der ersten Stunde mit den Abläufen am besten auskannte, hatte man ihr diesen Posten angetragen. Ihre beiden Kinder, Ernst und Louise, waren mit 15 und 16 Jahren aus dem Gröbsten heraus, und so hatte sie zugegriffen. Pauli – sie war inzwischen die Einzige, die ihn noch so nannte – konnte sich als Lehrer nachmittags um die Kinder kümmern. Die zwei machten ihr ohnehin sehr viel Freude. Natürlich gab es die üblichen Konflikte und so manche, für alle Beteiligten schmerzhafte Abnabelungsaktion, aber die Blatters hatten ein so gutes Verhältnis zueinander, dass derartige Ereignisse sie nur kurzzeitig belasten konnten. Manchmal fragte sich Gertrud, was wohl aus Paulis Spenderkindern geworden war, ob sie ihren eigenen Kindern wohl ähnelten.
„Heute war die Polizei im Institut“, sagte Gertrud zu ihrem Mann, als die Kinder den Tisch verlassen hatten. „Es ging um Julius und Albert.“

„Nanu? Wieso das? Das ist doch schon ewig her.“
„Anscheinend läuft eines ihrer Spenderkinder Amok. Jedenfalls vermutet das die Polizei.“
„Das ist doch absurd“, sagte Pauli. „Keiner kann die Namen der Spender kennen.“
Gertrud nickte.
„Aber wenn es wirklich so ist, bin ich doch auch in Gefahr.“
Pauli wusste noch immer nicht, dass seine Frau ihn damals aus allen Unterlagen getilgt hatte.
„Vielleicht sollte ich zur Polizei gehen?“
„Nein, lieber nicht. Das macht nur die Pferde scheu.“
„Aber wenn wirklich jemand an die Daten gekommen ist, dann findet er auch mich.“
Gertrud schwieg für eine Weile. „Ich habe dich damals gelöscht“, sagte sie dann.
„Wie gelöscht?“
„Als wir zusammengekommen sind. Alle deine Akten geschreddert und deine Spermaspenden vernichtet.“
„Das hast du mir nie erzählt.“
„Das hat ja auch nie mehr eine Rolle gespielt und irgendwann habe ich nicht mehr daran gedacht.“
„Stimmt. Meine vielversprechende Karriere als Vater einer Generation von Genies war ja ziemlich abrupt zu Ende.“
„Zum Glück“, sagte Gertrud.

9

31. Dezember 1999, Jahrtausendwende

David saß wie so oft alleine in seinem Zimmer vor dem Computer. Wieder einmal war er stinksauer auf seine Eltern. Seine Freunde trafen sich in der Nachbarschaft zu einer Silvester-Lan-Party und hatten einen Riesenspaß. Nur er durfte mal wieder nicht. Seine Eltern wollten, dass er mit ihnen zusammen auf eine doofe Silvesterfeier im CCH ging, wo nur alte Leute zu öder Musik tanzten und er sich fürchterlich langweilen würde. Sein Vater hatte in Aussicht gestellt, dass er um Mitternacht das erste Mal Sekt trinken dürfe. Mein Gott, was war der Alte naiv. Auf der Lan-Party tranken alle Wodka Bull, was auch sein Lieblingsgetränk war. Er hatte extra eine Flasche Luschkin zum Mitnehmen besorgt. Obwohl er erst vierzehn war, hatte der Kassierer im Supermarkt kein Wort gesagt, sondern den Betrag eingetippt, kassiert und alles war erledigt. Was dachten seine Eltern eigentlich, wie das Leben heutzutage aussah? Wenn er seinen Vater schon reden hörte: früher war dies, früher war das, früher war alles anders, früher war alles besser – dann kriegte er fast das Kotzen. Kein anderer Alter hatte so wenig Peilung wie der Seine. Zum Glück hatte er inzwischen genügend Mittel und Wege gefunden, um trotzdem sein Ding zu machen. Sonst bräuchte er sich gar nicht mehr in der Schule und erst recht nicht auf der Straße sehen lassen. Loser hatten es nämlich verdammt schwer. Sie bekamen oft auf die Schnauze und keiner wollte mit ihnen zu tun haben. Nicht, dass er zu den Schlägern und echten Rabauken zählte, aber zu den Verlierern wollte er auf keinen Fall gehören.

Er zuckte zusammen, als sein Vater, mal wieder ohne anzuklopfen, die Tür öffnete. „Du bist ja noch gar nicht fertig."

„Ich komme nicht mit. Lieber bleibe ich hier und feiere nicht."

„Nun komm schon“, forderte Frank ihn auf. „Wir wollen doch alle drei zusammen ins neue Jahrtausend hinein feiern.“
„Ihr könnt da feiern. Für mich ist das öde, öde. Ich bleibe hier.“
Frank schloss die Tür und ging nach unten, um die Lage mit seiner Frau zu besprechen.
„Vielleicht hätten wir ihm doch erlauben sollen, auf diese Lan-Party zu gehen“, sagte Evelyn.
„Auf keinen Fall. Da saufen die Jugendlichen sich die Hucke voll. Der denkt, wir sind von gestern, dass wir nicht wissen, was da abgeht.“
„Aber was tun wir jetzt?“
„Wir haben die Karten teuer bezahlt, wir gehen auf jeden Fall. Soll er doch hierbleiben und sich langweilen.“
„Wir können ihn doch an Silvester nicht alleine sitzen lassen. Ich weiß nicht, ob ich mich unter diesen Umständen amüsieren kann“, wandte Evelyn ein. Sie litt darunter, immer zwischen ihrem Mann und ihrem Sohn zu stehen.
„Das wird schon. Ich lasse mir jedenfalls nicht von einem renitenten Vierzehnjährigen Silvester vermiesen. Du kannst ja noch mal nach oben gehen und versuchen, ihn umzustimmen.“
Aber auch ihr gelang es nicht, Davids Meinung zu ändern, und so gingen die Hammerschmidts schweren Herzens zur großen Sause und ließen ihren Sohn alleine zuhause zurück. Der jedoch dachte gar nicht daran, zuhause sitzen zu bleiben. Seine Eltern waren noch keine zehn Minuten fort, als auch er sich aufmachte. Den Wodka im Rucksack, den Monitor und seinen Rechner unter dem Arm ging er die paar hundert Meter bis zum Haus seines Freundes, wo die Lan-Party bereits in vollem Gange war. Bis seine Eltern nach Hause kamen, würde er längst wieder zurück sein und keiner würde etwas merken. Seine Kumpel klatschten ab. „Ey Digger, schön, dass du doch noch kommst.“ Er stellte seine Flasche zu den anderen, schloss seinen Computer an und los ging das wüste Geballer. Es war eine reine Jungengesellschaft, kein einziges Mädchen war dabei.

Das war in der Tat anders als früher. Da waren Mädchen das Nonplusultra auf einer Party. und wer als Erster knutschend in der Ecke lag, war der King.
Dem „Doom“ auf dem Monitor folgte bald der Wodkauntergang. David war als einer der Letzten gekommen, aber der Erste, der kotzend über dem Klo hing und zeitweilig nicht mehr wusste, wie er hieß. Als er vollends weggetreten war, bekamen seine Freunde es mit der Angst und riefen den Krankenwagen. Da er nicht mehr ansprechbar war, nahm der Notarzt ihn mit in die Kinderklinik, wo er die Nacht am Tropf verbrachte.
Einer seiner Freunde, der Sohn des Nachbarn gleich neben den Hammerschmidts, kannte die Handynummer von Davids Vater, sodass die schöne Silvesterparty im CCH für die Hammerschmidts deutlich kürzer ausfiel als erwartet. Während um Mitternacht die Raketen in den Nachthimmel stiegen und die Böller krachten, während die ganze Stadt das neue Jahrtausend begrüßte, fuhren Evelyn und Frank durch das Chaos zu ihrem Sohn ins Krankenhaus. Auf dieser Fahrt gerieten sie wie oft in jüngster Zeit in Streit, und zum ersten Mal in all den den Jahren sprach Frank das aus, was er manchmal im Stillen gedacht hatte.
„Wäre der Junge von mir, würden solche Sachen nicht passieren.“ Kaum waren sie raus, bereute er seine Worte.
„Was willst du damit sagen? Es ist doch deine Erziehung. Du bist immer viel zu streng.“
„Weil er nicht gehorcht. Du siehst es doch. Ob wir etwas erlauben oder nicht, es ist ihm scheißegal. Er macht sowieso, was er will. Das hatte ich mir anders vorgestellt.“
„Er ist für sein Alter völlig normal“, sagte Evelyn, „es ist die Pubertät.“
„Aha. Du findest es also normal, dass er sich mit vierzehn Jahren ins Koma säuft.“
„Nein, natürlich nicht. Aber es wäre vielleicht nicht so weit gekommen, wenn wir ihm etwas entgegengekommen wären.“

„Nimm du ihn noch in Schutz. Ich sage dir, wir werden noch viel Ärger mit ihm haben. Er hat einfach die Renitenz im Blut und interessiert sich für nichts Vernünftiges."
„So ein Quatsch! Für nichts, was du vernünftig findest."
Sie schwiegen sich eine Weile an.
„Es war damals deine Idee", sagte Evelyn.
„Aber du hast den Spender ausgesucht."
„Das haben wir zusammen getan." Evelyn traten Tränen in die Augen. „Frank, hör bitte auf damit. David ist unser Junge. Wir lieben ihn. Er macht gerade eine harte Zeit durch."
Nach einer Pause lenkte er ein. „Entschuldige, Schatz. Du hast ja recht. Ich hatte mich auf den Abend gefreut und bin nur so maßlos enttäuscht."
Sie erreichten die Kinderklinik etwa gleichzeitig mit dem Rettungswagen, der ihren Sohn brachte. Er sah jämmerlich aus auf der Liege, auf der sie ihn ins Haus schoben, bleich und bewusstlos. Er hatte sich nicht nur vollgekotzt, sondern hatte auch die Blase nicht halten können und stank nach Urin.
„Sind Sie die Eltern?", fragte der diensthabende Arzt.
„Ja", sagte Frank.
„Haben Sie einen Fotoapparat dabei? Es ist oft hilfreich, wenn die Kinder Fotos von sich in diesem Zustand sehen. So will wirklich niemand aussehen."
„Leider nicht", sagte Frank. „Wir waren auf einer Party."
„Und?", fragte Evelyn, „ist es schlimm?"
„Nein, er wird schon wieder. Sie sollten nur ein Auge darauf haben, dass es nicht zur Gewohnheit wird. Kommen Sie morgen Vormittag, um ihn abzuholen."
Auf dem Heimweg weinte Evelyn.
„Entschuldige noch mal", sagte Frank, „ich habe es nicht so gemeint."
„Es ist nicht deshalb", antwortete sie. „Mir ist nur ganz melancholisch, weil die Zeit so schnell vergeht. Gerade war er noch ein kleines Kerlchen und jetzt steht er an der Schwelle zum Er-

wachsensein und wird uns immer fremder. Das Leben zerrinnt uns unter den Fingern."

„Wir haben noch Sekt im Kühlschrank", sagte Frank. „Lass uns zuhause auf das neue Jahr anstoßen. Es hat so beschissen angefangen, dass es nur noch besser werden kann." Er legte den Arm um ihre Schultern.

„Pass auf", sagte sie. „Hände ans Steuer."

August 1985

Gertrud Blatter und Pauli hatten einiges zu feiern. Er hatte das Examen bestanden und ihr einen Heiratsantrag gemacht. Sie wohnten jetzt seit über einem Jahr zusammen und ihre Beziehung hatte sich trotz des Schnellstarts als harmonisch und alltagstauglich erwiesen. Das Geld war nie ein Thema geworden und ab demnächst würde auch er welches verdienen. Allerdings sorgte das Thema Hochzeit nicht für uneingeschränkte Freude, denn es rückte das alte, fast vergessene Problem seiner Spendierfreudigkeit wieder ins Licht.

„Aber wir können nicht heiraten ohne meine Freunde von der Uni", sagte Pauli.

„Und erst recht nicht ohne meine Kollegen", meinte Gertrud.

Pauli nickte. „Die erkennen mich."

„Und einige deiner Freunde sind Spender. Dann fliegt doch noch alles auf."

„Die können wir nicht einladen. Aber wie soll ich ihnen das erklären? Vielleicht wäre es gut, reinen Tisch zu machen. Ich meine, es ist jetzt schon so lange her, dass ich zum letzten Mal bei euch in der Klinik war."

Reinen Tisch machen, dachte Gertrud, das ging auf keinen Fall. Wahrscheinlich würde sich keiner ihrer Kollegen mehr an Paulis Gesicht erinnern, denn eigentlich hatte nur sie am Empfang Kontakt zu den Spendern – aber an seinen ungewöhnlichen

Namen auf den tiefgefrorenen Strohhalmen ganz bestimmt. Und während es nicht auffiel, dass diese Befruchtungsutensilien verschwunden waren, solange niemand danach suchte, sah das ganz anders aus, wenn bei ihrer Hochzeit einer ihrer Kollegen über seinen Namen stolperte, sich erinnerte, ihn schon mal gelesen zu haben, und daraufhin anfing, in der Klinik danach zu suchen. Nein, das war zu gefährlich. Pauli wusste noch immer nicht, dass Gertrud ihn und seine Millionen tiefgefrorenen winzigen Kaulquappen aus allen Verzeichnissen und Kühllagern der Klinik getilgt hatte.
Ähnlich wie mit ihren Kollegen verhielt es sich mit seinen Freunden. Bisher hatten sie keine Ahnung, mit wem er da zusammenlebte. Er hatte sie immer erfolgreich von ihr ferngehalten, von seiner „Gertie" gesprochen, wie er sie nannte. Ohnehin trafen sie sich fast immer im Männerkreis, ähnlich wie damals die Athener Philosophen rund um Sokrates auf der Agora eine reine Männergesellschaft bildeten. Lene und Christel, die beiden Mädels aus Julius' und Alberts Wohngemeinschaft, hatten sogar schon mal vermutet, sie seien allesamt schwul, was sie sehr witzig fanden. Insofern war es nicht schwergefallen, Gertrud mehr oder weniger geheimzuhalten. Denn natürlich würden alle anderen, die noch immer zum Spenden gingen, sie sofort erkennen – und sich bei nächster Gelegenheit in der Klinik verplappern. Er hatte auch nicht erzählt, dass er selbst nicht mehr mitmachte und von Gertruds Geld lebte. Das wäre ihm zu peinlich gewesen.
Wenn jetzt also bei ihrer Hochzeit die Spenderclique auf die Mitarbeiter der Klinik stieß, ließen sich größere Komplikationen garantiert nicht vermeiden. Was also tun? Sie diskutierten bis an den Rand der Verzweiflung. Gertrud wünschte sich so sehr eine traditionelle, kirchliche Hochzeitsfeier mit Polterabend, weißem Kleid und vielen Gästen, aber so ziemlich alles sprach dagegen.
„Dann feiern wir eben im engen Familienkreis, mit unseren

Eltern, Geschwistern, Onkeln und Tanten."
„Na super", sagte Gertrud. „Du kennst meine Onkel und Tanten nicht. Dagegen ist mein Vater ein gesitteter Bildungsbürger."
Es war nicht so, dass Pauli Gertruds Vater nicht mochte, aber die beiden funkten auf derart unterschiedlichen Wellenlängen, dass sie millionenmeilenweit aneinander vorbeiredeten. Paulis Vater hingegen würde sich mit ihrem Vater sicher verstehen. Die beiden würden sich gemeinsam, jeder mit einem Bier in der Hand, über ihre überkandidelten Bücherwurmkinder, die sich ständig mit unnützem Kram beschäftigten, lustig machen und über Fußball reden.
„Eine schöne Feier würde das werden", sagte Gertrud enttäuscht.
Ein anderes Thema war der Name. Pauli wollte unbedingt ihren Namen annehmen. „Ich fände es gut, wie der Fifa-Präsident zu heißen."
„Aber warum? Dein Name ist doch ganz besonders. Ich finde ihn viel schöner als meinen."
„Na ja, er ist aber sehr auffällig."
„Und ein Doppelname?"
„Kannst du machen. Weißt du, in Wahrheit ist es mir herzlich egal, wie wir heißen. Du darfst entscheiden."
„Das ist mir aber auch nicht recht. Dann hängt die ganze Verantwortung an mir."
„Ihr Frauen macht aber auch immer alles kompliziert."
„Na ja. Es ist doch eine wichtige Frage. Schließlich werden wir unser ganzes Leben so heißen. Und unsere Kinder auch."
„Schon gut. Du hast ja recht, Liebling."
Eine ganze Weile berieten die beiden, planten und verwarfen die Pläne wieder. Zwischenzeitlich hatte Pauli einige Gehversuche als freier Journalist gemacht, musste aber feststellen, dass das ein ziemlich hartes und unsicheres Brot war. Einige seiner Reportagen lagen wie Blei bei einer Presseagentur, und

Geld gab es erst, wenn sie verkauft wurden. Außerdem lagen ihm die Themen nicht und so stellte er seine Bemühungen in dieser Richtung ein.
Obwohl er eigentlich nie Lehrer werden wollte, landete er durch einen Zufall doch in der Schule. Einer seiner ehemaligen Kommilitonen, der auf Lehramt studiert hatte, hatte ihn darauf hingewiesen, dass an seinem Gymnasium eine Mutterschaftsvertretung für Deutsch und Sozialkunde gesucht wurde. Zwar hatte er kein Staatsexamen vorzuweisen, war aber mit dem Magister qualifiziert genug für einen befristeten Lehrauftrag. Noch an dem Tag, als der Vertrag unterzeichnet wurde, ging er ins Reisebüro. Am Abend, als Gertrud nach Hause kam, fand sie zwei Flugkarten nach Las Vegas auf dem Küchentisch.
„Wir heiraten wie die Stars", sagte er, „nur du und ich, ohne jemandem vorher davon zu erzählen."
„Oh Gott", sagte sie, „was werden unsere Eltern dazu sagen?"
„Das geht doch nur uns etwas an."

Montag, 25. Juli 2011

„Darf ich Ihnen ein Glas Wein anbieten? Ich weiß, Sie sind noch im Dienst, aber es ist schon spät." Denker wies auf die Wanduhr, eine mehr als zwei Meter lange, blaue Swatch-Armbanduhr. Es war bereits zwanzig nach zehn.
„Leider schläft das Verbrechen nie", sagte der Kommissar süffisant lächelnd.
„Guter Satz", meinte Denker. „Sie haben nichts dagegen, wenn ich ihn in einem meiner Krimis verwende?"
„Warum sollte ich? Aber ich nehme Ihr Angebot ausnahmsweise gerne an und trinke einen Schluck. Wie steht's mit Ihnen, Frau Zielinski?" Der Kommissar schaute zu seiner Kollegin herüber.
„Danke nein, im Prinzip sehr gerne, aber ich fahre."

„Dann ein Wasser?"
„Gerne."
Denker verschwand in der Küche, kehrte kurz darauf mit Gläsern und einer Flasche Mineralwasser zurück und schenkte seinen Besuchern ein.
„Und nun verraten Sie mir, was Sie hergeführt hat. Ich schwebe in Gefahr, hatten Sie gesagt."
„Wie sollen wir Sie nennen, Denker oder Keesemeyer?"
„Ich bliebe lieber bei Denker."
„Sie haben in den Achtzigerjahren Philosophie mit Julius Schellenboom, Albert Reineke und Urs Frigge studiert, nicht wahr?"
„Ich glaube, so hießen die Typen alle. Warum fragen Sie?"
„Wie Ihre Kommilitonen haben auch Sie regelmäßig Samen gespendet."
Denker sah die Polizisten irritiert an. „Was soll das denn jetzt? Wie kommen Sie darauf? Wenn es so war, geht das niemanden etwas an."
„Keine Sorge", versuchte Helena Zielinski ihn zu beruhigen, „von uns erfährt niemand etwas. Aber es läuft jemand durch die Stadt und bringt einen Samenspender nach dem anderen aus dieser Zeit um."
„Das ist doch absurd", sagte Denker und nahm einen großen Schluck aus seinem Glas.
„Also, wie ist das jetzt mit Ihnen. Waren Sie dabei oder verschwenden wir hier nur unsere Zeit?"
Denker schenkte sich nach. „Ja, verdammt noch mal, ich war dabei. Damals schien das eine gute Idee zu sein. Man verdiente mit leichter Hand gutes Geld, ohne viel Zeit zu investieren."
„Vielleicht war es ja auch eine gute Idee", sagte Hennings, „denn damals konnte niemand damit rechnen, dass eines Tages ein Spendersamenkind derart unglücklich mit den Umständen seiner Zeugung sein würde, dass es seine potenziellen Väter einen nach dem anderen brutal ermordet."

„Aber wie sind Sie auf mich gekommen?“, fragte Denker. „Die ganze Sache damals war doch anonym. Das haben mir die Leute von der Klinik sogar schriftlich gegeben.“
„Wir haben unsere Informationen auch nicht aus der Klinik. Sie sind einer aus der Clique von Philosophen und Germanisten aus dem Dunstkreis der Wohngemeinschaft im Loogestieg“, erläuterte Hennings. „Wir hatten allerdings wegen Ihres Pseudonyms Probleme, Sie zu finden. Ihre alten Freunde haben nur mit dem Namen Heiner von Ihnen geredet.“
Denkers alter Hund war inzwischen aufgewacht, hatte seinen Platz unter dem Schreibtisch verlassen und stupste seinem Herrchen mit der Schnauze gegen das Bein.
„Ich kann jetzt nicht mit dir Gassi gehen“, sagte Denker und strich dem Tier über den Kopf. „Geh in den Garten. Du kennst den Weg.“
Daraufhin trabte der große Hund knurrend ins Treppenhaus zum Kellerabgang. Kurze Zeit später hörten sie ihn zwei Mal bellen, dann war es wieder ruhig.
„Ich kann es immer noch nicht glauben. Was wollen Sie jetzt tun? Wie soll ich mich verhalten?“
„Auf jeden Fall sollten Sie vorsichtig sein und auf keinen Fall Fremde in die Wohnung lassen.“
„Oh Gott, was für ein Albtraum. Ich habe eine Hintertür, unten im Keller. Die ist quasi offen, damit der Hund rein und raus kann. Die muss ich auf die Schnelle sichern lassen.“
„Wir stellen Ihnen eine Wache vor das Haus, rund um die Uhr.“
„Ist das wirklich nötig?“
„Ich glaube schon.“

Er hatte den Hund kommen gehört. Er blieb in seinem Kellerversteck, bis das leise Winseln verstummt war, das eingesetzt hatte, als der arme, alte Köter das mit Heroin versetzte Hackfleisch verschlungen hatte. Er öffnete die Tür einen Spalt und

leuchtete vorsichtig mit der Taschenlampe hinaus in den Flur. Als er sah, dass der Hund auf der Seite lag und sich nicht mehr rührte, verließ er den ungemütlichen Raum.
„Tut mir leid, alter Junge. Ich hoffe, du hattest beim Sterben einen schönen Traum“, flüsterte er in Richtung des verendenden Tieres. „Nimm es nicht persönlich.“
Langsam und vorsichtig schlich er weiter ins Haus. Als er die Kellertreppe erreicht hatte, fuhr ihm der Schreck in die Glieder. Erst hielt er es für eine durch die Anspannung hervorgerufene Halluzination, wie wenn die Geräusche des Kühlschranks oder der Spülmaschine sich in murmelnde Stimmen verwandelten, aber dann war er sicher, dass es tatsächlich Stimmen waren.
„Wir stellen Ihnen eine Wache vor das Haus, rund um die Uhr“, sagte eine Männerstimme.
„Ist das wirklich nötig?“, antwortete Denker.
„Ich glaube schon.“ Wieder die Männerstimme.
„Oder können Sie für die nächsten Tage woanders unterschlüpfen?“, fragte jetzt eine Frau.
Ihm schlug das Herz bis zum Halse. Die Polizei war vor ihm bei Denker. Ihm war nicht klar, dass sie bereits so weit waren. Was sollte er tun? Das Beste war, sich ruhig zu verhalten. Er hoffte nur, dass sein Vater nicht auf die Idee kam, seinen Hund zu suchen.
„Das macht mir zu viel Umstände“, maulte Denker missmutig.
„Ihre Sicherheit sollte Ihnen schon ein paar Umstände wert sein“, meinte die Frau.
„Ich habe doch meinen Hund“, knurrte der Schriftsteller. „Der passt schon auf.“
„Etwas fällt mir noch ein“, sagte der Kommissar. „Sagt Ihnen der Name Pauli etwas?
Am Fuße der Kellertreppe hatte er das Gespräch schweißgebadet verfolgt. Als er den Namen Pauli hörte, spitzte er besonders die Ohren.

„Natürlich“, sagte Denker. „Pauli war einer von uns. Wenn ich mich recht erinnere, war er derjenige, durch den wir alle an die Klinik gekommen sind.“
„Aber Pauli war nur sein Spitzname. Wissen Sie vielleicht, wie er mit vollem Namen hieß. Wir haben keine Ahnung, wie wir ihn finden können.“
Für eine Weile blieb es still. Denker schien nachzudenken, musste dann aber zugeben, dass er es nicht wusste. „Alle haben ihn immer Pauli genannt. Er wohnte auch in einer Wohngemeinschaft, aber nicht im Loogestieg. Irgendwann hatte er eine feste Freundin und sich allmählich zurückgezogen, wie es so oft passierte. Hatten die Jungs eine Frau, war nichts mehr los mit ihnen. Auch ein Grund, weshalb ich nie geheiratet habe: Die Domestizierung des Mannes durch die Frau.“ Er schaute Helena Zielinski an, aber die reagierte nicht auf seinen provokanten Spruch. Sie mochte ihn nicht, fand ihn überheblich und gleichzeitig larmoyant.

Als die Polizisten aufstanden, in Begleitung Denkers durch den Flur zur Haustür gingen und sich verabschiedeten, wäre die Gelegenheit auch für den jungen Mann günstig gewesen, die Flucht zu ergreifen, aber er entschied sich zu bleiben. Wenn auch die Polizei Probleme hatte, Pauli zu finden, wie soll ich es dann schaffen? Eines war jedenfalls sicher: Denker war nicht Pauli. Seine Kaltblütigkeit hatte wieder die Oberhand gewonnen. Waren die Beamten erst weg, konnte er seinen Plan gefahrlos durchziehen. Außerdem war dies die letzte Gelegenheit, an Denker heranzukommen, bevor die Sicherheitsmaßnahmen verstärkt wurden. Sobald er den Tod seines Hundes bemerkt haben würde, würde er sich wahrscheinlich doch irgendwo verstecken. Der junge Mann gab seinen Plan nicht auf, sondern gestaltete ihn flexibler. Er würde reagieren müssen, statt zu agieren.

Nachdem die Beamten sein Haus verlassen hatten, war Denker in das Arbeitszimmer zurückgekehrt. Auf seinen Text konnte er sich nicht mehr konzentrieren. Er schenkte sich ein weiteres Glas Wein ein, das ihn über die Klippe zur Trunkenheit stieß. Das hatte ihm gerade noch gefehlt, dass ihm irgend so ein durchgeknallter Typ ans Leder wollte. Wo zum Teufel steckte überhaupt Zorro? War wohl wieder auf Rattenjagd. Er öffnete das Fenster und rief nach dem Hund, aber nichts passierte. Sollte er ihn suchen gehen? Nein. Zorro würde auch alleine ins Haus finden, wäre ja nicht das erste Mal. Er starrte stumpf und trunken vor sich hin, konnte keinen klaren Gedanken fassen. Immer wieder driftete er in die Vergangenheit ab. Das war schon eine tolle Zeit, damals, mit den anderen Jungs. So gut hatte er sich nie wieder gefühlt. Er fragte sich, wann er die falsche Abzweigung genommen hatte. Ob es den anderen auch so ergangen war? Das würde er wohl nie mehr erfahren. Julius und Albert waren tot. Er könnte mit Urs Kontakt aufnehmen. Aber vielleicht besser nicht. Vor seinen ehemaligen Kommilitonen schämte er sich für das, was er machte. Warum eigentlich? Immerhin verdiente er wahrscheinlich am meisten Geld. Jeder machte das, was er am besten konnte. Als die Flasche leer war, klappte er den Laptop zu, schaltete das Licht aus und ging nach oben, um sich hinzulegen.

Der junge Mann harrte in seinem Versteck unter der Treppe aus. Er hatte sich auf den kühlen Betonboden gehockt und wartete weiter ab, was der Krimiautor tat. Die gedrechselten Holzstäbe des Treppengeländers warfen einen klaren Schatten auf den fleckigen, grauen Boden vor ihm. Immer wieder verlagerte er vorsichtig sein Gewicht, um zu verhindern, dass seine Füße einschliefen. Zur Not musste er in der Lage sein, schnell und präzise zu reagieren.

Würde Denker nach unten kommen, um den Hund zu suchen, so wäre das sein sofortiges Todesurteil. Er würde ihn von hin-

ten erschlagen. Schließlich konnte er nicht zulassen, dass der Krimiautor seinen toten Hund fand, solange er sich noch im Haus aufhielt. Ginge Denker jedoch schlafen, ohne nach Zorro zu sehen, würde er warten, bis der Mann eingeschlafen war, und dann über sein Schicksal entscheiden. Als er hörte, wie der Krimiautor die Treppe hinauf in den ersten Stock stieg, wartete er eine weitere halbe Stunde, bevor er ihm leise folgte.
Hätte er nicht von vorherigen Besuchen gewusst, wo Denkers Schlafzimmer lag, so hätte das laute Schnarchen des Schriftstellers ihm den Weg gewiesen. In Denkers Schlafgemach roch es wie in einer spanischen Bodega nach den Ausdünstungen von viel Wein. Der Mann hatte bereits seit dem Nachmittag getrunken und lag mehr oder weniger bewusstlos auf seinem Bett. Er hatte es gerade noch geschafft, die Schuhe auszuziehen, ansonsten war er noch voll bekleidet. Die Nachttischlampe verbreitete ein schwaches, warmes Licht.
Er nahm sich die Zeit, das Gesicht des Mannes genau anzusehen, nach Ähnlichkeiten zu suchen, aber er hatte es schon vorher gewusst: Denker war nicht sein Vater, zu fest saß inzwischen die Überzeugung, dass es nur Pauli sein konnte, und dieser betrunkene Schwächling würde ihm auch nicht sagen können, wo Pauli zu finden war. Außerdem hatte ihm keiner der bisherigen Kandidaten so wenig geähnelt wie Denker. Gesichtsform, Augenfarbe, Haarfarbe, alles war anders als bei ihm. Und diese Sauferei kam ohnehin nicht infrage. Ein Säufer konnte nicht sein Vater sein, das war mal klar. Er holte zögernd den schweren Hammer aus dem Picknickkoffer, wog ihn eine Weile in der Hand, legte ihn dann aber wieder zurück. Warum sollte er diesen Mann töten, mit dem er eigentlich nichts zu tun hatte? Als er sich leise zurückzog, um das Schlafzimmer zu verlassen, rührte sich die Weinleiche. „Zorro?“, lallte Denker, „Zorro, bist du da?“
Aber Zorro war nicht da und würde auch in Zukunft nicht mehr da sein. Als Denker am nächsten Morgen verkatert aufwachte

und sich auf die Suche nach seinem Hund machte, fand er ihn tot im Keller neben einem Rest Rinderhack. Nur ganz langsam dämmerte ihm, dass er selbst in dieser Nacht dem Tod sehr nahe gewesen war.

Der junge Mann hatte das Haus auf demselben Weg verlassen, durch den er es betreten hatte. Inzwischen waren fast alle Fenster dunkel, sodass er ungesehen wie ein geisterhafter Schatten durch den Garten bis ans Wasser glitt. Er stieg in sein Boot und paddelte fast geräuschlos durch die Nacht. Lediglich ein leises Gluckern oder Plätschern war manchmal zu hören, wenn das Paddel ins Wasser eintauchte. Er hatte es nicht eilig und auf dem stillen Kanal ließ es sich gut nachdenken. Die majestätischen Weiden wirkten wie Riesen, die am Ufer saßen, den Kopf in die Hände gestützt, die Gesichter verborgen hinter dem langen Haar, das bis an die Wasseroberfläche fiel. Er war traurig. Er war sicher, dass die Weiden etwas von Trauer verstanden, denn sie trugen die Trauer in ihrem Namen. Gerne hätte er sie gefragt: Warum? Warum ich? Hatte er nicht einfach nur glücklich sein wollen? Wie alle anderen auch. Er wollte ihn nicht mehr fühlen, diesen abgrundtiefen Hass, auf sich selbst und auf seinen Vater. Er wollte niemanden mehr töten und manchmal dachte er sogar, dass auch er nicht mehr sterben wollte. War es nicht genauso verwerflich, dass er sein Leben fortwarf, wie es verwerflich war, ihn unter diesen Bedingungen in die Welt zu setzen, als vaterlosen Freak, belogen, getäuscht, seiner Würde beraubt? Schon lange konnte er nicht mehr klar denken. Mit großer Anstrengung schaffte er es, das Getöse in seinem Kopf in Schach zu halten, um wenigstens nach außen den Schein von Normalität aufrechtzuerhalten. Nur der Gedanke an die Rechtmäßigkeit dessen, was er tat, hielt ihn zusammen. War das erst mal erledigt, würde er Ruhe finden.
Erst als es langsam hell wurde, der Morgen graute, band er das Kanu am Steg des Verleihers am Goldbekufer fest und ging zu

seinem Auto, das ein paar hundert Meter entfernt an der Dorotheenstraße parkte. Noch bevor er einstieg, wechselte er die Schuhe. Auf keinen Fall wollte er Spuren aus Denkers Garten in seinem Wagen haben. Die getragenen Sneakers landeten in einer Plastiktüte und dann in einem leicht zugänglichen Müllcontainer irgendwo unterwegs. Er fuhr nach Hause und legte sich ins Bett. Müde und mit schweren Gliedern versuchte er sich zu entspannen. Sein letzter Gedanke, bevor er erschöpft einschlief, drehte sich um Pauli. Wie würde er ihn finden?

10

Dienstag, 26. Juli 2011

Denker hatte Hennings sofort angerufen, nachdem er seinen Hund tot im Keller gefunden hatte.
„Er hat ihn umgebracht. Das Schwein hat meinen Zorro umgebracht“, klagte er mit wehleidiger Stimme in das Telefon.
Anfangs erkannte Hennings ihn nicht, wusste nicht, wer ihn anrief. „Was ist passiert? Wer ist denn da?“
„Jobst Denker. Mein Hund, Zorro. Er liegt tot im Keller“, schluchzte er.
„Mein Gott, ja. Fassen Sie nichts an, gehen Sie wieder nach oben und lassen Sie niemanden herein“, sagte der Kommissar. „Wir sind so schnell wie möglich bei Ihnen.“
Der Schriftsteller verkroch sich schlotternd vor Angst in seinem Arbeitszimmer. So sehr zitterten seine Hände, dass er es nur mit Mühe schaffte, eine Weinflasche zu entkorken und sich ein Glas einzuschenken, das er dann auf einen Zug leerte. Nur langsam sorgte der Alkohol für ein wenig dumpfe Entspannung. Kurze Zeit später war eine ganze Armada von Polizeifahrzeugen mit Blaulicht und Sirenengetöse herangerauscht und verstopfte die kleine Straße vor seinem Haus. Noch bevor sie das Gebäude betraten, zogen die Beamten die obligatorischen weißen Schutzanzüge an, streiften Überzieher über ihre Schuhe und kämpften mit den dünnen Latexhandschuhen.
Ein zweites Glas des schweren Rioja half ihm, zumindest oberflächlich Haltung zu bewahren. Der Krimiautor führte die Polizisten in den Keller zu dem Hundekadaver. Während Alex Tischer den Speicherchip seiner Digitalkamera bis zum letzten Bit füllte, sammelten die Männer der Spurensicherung, was sie finden konnten. Sie saugten und fegten jedes noch so kleine Partikelchen zusammen, verstauten es in Gefrierbeuteln, die

genau beschriftet wurden, um sie später der richtigen Fundstelle zuordnen zu können.
Um die Reste des Hackfleischs und um den Kadaver kümmerte sich der Aufschneider. Da der Hund keine äußeren Verletzungen aufwies, gingen alle vom Augenscheinlichen aus: Das Hack, von dem der Hund gefressen hatte, war vergiftet. Zwar obduzierte Ludger Hansen nur selten Tiere und mit Hunden – seien sie tot oder lebendig – hatte er nicht viel am Hut, aber er war sicher, die Todesursache schnell ermitteln zu können.
Anhand von Fußspuren im Garten war es leicht, den Weg des Einbrechers nachzuvollziehen. Es gelang der KTU sogar, einen Abguss des Profils der mutmaßlichen Täterschuhe zu machen. Helena Zielinski jubelte innerlich: die erste Spur!
Als Denker von den Polizisten erfuhr, dass der Mörder in der Nacht in seinem Schlafzimmer gewesen war, erlitt er – natürlich auch begünstigt durch die drei Gläser Rotwein, die er inzwischen schon intus hatte – einen Schwächeanfall. Hennings und Helena Zielinski stützten ihn und führten ihn zu einem Sessel, in den er sich fallen ließ.
„Brauchen Sie einen Arzt?“, fragte Helena.
„Schon gut. Es geht schon wieder“, grunzte der Schriftsteller atemlos.
Die Beamten hatten auf dem Teppichboden im Schlafzimmer wie auch auf dem Flur winzige Grashalme aus dem Garten gefunden, die der Täter offenbar mit dem Profil seiner Sohlen in das Haus getragen hatte.
„Wieso leben Sie noch?“, fragte Hennings eher sich selbst als den Schriftsteller.
„Finden Sie das etwa komisch?“, krächzte Denker, der ihn gehört hatte.
„Nein, Entschuldigung. Das habe ich nicht so gemeint. Es ist nur so: Der Täter war letzte Nacht, als Sie schliefen, in Ihrem Zimmer und hätte Sie töten können. Was hat ihn davon abgehalten?“

„Verdammt noch mal“, schimpfte Denker. „Das weiß ich auch nicht. Auf keinen Fall bleibe ich hier. Sobald Sie fertig sind, ziehe ich ins Hotel.“
„Wir hatten Ihnen schon gestern empfohlen, einen sicheren Ort aufzusuchen“, erinnerte ihn Hennings.
„Es ist sehr wahrscheinlich, dass der Mörder während unserer Anwesenheit gestern Abend im Haus war“, sagte Helena. „Ich erinnere mich noch, dass der Hund in den Keller lief.“
„Er gelangt von dort in den Garten, ohne dass ich mitgehen muss“, erklärte Denker.
„Sind Sie noch am Leben, weil wir hier waren?“, dachte der Kommissar laut.
„Das ist gut möglich“, meinte Helena. „Aber vielleicht war der Täter nicht hier, um zu töten? Vielleicht wollte er sich erst orientieren?“
„Aber dann hätte er den Hund nicht umgebracht, denn das bringt alle Alarmsirenen zum Schrillen. Außerdem bin ich sicher, dass er sich längst orientiert hat. Er kannte den Weg ins Haus ganz genau“, widersprach der Kommissar.
„Was für ein Albtraum“, sagte Denker mit erstickter Stimme. „Außer Zorro hatte ich niemanden.“
„Immerhin haben Sie überlebt.“
„Was soll ich machen? Glauben Sie, er kommt wieder?“
Hennings zuckte mit den Schultern. „Ich glaube nicht. Eine bessere Gelegenheit Sie zu töten als in der letzten Nacht wird sich ihm kaum bieten, aber hundertprozentig sicher wissen kann das natürlich niemand. Das Beste wird sein, Sie bringen sich in Sicherheit.“
„Keinen Tag länger werde ich in diesem Haus bleiben, solange Sie ihn nicht gefasst haben“, lallte Denker, der jetzt in sich zusammenfiel und doch vom Arzt betreut werden musste.

„Frisches Biorinderhack von bester Qualität“, sagte der Aufschneider, als er Helena am Nachmittag aus seinem Labor an-

rief, „versetzt mit sehr reinem, hoch wirksamen Thai-Heroin. Da war jemand am Werk, der viel Wert auf Qualität legt."
„Sehr witzig", antwortete Helena.
„Wieso? Immerhin wisst ihr jetzt, dass ihr euren Mörder nicht unter den Kunden vom Discounter suchen müsst. Der Hund ist im schönsten Rausch eingeduselt. Wahrscheinlich hat er von Saurierknochen zum Abnagen geträumt."
„Haha! Du übertriffst dich selbst. Sag das mal Herrn Denker."
Sie legte auf.
„Der Täter ist uns immer noch voraus", sagte Hennings. „Zwar wissen wir inzwischen, was ihn umtreibt, aber hinsichtlich seiner Identität sind wir noch keinen Schritt weitergekommen."
Der Kommissar goss die Pflanzen auf der Fensterbank seines Büros mit einer grünen Plastikgießkanne. Dabei fiel ihm auf, dass der Ficus Benjamini dringend umgetopft werden musste.
„Hilfreich wäre es, wenn wir wüssten, wie er an die Namen und Adressen der Spender gekommen ist. Rufen Sie noch mal diese Frau Blatter bei ‚I-Baby an'."
Helena suchte aus dem kleinen Stapel Visitenkarten, die sie im Verlaufe der Ermittlungen gesammelt hatte, diejenige der technischen Leiterin heraus und tippte ihre Durchwahlnummer auf ihrem Tastentelefon.

Dieses Mal war sie ohne ihren Chef nach Klein Flottbek gefahren, um mit Frau Blatter zu sprechen. Ein seltenes Vergnügen, denn fast immer traten die Schöne und der Alte als Gespann auf. Manchmal fühlte sie sich durch ihn bevormundet und wünschte sich mehr Selbstständigkeit und Verantwortung, aber es war nun mal Vorschrift, dass die Beamten zu zweit ermittelten, nicht zuletzt aus Gründen der Eigensicherung. Im Gefahrenfall mussten sie sich gegenseitig schützen oder, was öfter vorkam, sich als Zeugen Rückendeckung geben, wenn ein Verhafteter versuchte, ihnen durch falsche Anschuldigungen ein Fehlverhalten anzuhängen. Aber letztlich hatte sie es mit dem alten Hennings nicht schlecht getroffen. Sie arbeitete gerne mit ihm, und wenn er demnächst in den Ruhestand gehen würde, käme ihr die Rolle als leitende Beamtin in dem neuen Ermittlerduo zu. Es war nicht mehr lange bis dahin und sie fragte sich schon manchmal, wer ihr wohl als Partner zugeteilt werden würde.

Bei dem Gespräch mit Gertrud Blatter drohte jedenfalls keine Gefahr. Auch dieses Mal kam die technische Leiterin zur Rezeption, um sie abzuholen.

„Ist es Ihnen recht, ein wenig zu gehen, während wir uns unterhalten?“, fragte sie die Polizistin. „Ich sitze viel zu lange in Besprechungen oder hinter Monitoren. Ein kleiner Spaziergang täte jetzt gut.“

„Gerne“, antwortete Helena.

„Gleich gegenüber ist der Botanische Garten. Drehen wir dort eine Runde. Zurzeit sieht es dort sehr schön aus, ein Blumenmeer.“

Die Frauen gingen einen Moment schweigend nebeneinander her, vorbei an einem prächtig blühenden Sommerflieder und einigen Büschen rosafarbener Hortensien.

„Ist es nicht wunderbar hier?“, fragte Gertrud Blatter die Polizistin. „Wenn ich Zeit dazu habe, verbringe ich meine Mittagspause hier auf einer Bank.“

Sie schlenderten an Lilien und Säckelblumen vorbei. „Das bietet sich bei der Lage Ihrer Klinik auch geradezu an“, sagte Helena.

„Männliche Mitarbeiter sieht man hier allerdings nur sehr selten“, meinte Gertrud Blatter lachend. „Die interessieren sich nicht so sehr für Blumen.“

„Jedenfalls nicht, wenn sie die Balzphase hinter sich gelassen haben“, ergänzte Helena.

„Ihr Besuch bei uns war ein ziemlicher Schock“, kam Gertrud Blatter jetzt zum Thema. „Wir haben im Kollegenkreis noch lange darüber diskutiert.“

„Und zu welchem Schluss sind Sie gekommen?"
„Na ja. Keiner hätte je damit gerechnet, dass unsere Arbeit zu solchen schrecklichen Verbrechen führen kann."
„Sie trifft aber doch keine Schuld", sagte Helena. „Das wäre ja so, als wäre ein Autohersteller für die Verkehrstoten verantwortlich."
„Lässt sich das so einfach sehen? Schließlich bauen wir keine Autos."
„Aber Sie erschaffen auch keine Menschen. Allenfalls leisten Sie Hilfestellung beim Zeugungsakt. Ehrlich gesagt, ist mir persönlich das, was Sie machen, nicht sonderlich sympathisch, aber schuldig machen Sie sich nicht. Es gibt auch Mörder und Durchgeknallte unter herkömmlich gezeugten Menschen. Glauben Sie mir. Damit haben wir es tagtäglich zu tun."
Gertrud Blatter lächelte. „Ich arbeite zwar bei ‚I-Baby', sehe manches aber durchaus kritisch."
„Haben Sie selbst Kinder?"
„Zwei, beide natürlich gezeugt. Und Sie?"
Helena schüttelte den Kopf. „Ich bin noch nicht so weit. Ich weiß nicht einmal, ob ich überhaupt welche will. Außerdem habe ich noch nicht den passenden Partner gefunden, um eine Familie zu gründen. Mein Beruf ist aufregend und abwechslungsreich, bietet aber nicht den regelmäßigen Tagesablauf, den Kinder brauchen."
„Das kann ich mir vorstellen", sagte Gertrud Blatter. „Und außerdem ist er wohl oft gefährlich."
„Zum Glück eher selten", erwiderte Helena knapp, weil sie nun zur Sache kommen wollte. „Ich hatte Ihnen ja schon am Telefon gesagt, dass wir unbedingt herausfinden müssen, wie der Täter an die Namen der Spender gekommen ist. Das kann eigentlich nur in Ihrer Firma geschehen sein. Haben Sie eine Idee, wo eine Schwachstelle liegen könnte?"
„Darüber habe ich mir natürlich auch schon den Kopf zerbrochen", sagte Gertrud, „aber wie sollte das möglich sein?"

„Wie sieht es mit Ihren Passwörtern aus? Sind die sicher?"
„So leichtsinnig sind wir nicht organisiert. Wir arbeiten mit zwei völlig voneinander getrennten Systemen. Unsere Datenbank hat keine Verbindung zum Internet. Es gibt keinen Grund, jemanden von außen auf unsere Datenbank zugreifen zu lassen."
„Aber Sie haben doch eine Homepage, auf der Sie sich für Paare mit Kinderwunsch darstellen."
„Wie ich sagte: Unsere Homepage und unsere internetfähigen Rechner sind konsequent von der Datenbank getrennt. Auf diesem Wege kann sich niemand Zugang verschafft haben."
„Bei meinem ersten Besuch haben Sie erzählt, dass die alten Akten vor einiger Zeit digitalisiert wurden. Was ist mit den gescannten Papieren geschehen?"
„Vorschriftsmäßig geschreddert."
„Kann es sein, dass jemand dabei unsauber gearbeitet hat?"
Gertrud Blatter ächzte. „Das kann natürlich immer sein, aber wäre es nicht ein unglaublicher Zufall, wenn gerade die richtigen Akten in die Hände des Mörders gefallen wären?"
Helena nickte. „Wann war denn das? Und wer hat die Akten digitalisiert? Bitte stellen Sie mir eine Liste mit Namen und Anschrift aller Beteiligten zusammen."
„Kein Problem. Das ist gerade mal vier Jahre her. Wir hatten eine Firma beauftragt, die auf so etwas spezialisiert ist. Die arbeiten auch für Banken und Versicherungen. Wenn ich mich recht erinnere, waren nur drei Personen damit befasst. Natürlich war klar, dass es sich um besonders delikates Material handelt, aber die Mitarbeiter waren auf Herz und Nieren geprüft und hatten eine Geheimhaltungsklausel unterschrieben. Ich gebe Ihnen die Adresse der Firma."
„Wie sieht es mit den Institutsmitarbeitern aus? Auch da muss ich wissen, wer Zugriff auf die Datenbank hat."
„Das sind allerdings einige. Lesen dürfen fast alle, lesen und schreiben nur eine Auswahl. Die meisten unserer Kollegen

sind aber schon seit vielen Jahren dabei. Ich kann mir kaum vorstellen, dass einer von ihnen etwas damit zu tun hat."
„Trotzdem würde ich gerne Ihre Personalakten durchsehen. Insbesondere junge Männer im Alter zwischen 24 und 26 Jahren sind dabei interessant."
„Ich glaube, da finden Sie keinen Einzigen", sagte Gertrud.
Helena schüttelte enttäuscht den Kopf. „Was kann ein Spendersamenkind denn von seinen Eltern erfahren?"
„Sie kennen doch unser Informationsmaterial", sagte Gertrud. „Mehr als das anonymisierte Profil bekommt niemand zu sehen. Niemand würde mehr spenden, wenn die Anonymität nicht gewahrt wäre."
„Unser Mann weiß, dass sein leiblicher Vater in den Achtzigern Philosophie studiert hat, und kennt die Namen aller Philosophiestudenten, die seinerzeit als Spender aktiv gewesen sind. Er geht davon aus, dass einer von ihnen sein Vater ist, weiß aber nicht, welcher", rekapitulierte Helena. „Dass es sich um einen Philosophen handelt, wird er von den Eltern erfahren haben. Die Auswahl der Männer, die dafür infrage kommen, muss er sich hier bei Ihnen besorgt haben."
„Aber wenn er wirklich in unsere Datenbank eingedrungen wäre, müsste er eigentlich den Namen seines genetischen Vaters gefunden haben. Diese Information ist dort zu finden", wandte Gertrud ein. „Jede donogene Insemination ist dokumentiert."
Es war wie verhext. Wie sie es auch drehten, sie kamen nicht voran. Inzwischen waren die Frauen wieder auf dem Gelände der Klinik angekommen. Helena verabschiedete sich auf dem Parkplatz von Gertrud Blatter und ging zu ihrem Auto, als ihr noch etwas einfiel.
Sie drehte sich um. Gertrud Blatter stand bereits vor der Glastür und sprach mit einem jungen Mann, der eine große Sporttasche über der Schulter trug. Als Helena auf sich aufmerksam machte, verschwand der junge Mann im Haus, während die

technische Leiterin der Polizistin entgegenging.
„Eine Frage noch. Sagt Ihnen der Name Pauli etwas?“
„Oh Gott!“ Gertrud Blatter war blass geworden. „Das ist ja schrecklich“, stöhnte sie leise.

Donnerstag, 13. September 2001

David war noch immer geschockt. Die Fernsehbilder der Flugzeuge, die in die Zwillingstürme rasten, die einstürzenden Gebäude, die gigantische Staubwolke, die Schreie der flüchtenden Menschen und vor allem die Bilder der Leute, die gesprungen waren, hatten sich in sein Gedächtnis eingegraben. Selbst in der Schule wurde über kaum etwas anderes gesprochen. Es schien ihm, als sei die ganze Welt in eine Schockstarre gefallen. Auch dass die Spuren nach Hamburg führten, hatte ihn besonders getroffen. Wem konnte man überhaupt noch trauen?
Wie immer war er mit dem Fahrrad zur Schule gefahren. Den Bus nahm er nur bei extrem schlechtem Wetter. Er hasste das Gedränge, die körperliche Nähe und den Geruch der anderen Fahrgäste. Heute war er besonders froh, dass die letzten zwei Stunden ausgefallen waren. Eigentlich sollte eine Physikarbeit geschrieben werden, auf die er nicht gut vorbereitet war.
Er hatte sein Rad in den Gartenschuppen auf der Rückseite des Hauses gebracht und dabei gesehen, dass die Terrassentür wegen des spätsommerlich schönen Wetters weit offen stand. So gelangte er unbemerkt von seinen Eltern ins Haus. Drinnen hörte er, wie sie stritten. Evelyn weinte. Zwar war die Stimmung bei den Hammerschmidts in letzter Zeit oft schlecht und gereizt, aber eine solch heftige Auseinandersetzung hatte er bisher noch nicht miterlebt. Auch hatte er die gespannte Atmosphäre immer auf sich zurückgeführt, denn sein Verhältnis zu seinen Eltern war derzeit ziemlich im Keller, aber was er

nun hörte, wies in eine ganz andere Richtung.
„Du bist ein untreues Schwein!“, rief Evelyn. „Wie kannst du das nur tun? Wie lange geht das schon?“
„Schon seit fast einem Jahr“, sagte Frank. Er hörte sich zerknirscht an. „Glaube mir. Ich konnte nichts dafür, ich wollte das nicht. Es ist einfach so passiert.“
„Ich verstehe. Du bist das Opfer, der arme verführte Mann. Mach dich doch nicht lächerlich.“
Frank ging seit einiger Zeit regelmäßig zum Fitnesstraining in einen Club. Dort war er Lydia begegnet. Sie saßen einander nach dem Workout nackt in der Sauna gegenüber und kamen ins Gespräch. Lydia war weder besonders attraktiv noch hässlich. Sie sah mehr oder weniger durchschnittlich aus, wies allerdings in Franks Augen zwei Vorzüge auf: Sie war zwanzig Jahre jünger als er und sie machte keinen Hehl daraus, dass er ihr gefiel. Vor allem Letzteres machte sie unwiderstehlich. Vielleicht wäre sie zurückhaltender gewesen, hätte sie gewusst, dass er verheiratet war, aber da er keinen Ehering trug, war sie ahnungslos. Als sie ihr Gewicht verlagerte und ihre Schenkel dabei ein kleines Stück öffnete, blitzte ein Intimpiercing unter ihrem blank rasierten Schamhügel auf, ein funkelnder Ring, wie von den Mächten des Bösen geschmiedet. Nicht dass er auf so etwas stand, aber dieser verrucht wirkende Anblick übte einen schwindelerregenden Sog auf ihn aus und sorgte dafür, dass es ihm augenblicklich zu heiß in der Sauna wurde, er beinahe einen Schwächeanfall erlitt und wirr stammelnd hinausstürzte, um sich im Tauchbecken abzukühlen. Nach den langen Jahren erotischer Schmalkost konnte der biedere Frank damit nicht umgehen. Die ganze folgende Woche musste er an sie denken. Immer wieder spulte die Szene vor seinem inneren Auge ab, verunsichernd und elektrisierend zugleich. Er fühlte sich in den Film „Basic Instinct“ mit Sharon Stone versetzt, sah sich als Michael Douglas, dem sie während eines Verhörs tiefe Einblicke gewährte. Er schlug sogar Evelyn vor, sich mal

zu rasieren, nur aus Neugier, aus Spaß, aber die wies das weit von sich und fragte, ob er im fortgeschrittenen Alter anfinge zu spinnen. Wenn sie nur mal ein wenig lockerer wäre.
Als er Lydia in der nächsten Woche wiedertraf, gingen sie nach dem Sport noch etwas trinken, anschließend ging er noch mit zu ihr. So heißen Sex hatte er schon lange nicht mehr gehabt. Natürlich musste er ihr jetzt erzählen, dass er verheiratet war, und natürlich war Lydia erst enttäuscht, fand aber dann, dass es ein Wunder wäre, wenn ein so toller Typ noch immer frei herumlaufen würde. Seither trafen sie sich regelmäßig. Es dauerte nicht mehr lange, bis Frank überhaupt nicht mehr zum Sport, sondern gleich zu Lydia ging, um die Zeit zu nutzen, sich mit seiner jungen Geliebten in den Kissen zu wälzen.
Das ging eine ganze Weile gut. Evelyn freute es sogar, dass er sie nicht mehr bedrängte. Aber auf Dauer funktionierte ein solches Arrangement in der Regel nicht. Lydia begann, Ansprüche auf Frank zu erheben, und Frank entfremdete sich innerlich von seiner Frau. Verglich er die beiden Frauen miteinander, trug meistens Lydia den Sieg davon. Mit ihr hatte er guten Sex und keine Alltagsrangeleien, sie machte ihm keine Vorschriften und himmelte ihn an. Zuhause hatte er oft schlechte Laune und das angespannte Verhältnis zu dem pubertierenden David trug auch nicht gerade zu einer heimeligen Stimmung in seinen vier Wänden bei. Immer öfter bereute er seinen damaligen Entschluss, mit einem Spendersamen eine Familie zu gründen, aber für Spenderkinder gab es kein Rückgaberecht. Die Garantiezeit war bereits abgelaufen, bevor sie begonnen hat. Manchmal hatte er geträumt, dass er mit David zu der Klinik fuhr und sich am Schalter für Reklamationen in die wahrscheinlich endlos lange Schlange stellte:
„Bitte nehmen Sie die Ware zurück. Sie hat meine Erwartungen nicht erfüllt“
„Wollen Sie ihn umtauschen?“, fragte dann der Sachbearbeiter, ein grauhaariger Buchhaltertyp.

„Nein, ich will kein neues Kuckuckskind.“
„Aber Ihr Geld bekommen Sie nicht zurück.“
„Das ist mir egal, Hauptsache ich bin dieses Balg los“, sagte er dann und ließ den Jungen dort zurück.
Heute hatte Frank seiner Frau von Lydia erzählt und angekündigt, ausziehen zu wollen. Evelyn stand kurz vor dem Nervenzusammenbruch, war wie vom Blitz aus heiterem Himmel getroffen. Sie hatte nicht den Hauch eines Verdachts gehabt.
„Aber warum denn nur?“, murmelte sie immer wieder. „Wir haben uns doch immer gut verstanden.“
„Es liegt nicht an dir“, sagte Frank, „es ist einfach so passiert.“
„Wenn mit uns alles gestimmt hätte, wäre es nicht passiert“, sagte Evelyn.
David, der ungewollte Zeuge dieses Gesprächs, wusste nicht, was er tun sollte. Er blieb einfach stehen, wo er war, und hörte weiter zu.
„Vielleicht hättest du mir wenigstens manchmal das Gefühl geben sollen, dass du mich noch begehrst“, sagte Frank.
„Hast du denn mich noch begehrt? Nach zwanzig Jahren?“
Frank schwieg.
„Sie ist jünger, nicht wahr?“
„Zwanzig Jahre.“
„Was willst du Langweiler denn mit so einem jungen Ding? Glaubst du wirklich, sie bleibt bei dir?
„Sie sagt, sie liebt mich.“
„Junge Frauen wollen Kinder“, sagte Evelyn, „spätestens wenn sie weiß, wie es um dich steht, wird sie dich verlassen.“
„Vielen Dank für den Langweiler. Sie weiß es. Ich habe es ihr gesagt. Es macht ihr nichts aus.“
David fragte sich, was das soeben Gehörte bedeutete. Wie stand es um seinen Vater? Während Evelyn zunehmend trauriger wurde, geriet Frank weiter in die Defensive. Er war kein schlechter Mensch und wusste, dass er derjenige war, der Leid über seine Familie brachte, konnte aber auch nicht anders.

Schließlich packte er ein paar Sachen zusammen und ging. Als er seinen Sohn im Wohnzimmer stehen sah, schaute er zu Boden und zuckte hilflos die Achseln.
„Hast du uns zugehört?
David konnte nur nicken.
„Tut mir leid. Ich bin dann erst mal weg“, war alles, was er zu seinem Sohn sagte.
David ging in die Küche zu Evelyn. Seine Mutter saß schluchzend auf einem Stuhl, das Gesicht hinter den Händen versteckt. Als er sie in die Arme nahm, schaute sie überrascht auf. Erst jetzt hatte sie ihn bemerkt.
Sie versuchte sich zusammenzureißen, schaffte es aber nicht, weinte sogar noch heftiger. „Er hat uns für so eine junge Schlampe verlassen.“
„Ich hab's gehört. Weine nicht. Wir kommen auch ohne ihn zurecht“, versuchte David seine Mutter zu trösten.
„Es tut mir so weh“, schluchzte Evelyn. „Wir sind fast unser ganzes Leben zusammen. Wie kann er das nur tun?“
Natürlich war David zu jung, um seiner Mutter helfen zu können. Am liebsten wäre er in sein Zimmer gegangen, hätte sich eingeschlossen und ein richtig knochenhartes Ballerspiel am Computer abgezogen, aber dann wäre er sich doch zu schäbig vorgekommen. Außerdem hatte er bei dem Streit zwischen seinen Eltern etwas gehört, das in ihm arbeitete.
„Was war es, was Papa seiner neuen Freundin gesagt hat, das mit den Kindern?“
Unter normalen Umständen hätte Evelyn sich wahrscheinlich zurückgehalten und ihm nichts gesagt, aber sie war so erschüttert und aufgeweicht, auch voller Wut auf Frank, dass sie es nicht schaffte sich zurückzuhalten.
„Frank ist zeugungsunfähig“, sagte sie, ohne nachzudenken.
„Später geworden?“, fragte David, der natürlich keinen Verdacht hegte.
„Nein“, sagte sie, „er hatte als Kind Mumps.“

„Aber ...wieso“, stammelte David, „ich ... was ist mit mir?“
In diesem Moment merkte Evelyn, dass sie einen Fehler gemacht hatte, wusste aber auch, dass es kein Zurück mehr gab. Sie wurde leichenblass. Ging denn jetzt alles den Bach runter?
„Frank ist nicht dein leiblicher Vater.“
„Wie das? Was ist passiert? Wer ist dann mein Vater? Hast du ihn auch mit jemandem betrogen?“ Er fühlte, wie seine Adern in der Schläfe pulsierten. Alles drehte sich in seinem Kopf.
Sie zögerte, schüttelte verneinend den Kopf. „Das hätte ich niemals getan. Du bist mit Hilfe einer anonymen Samenspende gezeugt worden.“ Nun war es heraus.
David war jetzt richtig schwindelig. Er musste sich hinsetzen. Innerhalb kürzester Zeit war seine ganze Welt wie ein Kartenhaus in sich zusammengebrochen. Während Evelyn weinte, schwieg er. Seine Hände begannen zu kribbeln und er hatte das Gefühl, keine Luft mehr zu bekommen. Alles Lügen, Lügen und Lügen. Er wusste nicht mehr, was er überhaupt glauben sollte. War der Boden unter seinen Füßen noch sicher? Wie konnten sie ihm das nur antun? Warum hatten sie nicht eher etwas gesagt? Nach einer Weile stand er wortlos auf, ging in sein Zimmer und warf sich auf sein Bett. Es war, als hätte er einen Schlag auf den Kopf bekommen. Er konnte nicht klar denken, nicht weinen. Seine Augen waren wüstentrocken und brannten. „Oh mein Gott. Was für eine verdammte Scheiße!“

Dienstag, 26. Juli 2011

Als er gegen Mittag aufwachte, fühlte er sich müde und zerschlagen. Es war nicht die körperliche Anstrengung der nächtlichen Kanutour, die ihm in den Knochen steckte, sondern die hoffnungslose Frustration, die ihn nach seiner Begegnung mit dem betrunkenen Schriftsteller übermannt hatte. Irgendwie schien alles keinen Sinn mehr zu haben. Wenn tatsächlich

dieser „Pauli“ sein leiblicher Vater war und nicht einmal die Polizei ihn identifizieren konnte, würde er ihn mit seinen begrenzten Möglichkeiten wahrscheinlich nicht finden. Allerdings hatte er den Beamten voraus, dass er auf die Datenbank der Klinik zugreifen konnte. Wie konnte es sein, dass der Mann nicht im System der Klinik aufgetaucht war? Er hatte sich schon gewundert, dass seine Eltern dort nicht zu finden waren, und geglaubt, dass die alten Daten lückenhaft waren, weil es damals noch keine EDV gegeben hatte. So hatte er alle Philosophie- und Germanistikstudenten, die damals als Spender aktiv waren, herausgesucht, in dem Glauben, einer von ihnen müsse sein leiblicher Vater sein. Aber das war offenbar falsch. Einer fehlte, und das war dieser ominöse „Pauli“.
Es sah ganz so aus, als wäre die Zeit für den letzten großen Schlag gekommen, für den Showdown in der Klinik. Es galt, ein Zeichen zu setzen, das niemand je vergessen würde. Wie an jedem anderen Tag duschte er ausgiebig, ließ sich das warme Wasser auf den Kopf prasseln. Auf dem Weg zum Frühstück ins Café kaufte er eine Zeitung. Gerne hätte er nochmal draußen gesessen, aber das Wetter erlaubte es nicht. Noch immer war es zugig und kühl, der gestrige Kälteeinbruch setzte sich fort, typisches Hamburger Juliwetter eben. In der Zeitung stand nichts über Denker und seinen Hund. Wahrscheinlich hielt die Polzei den Vorfall unter der Decke. Er bestellte zwei belegte Brötchenhälften, einmal mir hart gekochtem Ei und einmal mit Mett und Zwiebeln. Normalerweise verkniff er sich solche Schweinereien, aber dazu gab es jetzt keinen Grund mehr. Warum sollte er heute nicht essen, worauf er Appetit hatte? In der Zeitung standen überwiegend Belanglosigkeiten. „Amy Winehouse beigesetzt“ Er fragte sich, warum die halbe Welt einen solchen Aufstand um eine versoffene Künstlerin veranstaltete. Okay, sie war eine gute Sängerin, aber diese hirnlose Vergötterung einer unglücklichen Säuferin fand er mehr als überzogen. „Heatballs statt Glühlampen“ „Die Schul-

denkrise in Griechenland schlägt den Verbrauchern aufs Gemüt." „Hamburgerin ließ Mann wochenlang verwesen: Sie fütterte die Katze und er lag tot im Bett." Er schüttelte den Kopf. Manche Leute hatten doch echt ein Rad ab. „Mit Besenstiel: 94-Jährige verprügelt angreifendes Känguru." Und so weiter. Offenbar war derzeit nicht viel los in der Welt. Die Ausnahme war die Berichterstattung über Anders Breivik, den Attentäter von Oslo. Er hoffte, man würde ihn nicht mit diesem Schwein in einen Topf werfen. Schließlich brachte er nur Leute um, die es auch verdient hatten. Nachdem er die Zeitung durchgeblättert hatte, legte er sie auf den Stuhl neben sich. Dabei zog ihm die Frage durch den Kopf, wie viel Raum er wohl in der morgigen Ausgabe der Zeitung einnehmen würde. Gegen 14 Uhr verließ er das Café und kehrte zurück in seine Wohnung.

Oktober 2005

Er hasste die Zeit bei der Bundeswehr. Er musste den idiotischen Befehlen irgendwelcher Dummköpfe gehorchen, die ohne ihren Offiziersrang ganz unten auf der gesellschaftlichen Leiter stehen würden. Dabei hatte er sich für die Luftwaffe entschieden, weil es dort angeblich ein wenig anspruchsvoller zugehen sollte als bei der Marine oder beim Heer. Was seine Tauglichkeit betraf, hatte er die freie Auswahl: T1. Sowohl körperlich als auch geistig war er topfit. Die Marine wäre auch infrage gekommen, aber da störte ihn die Aussicht, jeden Tag rund um die Uhr auf engem Raum mit denselben Leuten zusammenzusein. Neun Monate würde er durchhalten müssen, so lange wie es gebraucht hatte, sich im Uterus zu entwickeln und den Bauch der Mutter zu verlassen.
Natürlich hätte er den Wehrdienst verweigern können, wie es die meisten seiner Klassenkameraden taten, aber da er ganz eigene Ziele verfolgte, entschied er sich dagegen. Nach allem,

was er in den letzten Jahren durchgemacht hatte, gab es ohnehin nicht mehr vieles, das ihn schreckte.
Nachdem der Mann, den er für seinen Vater gehalten hatte, ihn und seine Mutter verlassen hatte, ging es für eine Weile steil abwärts. Zwar stand Frank, nachdem er ein halbes Jahr mit seiner neuen, jüngeren Frau zusammengelebt hatte, jammernd bei Evelyn vor der Tür und wollte zurück, aber der böse Vertrauensbruch ließ sich nicht ungeschehen machen, zumal sich herausstellte, dass Lydia einen Neuen hatte und Frank von ihr in die Wüste geschickt worden war. Obwohl es Evelyn sehr schlecht ging und sie den Alltag nur mit starken Beruhigungsmitteln bewältigte, knallte sie ihm die Tür vor der Nase zu. Zu viel Porzellan war zerschlagen.
Auch David hätte sich nicht mehr mit Frank arrangieren können. Rückwirkend wurde ihm einiges klar: Er hatte sich so oft nicht mit seinem Vater verstanden, weil Frank gar nicht sein Vater war. Das war natürlich ein Fehlschluss, denn auch seine Schulfreunde verstanden sich in einem gewissen Alter nicht mehr mit ihren Vätern. In jeder Familie gab es Abnabelungs- und Generationenkonflikte, Machtkämpfe und Rivalitäten zwischen Vater und Sohn, aber davon wusste David nichts.

Er robbte in voller Montur durch das Unterholz. Seine Einheit befand sich auf einer dreitägigen Übung außerhalb der Kaserne. Die Grundausbildung absolvierte er im Spessart, in einer Kleinstadt nicht weit entfernt von Frankfurt. Nach einem strapaziösen 12-Kilometer-Marsch mit Gepäck und Gewehr hatten sie ein Feldlager aufgeschlagen und übten in der Nacht das Aufspüren feindlicher Soldaten, ohne selbst gesehen zu werden. Es war gar nicht so leicht, mit dem Gewehr in der Hand zu robben, denn dabei musste er ganz ohne die Hände auskommen. Die pieksigen Fichtennadeln stachen und der Waldboden war unangenehm feucht. Es roch nach Pilzen und immer wieder hatte er Spinnweben im Gesicht. Solche Aktio-

nen machten nur Kindern oder hartgesottenen Outdoorfreaks Spaß. Dazu zählte er nicht.
Nur mühsam kam er auf Knien und Ellenbogen voran. Auch war er viel zu laut. Andauernd knackten unter ihm morsche Äste. Egal. Ohnehin war es sehr unwahrscheinlich, dass er jemals in den Krieg ziehen müsste. Andererseits war er ehrgeizig und wollte eine gute Leistung zeigen. Er hielt einen Moment inne und lauschte in die Nacht.

Schlimm war der Tag vor zwei Jahren, als er seine Mutter auf dem Dachboden fand. Sie hatte sich aufgehängt. Er war gerade 18 Jahre alt geworden und es sah so aus, als hätte sie seine Volljährigkeit abgewartet, bis sie ihrem Leben ein Ende setzte. Die Beruhigungstabletten, die anfangs gut geholfen hatten, ließen durch den Gewöhnungseffekt in ihrer Wirkung nach. Obwohl sie allmählich die Dosis erhöhte, fühlte sie sich immer schlechter. Panikattacken und depressive Schübe bestimmten ihr Leben. Sie saß tagelang apathisch im Haus, schaffte es nicht einmal, das Nötigste einzukaufen, und verwahrloste zusehends. Ein halbherziger Versuch mit einem neuen Mann, den sie über das Internet kennen gelernt hatte, scheiterte, bevor er überhaupt richtig begonnen hatte, und stieß sie tiefer in die Verzweiflung. Der Mann war verheiratet und hatte sie von vorne bis hinten belogen, um sie ins Bett zu kriegen. Sie kümmerte sich kaum um ihren Sohn, war nur noch mit sich selbst beschäftigt. David, der seine Mutter liebte und die Schuld an ihrem schlechten Zustand einzig bei Frank sah, versuchte ihr zu helfen, wo er nur konnte, ging einkaufen, putzte und kochte. Darüber hinaus merkte er sehr schnell, dass er ihre Seele nicht trösten konnte. Als Heranwachsender hätte er die Mutter gebraucht, es hätte nicht umgekehrt sein sollen. Er verlor den Kontakt zu Gleichaltrigen und schwänzte die Schule.
Als er an jenem Tag vor zwei Jahren nach Hause kam, lag ein Abschiedsbrief auf dem Küchentisch.

„Lieber David“, stand da, „ich kann nicht mehr. Ich bin eine schlechte Mutter und eine Belastung für mich selber. Was soll ich dir sagen? Ich weiß es nicht. Alles ist dumpf und leer. Ich liebe dich. Mama.“

Er lief durch das Haus auf der Suche nach ihr und fand sie oben auf dem Dachboden. Sie hatte sich mit einer Wäscheleine an einem der Sparren erhängt. Niemals sollte ein Kind seine Mutter so finden. Er schaffte es sie abzuschneiden, war aber zu spät. Alle Versuche, sie wieder zu beleben, blieben ohne Erfolg. Als auch Frank zu ihrer Beerdigung erschien, ging er mit den Fäusten auf ihn los. „Du hast Schuld an ihrem Tod!“, schrie er. „Du hast sie auf dem Gewissen. Ich will dich niemals wiedersehen!“

Für den Rest seiner Schulzeit zog er zu Evelyns Eltern, seinen echten Großeltern. Seither brauchte er einen großen Teil seiner Kraft, eine Fassade zu wahren, nur ja nichts von seinen Gefühlen zu zeigen, nicht seine Verzweiflung, nicht seine Angst und vor allem nicht seinen Hass. Den immer stärker werdenden Hass auf Frank und seinen unbekannten leiblichen Vater, den Hass auf die Klinik für donogene Insemination, den Hass auf alles, was mit seiner anonymen Zeugung zu tun hatte, den Hass auf alle, die daran beteiligt waren, ihm das Leben zu schenken. In dieser Zeit wuchs der Wunsch, seinen leiblichen Vater zu finden. Die Hoffnung, von diesem anerkannt und geliebt zu werden, wechselte sich ab mit Gewaltfantasien und dem Drang, alle zu bestrafen, die er für sein Schicksal verantwortlich machte. In dieser Zeit reifte sein Plan und er wusste, dass er viel Zeit brauchen würde, um alles hieb- und stichfest vorzubereiten.

Neben ihm knackte es im Gebüsch. Er erschrak. „Bist du das, Herbert?“, zischte er leise. Er vermutete einen Kameraden dort neben sich im Unterholz.

„Nein“, kam es aus dem Dunkel. „Aufstehen und die Hände hoch.“

Mist. Einer seiner Ausbilder hatte ihn aufgespürt. Er stand auf. „Rekrut Hammerschmidt. Das war eine schwache Leistung. Im Krieg wären Sie jetzt ein toter Mann. Zurück ins Lager mit Ihnen."

Er schaltete seine Taschenlampe an und suchte den Weg zum Camp. Es tröstete ihn, dass er nicht der Erste war, den es erwischt hatte. Er hörte, wie einige andere Rekruten sich im Küchenzelt unterhielten und lachten. Es klang eher wie bei einem Pfadfinderausflug als bei der Bundeswehr. Nur die Gewehre, die gegen einen der Jeeps gelehnt waren, gehörten nicht in ein Pfadfinderlager.

David schaltete schnell. Der Zufall hatte ihm in die Hände gespielt. Noch nie war die Gelegenheit so günstig, ein Gewehr verschwinden zu lassen. Keiner hatte ihn bisher gesehen. Er stellte seine Waffe neben die anderen und griff sich eines der HKG 36-Sturmgewehre. Dann schlich er aus dem Lager und vergrub die Waffe etwa 150 Meter entfernt im weichen Waldboden. Die Stelle bedeckte er mit heruntergefallenem Laub und morschem Geäst. Die ganze Aktion dauerte nur wenige Minuten. Als er in das Lager zurückkehrte, hatte niemand bemerkt, dass er zwischenzeitlich schon einmal dort gewesen war. Er betrat das Zelt und setzte sich zu den anderen, um auf den Abschluss der Übung zu warten. Da er nie besonders viel redete, fiel niemandem auf, dass er heute besonders schweigsam war. Nervös fieberte er dem Moment entgegen, an dem der Besitzer das Verschwinden der Waffe bemerken würde.

Dies geschah erst Stunden später, als die Rekruten ihre Gewehre wieder einsammelten. Jede Waffe hatte eine Nummer und die Nummer war einem Rekruten zugeordnet. Der Rekrut, dessen Gewehr verschwunden war, bekam natürlich mächtig Ärger. Er tat David leid, aber der Zweck heiligte manchmal die Mittel. Alle beteiligten sich an der Suche und wurden peinlichst gefilzt und befragt. David stand nicht mehr und nicht weniger in Verdacht als die anderen. Selbst die Ausbilder mussten sich von höherer Stelle eine Untersuchung gefallen lassen. Aber irgendwann verlief die Sache im Sande. Jedes Jahr verschwanden aus den Beständen der Bundeswehr Dutzende von Waffen bis hin zu schwerem Kriegsgerät. Wo gehobelt wird, fallen auch Späne.

Erst Wochen später kehrte David zurück, um das Gewehr auszugraben. Der Corpus aus Kunststoff und die Teile aus rostfreiem Edelstahl hatten in dem Waldboden nicht gelitten. Er versteckte das gute Stück bei den Großeltern im Keller. Später bekam es einen Platz unter den Fußbodendielen seiner Wohnung, zusammen mit den zehn Handgranaten und der Munition, die er aus dem Materiallager abzweigt hatte. Das Fehlen dieser kleinen Knallfrösche wurde nie bemerkt. Anscheinend hatte der Materialwart in der Waffenausgabe sich verzählt. Und Kugeln wurden bei den Übungen ohne Ende verballert. Darüber hatte niemand die Kontrolle.

11

Dienstag, 26. Juli 2011

Während Helena Zielinski mit Gertrud Blatter durch den Botanischen Garten spazierte, saß der Kommissar in seinem Büro und dachte nach. Es beunruhigte ihn, dass der Mörder Jobst Denker unbehelligt hatte schlafen lassen, obwohl er ihn risikolos hätte umbringen können. Was hatte das zu bedeuten? Was war bei Denker anders als bei den anderen Opfern? Ohne Frage stimmte die Verbindung – alle diese Männer waren in den Achtzigerjahren als Samenspender aktiv. Während er Lemberg, Schellenboom und Reineke ohne zu zögern ermordet hatte, verzichtete er darauf, den Krimischreiber zu töten. Warum? Er stimmte Helena Zielinski zu, dass der Täter bereits im Haus war, als die Beamten bei Denker eintrafen. Ein Jammer! Sie waren so nahe dran gewesen. Hatte er ihr Gespräch belauschen können? Hatte er eventuell etwas gehört, das seine Meinung über Denker geändert hatte? Worüber hatten sie gesprochen? Oder war es einfach die Tatsache, dass sie ihm zum ersten Mal ernsthaft auf den Fersen waren, sein mögliches Opfer antizipiert hatten?

Sein Telefon klingelte. Helena Zielinski war am anderen Ende.

„Ich stehe hier auf dem Parkplatz bei ‚I-Baby'. Wir wissen jetzt, wer Pauli ist ..." ihre Stimme klang aufgeregt, „... und warum der Mörder ihn nicht finden konnte."

„Spannen Sie mich nicht auf die Folter", sagte der Kommissar. „Schießen Sie los."

„Pauli ist der Ehemann von Frau Blatter. Sie hat damals, als sie ihn vor mehr als zwanzig Jahren geheiratet hat, alle Hinweise auf ihn in der Klinik getilgt. Nur zufällig habe ich sie gefragt, ob ihr der Name etwas sagt."

„Großartig! Volltreffer!", rief Hennings. „Warum hat sie das getan?"

„Mitarbeitern war der private Kontakt mit Spendern grundsätzlich verboten."
„Da hat er großes Glück gehabt", sagte Hennings, „sonst wäre vielleicht er jetzt tot und nicht die drei anderen Männer."
„Aber was bedeutet das für unsere Ermittlungen?", fragte Helena Zielinski.
„Gute Frage", bestätigte der Kommissar. „Immerhin wissen wir jetzt, warum der Mörder ihn nicht ausfindig machen konnte. Und wir haben die Bestätigung, dass er seine Informationen tatsächlich über die Klinik bezogen hat."
„Wir müssen den Laden systematisch durchleuchten, soweit die Anonymität der Spender das zulässt", sagte Helena. „Frau Blatter stellt uns eine Liste der Mitarbeiter zusammen. Allerdings scheint auf den ersten Blick schon vom Alter her niemand infrage zu kommen."
„Was ist mit freien Mitarbeitern und Aushilfen? Subunternehmen und Praktikanten? Meinetwegen die Putzkolonne? Wir müssen jede Maus kennen, die in den letzten Jahren den Laden betreten und wieder verlassen hat und Zugriff auf die EDV hätte haben können."
„Okay. Ich bleibe hier und rede noch mal mit den Leuten. Vielleicht ist doch irgend jemandem etwas aufgefallen, das uns weiterhilft."
„Aber seien Sie vorsichtig. Wir sind inzwischen nahe dran. Wenn der Täter durchdreht, ist er zu allem fähig. Ich stoße so schnell wie möglich zu Ihnen."
Da Helena Zielinski den gemeinsam genutzten Dienstwagen genommen hatte, musste der Hauptkommissar ein Auto aus der Polizeigarage holen. Er fluchte über den Papierkrieg, der fast eine halbe Stunde in Anspruch nahm. Erst dann konnte er Gas geben und sich in Richtung Klein Flottbek aufmachen. Gerade als er vom Hof des Präsidiums auf die Straße fuhr, rief Helena noch mal an.

David hatte das Gewehr und die Granaten aus dem Versteck unter den Bodendielen geholt. Da er die Waffe regelmäßig mehrmals pro Jahr geputzt und geölt hatte, war sie in gutem Zustand und sofort einsatzbereit. Er checkte alles noch mal durch. Das Gewehr war geladen und ordnungsgemäß gesichert. Zusammen mit zusätzlicher Munition und den Handgranaten verstaute er alles in einer großen, dunkelgrünen Sporttasche. Um Fingerabdrücke brauchte er sich nicht mehr zu kümmern, also konnte er auf Handschuhe verzichten. Bevor er die Tür hinter sich zuzog, kam ein kurzer Moment des Zweifels auf. Musste er es wirklich tun? Konnte er nicht einfach zuhause bleiben? Wenn er sich jetzt nicht mehr rührte, würde die Polizei ihn niemals finden. Er könnte fortan ein ganz normales Leben führen. Aber war das wirklich möglich, so wie es in ihm aussah? Würde er jemals ein zufriedener Mensch sein? Würden die Geister der Vergangenheit ihn nicht immer wieder einholen, ihn bedrängen? Er erinnerte sich, wie er als Kind auf dem Dreimeterbrett gestanden hatte und sich nicht zu springen traute, vergegenwärtigte sich das Gefühl der Niederlage, als er die Leiter wieder herunterkletterte. „Ist nicht schlimm", hatte seine Mutter gesagt, aber die anderen Kinder hatten gejohlt und sich über ihn lustig gemacht. „Beim nächsten Mal", sagte Evelyn, aber das nächste Mal hatte es erst gegeben, als er längst erwachsen war – und in der Zwischenzeit hatte er sich oft gewünscht, er wäre gesprungen.

Aber was sollten diese Gedanken? Sie waren überflüssig. Hierbei würde es kein nächstes Mal geben. Er würde nicht noch einmal die Leiter heruntersteigen. Dazu war alles schon zu weit gediehen. Er musste springen. Er zog die Wohnungstür hinter sich ins Schloss und stieg die Treppen hinunter. Im Erdgeschoss kam ihm seine Nachbarin, die alte Frau Spahns, schnaufend wie eine Lokomotive entgegen. Sofort stellte er seine Sporttasche ab und nahm der alten Dame die Einkaufstüten aus der Hand, um sie ihr nach oben zu tragen.

„Sie sind immer so freundlich und hilfsbereit", sagte die Alte und bedankte sich lächelnd, „das kennt man sonst gar nicht mehr von der Jugend."

„Das ist doch selbstverständlich", wehrte er ab.

„Mögen Sie vielleicht ein Stück Pflaumenkuchen?“, fragte sie, „ich habe heute gebacken.“
„Eigentlich sehr gerne, aber ich bin leider ziemlich in Eile“, bedauerte er.
„Dann vielleicht morgen.“
Er verabschiedete sich und verließ das Haus, um zu seinem Auto zu gehen. Dabei musste er kurz nachdenken, wo er es geparkt hatte, denn nach der langen Nacht war er so müde gewesen, dass er beinahe schlafwandlerisch unterwegs war. Als er den Wagen gefunden hatte, stellte er fest, dass er vergessen hatte ihn abzuschließen. Er ermahnte sich selbst, konzentrierter zu sein, mit mehr Sorgfalt zur Sache zu gehen, dachte dann aber, dass auch das jetzt keine Rolle mehr spielte. Er warf die Sporttasche auf den Beifahrersitz und startete den Wagen. Über die Bahrenfelder Chaussee fuhr er stadtauswärts in Richtung Klein Flottbek. Kurz darauf parkte er auf dem Firmenparkplatz von ‚I-Baby‘. Er stieg aus und blickte in die Runde. Alles war ruhig. Am anderen Ende des kleinen Parkplatzes stand eine Frau an ihr Auto gelehnt und telefonierte. Er ging hinüber zum Haupteingang, wo er Gertrud Blatter, die technische Leiterin, traf.
„Was machen Sie denn hier? Um diese Uhrzeit?“ Sie schaute zur Uhr und sah ihn fragend an.
Natürlich wusste sie nicht, wer er war, nur dass er zu der Putzkolonne gehörte, die ein Subunternehmer morgens vor Arbeitsbeginn durchs Haus schickte. Sie war ihm ein paarmal begegnet, als sie aus irgendwelchen Gründen früh zur Arbeit gekommen war. und konnte sich an sein Gesicht erinnern. Die Gebäudereiniger benutzten eine kleine Kammer im Keller, in der sie Putzmittel lagerten und sich umzogen.
„Ich habe etwas in meinem Spind vergessen“, sagte er. „Ich bin gleich wieder weg.“
Er war froh, dass die technische Leiterin gerade in diesem Moment von der Frau gerufen wurde, die etwa fünfzig Meter entfernt auf dem Parkplatz stand und telefoniert hatte. So musste er sich nicht weiter erklären. Frau Blatter nickte ihm freundlich zu und lief zu der Besucherin hinüber. Er betrat das Haus und

ging geradewegs in die Kammer mit den Putzmitteln.

Während Helena Zielinski mit Gertrud Blatter draußen auf dem Parkplatz stand und der Kommissar dabei war, einen fahrbaren Untersatz aufzutreiben, um zu seiner Kollegin zu gelangen, bereitete David Hammerschmidt sich in aller Ruhe zwischen Sagrotan, Gummihandschuhen und Essigreiniger auf den letzten Akt seines persönlichen Dramas vor. Er holte das Sturmgewehr aus der Tasche und entsicherte es. Den Beutel mit den Handgranaten hängte er über die Schulter. Für eine Weile setzte er sich auf die kleine, lehnenlose Holzbank in der Mitte des Raumes. Sein Herz klopfte wild und er versuchte sich zu sammeln. Als er merkte, dass das nicht gelingen würde, atmete er tief durch und verließ die Kammer, das Gewehr schussbereit in der Hand. Der Raum für die Putzleute lag im Keller. Hier gab es keine Labors oder Büros, sodass er sich dort unten eine ganze Weile ungesehen bewegen konnte. Um den Fluchtweg zu verschließen, stieg er zuerst über die Hintertreppe hinauf ins Obergeschoss und blockierte den Notausgang. Dazu schloss er ab und verbog mit einer mitgebrachten Zange den Schlüssel im Schloss. Auf diese Weise machte er beides unbrauchbar. Die feuersichere Eisentür würde niemand ohne Hilfsmittel aufbrechen können. Im ersten Stock befanden sich die Labors und die Büros der Geschäftsführung, im Erdgeschoss waren die Kabinen für die Spender, das Konferenzzimmer und die Verkaufsräume für die Gespräche mit den Interessenten. Er wusste, dass er die Personen im Erdgeschoss nicht an der Flucht hindern könnte, weshalb er sich auf die Leute im Obergeschoss konzentrieren würde. Mehr Zeit bliebe ihm ohnehin nicht.
Nachdem er den Fluchtweg versperrt hatte, kehrte er zurück in den Keller, denn dort befanden sich die Server, die das Archiv beherbergten und ‚I-Baby' mit der nötigen Rechenleistung versorgten, sozusagen das Gehirn der Klinik. Trockene, kalte Luft schlug ihm aus dem klimatisierten Raum entgegen, als er die feuersichere Stahltür öffnete. Zwar war der Raum

abgeschlossen, aber als Reinigungskraft besaß er einen Universalschlüssel. Außerdem war gerade er für die Reinigung der empfindlichen Geräte zuständig, was es ihm auch leicht gemacht hatte, sich in das Archiv einzuklinken und die Namen seiner möglichen Väter auszuspionieren. Er musste grinsen, als er daran dachte, dass ein leichtsinniger Mitarbeiter Log-in und Passwort auf einen gelben Post-it-Zettel geschrieben und an seinen Monitor geklebt hatte. Was für ein Trottel! So konnte er ungestört Stunden im Technikraum verbringen und sich durch das Archiv klicken. Es brauchte eine Zeit, bis er mit der Systematik und der Suchmaske vertraut war und fand, wonach er suchte. Da er nichts änderte, fiel sein Eindringen nicht auf. Der Technikraum beherbergte nicht nur die Server, sondern die gesamte Haustechnik und war stark herabgekühlt, um zu verhindern, dass sich die empfindlichen Sun-Workstations durch die Wärmeentwicklung der Prozessoren zu stark aufheizten. Er nahm eine der Handgranaten aus der Umhängetasche, zog die Lasche ab, um sie scharf zu machen, und rollte sie über den glatten, grau gestrichenen Betonboden in die Mitte des Raumes. Dort blieb sie schaukelnd zwischen den ebenfalls grauen Stahlregalen liegen. Er hielt die Luft an und warf einen letzten Blick auf die Hochleistungsmaschinen, die mit flackernden roten LED-Leuchten anzeigten, dass sie arbeiteten. Dabei war er so klar und konzentriert, dass ihm sogar die Wollmäuse auffielen, die sich in den Ecken gesammelt hatten. Seine Urlaubsvertretung hatte nicht besonders gut gearbeitet, dachte er noch. Dann schloss er die Stahltür und ging hinüber zur Treppe ins Erdgeschoss. Im Geiste zählte er die Sekunden, bis ein ohrenbetäubender Knall das Haus erschütterte und auf einen Schlag alle Lichter erloschen. Die Druckwelle hatte die Stahltür verformt, aber sie hing noch im Schloss und in den Scharnieren. Er hatte es versäumt, sich die Ohren zuzuhalten, weshalb ihn noch eine Zeit lang ein schrilles Pfeifen begleitete. Er hörte, wie die junge Frau am Empfang schrie. Dann kamen erste Mitarbeiter aus den Laboren und den Büros. Er hörte verschiedene Stimmen.

„Was war das denn?"
„Es hat eine Explosion im Keller gegeben", sagte eine Frau. „Ich glaube, im Technikraum."
„Vielleicht ein Kurzschluss?"
Inzwischen hatte er das Erdgeschoss erreicht. Zwar sahen ihn die Leute, aber sie waren so irritiert, dass sie auf den ersten Blick sein Gewehr nicht bemerkten, obwohl er es offen in den Händen hielt. Ohne zu zögern, feuerte er einen Schuss ab, der eine Laborantin in den Bauch traf. Die Frau stand auf halber Treppe, sackte aufstöhnend in sich zusammen und rollte die Stufen hinunter. Unten vor dem Empfangstresen blieb sie liegen. Auf ihrem weißen Kittel bildete sich schnell ein großer roter Fleck.
Noch immer begriffen die meisten nicht, was da gerade passierte. Nach dem peitschenden Knall des Schusses gab es einen Wimpernschlag von Stille. Dann schrien alle durcheinander.
„Nach oben!", brüllte David Hammerschmidt. „Alle wieder die Treppe rauf!"
Die junge Frau vom Empfang hatte sich hinter dem Tresen zu Boden geworfen und bemühte sich zitternd, keinen Mucks von sich zu geben. Ein Paar, das einen Termin in einem der Beratungszimmer hatte und dort auf einen der Ärzte wartete, war herausgekommen, um zu sehen, was der Lärm zu bedeuten hatte. Jetzt hechteten sie zurück ins Zimmer und warfen die Tür hinter sich zu.
Als er einen zweiten Schuss abgab, verfehlte dieser einen Mann, der die Treppe hinaufsprang, und schlug in die weiße Wand am oberen Ende der Treppe ein. Sekunden später war es still geworden, nur das leise Wimmern der schwer verletzten Frau mit der Kugel im Bauch war zu hören. Kein Mensch war mehr zu sehen, weder auf der Treppe noch auf dem Flur im ersten Stock.
Er zündete die nächste Granate und rollte sie unter die Treppe. Anschließend sprintete er hoch ins Obergeschoss. Kaum dort angekommen, gab es eine heftige Explosion, die die Treppe hinter ihm zum Einsturz brachte. Die Laborantin, die mit dem

Bauchschuss am Fuße der Treppe lag, überlebte diese Explosion nicht. Die junge Frau vom Empfang war hinter dem Edelstahltresen eingequetscht, aber nicht lebensgefährlich verletzt.

Helena Zielinski und Gertrud Blatter standen noch immer auf dem Parkplatz und sprachen miteinander, als die erste Explosion das Gebäude erschütterte. Gertrud hatte Helena die Hintergründe geschildert, um zu erklären, warum sie Pauli damals aus dem Archiv der Klinik gelöscht hatte.
„Seien Sie froh", sagte Helena, „sonst wäre Ihr Mann wahrscheinlich auch schon ermordet worden."
„Es ist alles so schrecklich", sagte Gertrud. „Wer hätte jemals mit solchem Irrsinn gerechnet?"
„Hoffentlich gelingt es uns, dem bald ein Ende ..." Der Rest von Helenas Satz ging im Getöse der ersten Explosion unter.
„Mein Gott! Was war das?" Gertrud schaute die Polizistin irritiert an.
„Eine Explosion?", spekulierte Helena. „Das hörte sich nicht gut an. Kommen Sie, wir müssen nachsehen. Vielleicht war es auch nur ein Kurzschluss."
Sie eilten über den Parkplatz, um zum Haupteingang zu gelangen, als sie die Schüsse hörten. Helena wusste nun, dass es sich nicht um einen Unglücksfall handelte, sondern dass die Klinik angegriffen wurde. Sie hielt Gertrud Blatter zurück. „Wir müssen vorsichtig sein. Da drinnen wird geschossen." Gertrud war leichenblass. Die Frauen vermieden das freie Schussfeld, das die Glastür bot, und näherten sich dem Eingang von der Seite, als die zweite Explosion ohrenbetäubend krachte. Helenas Umsicht hatte sich ausgezahlt, denn die Druckwelle ließ die Glastür in unendlich viele kleine Splitter zerspringen, die alle geradewegs nach draußen vor das Haus flogen. Wären die Frauen auf direktem Weg auf diese Splitterbombe zugelaufen, wären sie wahrscheinlich großflächig perforiert worden.
Als sich der Staub ein wenig gelegt hatte, lugte Helena vorsichtig um die Ecke. Sie sah das menschenleere Erdgeschoss und die Trümmer der Treppe.

„Wir brauchen Verstärkung“, sagte sie zu Gertrud. „Ich denke, unser Mann ist im Haus und will seinen Kreuzzug zum Abschluss bringen.“
Sie erwischte den Kommissar gerade, als er das Auto übernommen hatte, um zu ihr zu fahren. Schon als der Mörder darauf verzichtet hatte, Denker zu töten, hatte ihn das nachdenklich gemacht. Er hatte geahnt, dass das die Wende war, die Wende zum letzten Akt. Ohne Zeit zu verlieren, beorderte er ein Mobiles Einsatzkommando an den Tatort. Feuerwehr und Notarzt waren bereits von besorgten Nachbarn gleich nach den Explosionen gerufen worden.
„Gehen Sie auf keinen Fall hinein“, sagte er zu Helena Zielinski. „Unbedingt draußen auf Verstärkung warten.“

David ging zielsicher zu Professor Paukes Büro und drückte die Klinke. Der feige Hund hatte sich eingeschlossen. Der junge Mann trat zwei Schritte zurück, zielte auf das Schloss und drückte ab. Krachend sprang die Tür auf. Er brauchte einen Moment, bis er den Institutsleiter entdeckte. Der Mann hatte sich unter seinem Schreibtisch versteckt. David trat vor, bückte sich und drückte ihm den Gewehrlauf in den Hintern.
„Raus da und die Hände hoch.“
Pauke gehorchte schweigend, stand kurze Zeit später mit hoch erhobenen Händen hinter seinem Schreibtisch.
„Wer ist Pauli?“, fragte David.
Der Professor war ganz unprofessoral kleinlaut. „Ich weiß nicht, von wem Sie reden.“
„Von meinem Vater“, sagte David. „Also: Nennen Sie mir seinen Namen.“
„Hören Sie. Ich kenne keinen Mann namens Pauli. Schauen wir zusammen im Archiv nach. Dort werden wir ihn finden.“
„Nein.“ David sah dem Professor in die Augen und drückte ab. Er schoss ihm in die Brust. Pauke durchschlug zusammen mit der Kugel das bodentiefe Fenster hinter seinem Schreibtisch und war tot, bevor er mitsamt den Scherben in den niedrigen Büschen unten am Haus landete. Ich werde meinen Vater nicht

mehr finden, dachte er, aber das spielt jetzt keine Rolle mehr. Jetzt, wo es zu Ende ging, fühlte er eine gewisse Leichtigkeit. Er hatte sich vorher viele Gedanken über diese Situation gemacht, die er gerade durchlebte. Er hatte sich gefragt, ob er es schaffen würde, all diese Menschen zu töten, ob er seinen Opfern in die Augen sehen konnte, aber jetzt wusste er, es war ganz leicht. Es war so, als gäbe es sie gar nicht, als seien sie unecht, wie Figuren in einem Computerspiel oder in einem Film.

Helena und Gertrud hatten sowohl den Schuss als auch das Zerspringen der Fensterscheibe gehört. Als sie um die Hausecke schauten, sahen sie die blutige Leiche des Professors in den Büschen hängen. Aus einem der Fenster im Erdgeschoss kletterte ein junges Paar.

„Hierher", rief Helena ihnen zu. „Bleiben Sie in der Nähe der Hauswand. Dann sind Sie im toten Winkel, für ihn von oben nicht sichtbar."

„Haben Sie jemanden gesehen?", fragte Helena, als das Paar sie und Gertrud erreicht hatte.

„Es ist nur ein Mann. Er hat mindestens ein Sturmgewehr und Handgranaten", sagte die junge Frau und beschrieb den Täter. „Er hat die Treppe nach oben gesprengt."

„Der Putzmann", sagte Gertrud. „Jetzt wird mir einiges klar."

Helena Zielinski fühlte sich so schlecht wie noch nie. Wie die anderen auch hatte sie Angst, hielt es aber auch nicht länger tatenlos aus. „Ich kann jetzt nicht länger warten. Er bringt alle Menschen dort oben um", sagte Helena. „Gibt es einen zweiten Eingang, einen anderen Weg nach oben?"

„Tun Sie das nicht", sagte Getrud. „Alleine ist das doch Selbstmord."

„Jede Minute kostet unschuldige Leben", sagte Helena. „Ich muss etwas tun. Wie komme ich ins Haus?"

„Die Feuertreppe auf der Rückseite des Gebäudes führt zu einer Nebeneingangstür. Ich führe Sie hin", antwortete Gertrud. „Sie bleiben besser hier, warten auf meinen Chef und das MEK. Das ist sinnvoller. So können Sie die Neuankömmlinge

mit Informationen versorgen. Sie haben doch sicher einen Generalschlüssel?"
Gertrud griff in die Tasche ihrer Kostümjacke und zog ein Bund mit drei Schlüsseln heraus, das sie Helena gab. „Der mit der roten Markierung ist für die Klinik. Er öffnet alle Türen."
Helena legte der technischen Leiterin, die inzwischen am ganzen Körper zitterte, die Hand auf die Schulter und versuchte, sie zu beruhigen. Gertrud Blatter rang nach Luft und begann dann hemmungslos zu weinen.
„Wir kriegen das schon irgendwie hin." Dabei hatte die Polizistin eine gehörige Portion Zweifel in der Stimme.
„Passen Sie um Gottes Willen auf sich auf", rief Gertrud der jungen Polizistin hinterher, die inzwischen um die Hausecke verschwunden war.
Helena Zielinski schlich durch das niedrige Gebüsch, zwängte sich an der entstellten Leiche des Professors vorbei und stand bald an der Rückseite des Hauses vor der Seiteneingangstür. Sie drückte die Klinke. Die Tür war verschlossen. Nichts anderes hatte sie erwartet. Sofort steckte sie den Schlüssel ins Schloss, drehte ihn herum und registrierte beinahe erstaunt, dass die Tür sich öffnen ließ. Alle Fluchttüren gehen nach außen auf, das war Vorschrift. Nur einen Spalt breit hatte sie die Eisentür aufgezogen, spähte und horchte vorsichtig hinein. Jetzt war auch der Moment gekommen, in dem sie ihre Waffe aus dem Halfter zog und entsicherte. Das kalte Eisending fühlte sich fremd und seltsam an in ihrer Hand. Es war nicht so, dass es sie beruhigte. Zwar machte sie regelmäßig Schießübungen, aber im Einsatz hatte sie die Pistole bisher sehr selten in die Hand genommen. Auf einen Menschen hatte sie noch nie geschossen.
Drinnen im Treppenhaus schien alles ruhig zu sein. Sie öffnete die Tür gerade so weit, dass sie hindurchschlüpfen konnte. Da es nach der ersten Explosion im ganzen Haus keine Elektrizität mehr gab, war das Treppenhaus im Erdgeschoss dunkel, der Abgang zum Keller ein finsteres Loch. Im Obergeschoss schien es ein Fenster zu geben, denn dort war es heller. Wäre

sie nicht absolut sicher, dass der Angreifer sich im Obergeschoss aufhielt, wäre sie niemals mit diesem dunklen Loch im Rücken die Treppe nach oben gegangen. So aber konnte sie es wagen, die 22 Stufen hinaufzusteigen. Der Treppenabsatz im Obergeschoss war ziemlich klein. Neben einer weiteren Brandschutztür gab es ein schmales Fenster, eine Art Lichtscharte. Sie öffnete es. Ihr war eng und heiß und sie brauchte frische Luft.
Erst als sie den Schlüssel in das Schloss stecken wollte, bemerkte sie, dass es blockiert war. Sie fluchte leise. Der Kerl hatte anscheinend an alles gedacht. Für eine Weile versuchte sie, den verbogenen Schlüssel, der sich im Schloss verkeilt hatte, herauszuziehen, musste aber schnell einsehen, dass das ohne Werkzeug nicht möglich war. Verdammt! Sie überlegte fieberhaft, was zu tun war. Würde sie doch auf das MEK warten müssen? Drinnen hörte sie Schreie und Schüsse, hörte Menschen weinen und um ihr Leben betteln. Das hielt sie einfach nicht mehr aus. Sie trat ein Stück zur Seite und feuerte mit ihrer Pistole auf das Schloss. Drei Schüsse brauchte sie, um es zu zerstören. Allerdings hatte sie jetzt auf sich aufmerksam gemacht. Eine Kugel traf von innen auf die Stahltür, die daraufhin weit aufsprang. Sie war froh, dass sie nicht mehr unmittelbar dahinter, sondern ein wenig seitlich stand. Bei nächster Gelegenheit würde sie ihrer Ausbilderin danken, die sie damals furchtbar genervt hatte, weil sie solche Abläufe immer wieder üben musste, so lange, bis ihr das richtige Verhalten in Fleisch und Blut übergegangen war.
Wenigstens war jetzt ein Fluchtweg offen. Wenn es ihr gelang, den Mörder abzulenken, hatten wenigstens einige der dort eingeschlossenen Menschen die Chance, über die Feuertreppe zu entkommen.
„Polizei! Lassen Sie die Waffe fallen!“, rief sie ohne viel Hoffnung durch die offene Tür. Die Antwort folgte postwendend in Form eines Gewehrschusses. Die Kugel pfiff durch die offene Tür und bohrte sich in die gegenüberliegende, weiß gestrichene Wand.

„Geben Sie auf!“, rief sie jetzt, während sie ihren Kopf nach Strategien zur Deeskalation durchforstete.
Die nächste Antwort des Amokläufers fiel noch deutlicher aus als die erste. Eine Handgranate kam durch die Tür geflogen und eierte auf dem Terrazzoboden des Treppenabsatzes in ihre Richtung. Für einen Moment erstarrte sie. Ihre Beine drohten zu versagen. Dann schien für sie alles wie in Zeitlupe zu geschehen. Sie bückte sich, hob die Granate auf und warf sie gut gezielt durch das schmale Fenster hinaus. Noch in der Luft explodierte sie mit Blitz und Donner, aber ohne Schaden anzurichten. Der Schweiß stand ihr nicht nur in kleinen Perlen auf der Stirn, sondern lief ihr auch in einem Sturzbach die Wirbelsäule hinunter.
Jetzt war es in dem Flur auf der anderen Seite der Tür ruhig geworden. Helena und der Amokläufer belauerten sich. Die Polizistin wusste, dass sie der nächsten Granate nicht entkommen würde, weil er den Abwurf länger hinauszögern würde. Sie dachte an Rückzug. In höchster Not hatte sie eine Idee.
„Sie suchen Pauli!“, rief sie ihm zu.

Etwa zu diesem Zeitpunkt trafen Hauptkommissar Hennings und das Mobile Einsatzkommando ein. Gerade war die Granate explodiert, die Helena Zielinski mit dem Glück der Tüchtigen aus dem Fenster befördert hatte. Plötzlich gab es viel Bewegung rund um das Gebäude. Scharfschützen suchten strategisch günstige Positionen in den Fenstern der Nachbarhäuser oder auf den umliegenden Dächern. Das Gebäude wurde weiträumig abgeriegelt. Die Schaulustigen hatten wegen der Explosionen und der Schüsse ohnehin einen sicheren Abstand gehalten. Der Kommissar eilte zu Gertrud Blatter, die mit den wenigen Leuten, die aus dem Erdgeschoss entkommen waren, neben dem Haupteingang auf Hilfe wartete.
„Wo ist Frau Zielinski?“
„Durch den Hintereingang hineingegangen“, sagte Gertrud.
„Verdammt.“ Die Sorge um seine junge Kollegin wallte bitter in ihm auf. „Sie sollte doch hier warten.“

„Er hat da oben ohne Pause geschossen. Das hat sie nicht mehr ausgehalten."
Hennings nickte. Gertrud erklärte einer kleinen Kampftruppe schwer bewaffneter, mit kugelsicherer Kleidung und Helmen ausgerüsteter Polizisten den Weg zum Hintereingang. Aber als die Männer in den ersten Stock kamen, hatte David Helena bereits in seiner Gewalt.
Als sie den Namen Pauli erwähnt hatte, hielt er inne.
„Was wissen Sie von Pauli?", fragte er dann.
„Wir wissen, wer er ist. Wollen Sie nicht mit Ihrem Vater sprechen?"
„Sie bluffen. Niemand weiß, wer Pauli ist. Nicht einmal die Polizei. Ich habe es gestern selbst von Ihnen gehört. Sie waren das doch bei Denker, oder?"
Also war er tatsächlich da, dachte sie.
„Gestern noch nicht, heute aber schon", sagte sie.
„Wieso war er nicht hier im Archiv zu finden?"
„Weil jemand ihn heimlich gelöscht und alle seine Samenspenden vernichtet hat", sagte Helena.
Er lachte kurz auf. „Und das soll ich Ihnen glauben."
„Ja. Es ist die Wahrheit. Also, was ist? Wollen Sie mit Ihrem Vater sprechen oder nicht?"
Er zögerte. „Welche Bedingungen stellen Sie?"
„Das wissen Sie doch. Hören Sie auf, unschuldige Menschen zu töten."
„Hier gibt es keine unschuldigen Menschen", sagte er. „Hier sind alle schuldig."
„Aus Ihrer Sicht", sagte Helena. „Entscheiden Sie sich." Sie hatte die Sirenen ihrer Kollegen gehört. „Jeden Moment ist das MEK hier. Sie haben nicht mehr viel Zeit. Ich weiß, dass Sie das hier nicht überleben wollen, aber ich weiß auch, dass es ihr größter Wunsch ist, Ihren leiblichen Vater zu treffen. Ich kann Ihren Wunsch in Erfüllung gehen lassen."
Er zögerte, dachte nach. „Also gut. Legen Sie Ihre Waffe gut sichtbar auf den Boden und kommen Sie mit erhobenen Armen herein."

„Ich habe Ihr Wort, dass Sie dort drinnen niemanden mehr töten werden?"
„Ja. Versprochen. Wieso vertrauen Sie mir? Sie kennen mich doch nicht."
„Wir haben beide keine andere Möglichkeit mehr, als einander zu vertrauen. Außerdem brauchen Sie Geiseln, wenn Sie noch lange genug leben wollen, um mit Ihrem Vater zu sprechen", sagte sie und schob ihre Pistole über den Boden, sodass er sie von seinem Standort aus sehen konnte. "Das MEK ist gleich hier." Jetzt trat sie mit erhobenen Armen aus ihrer Deckung hervor und ging auf ihn zu. Tote und Verletzte lagen auf dem Boden, die weißen Wände waren blutverschmiert. Es stank nach Urin, Kot und Tod. Sie wusste, dass es für einen Scharfschützen leicht sein würde, ihn zu erschießen. Bevor er sein Gewehr noch einmal abfeuern könnte, wäre er tot, aber sie wollte ihn lebend.
Etwa zwei Meter vor ihm blieb sie stehen. Er hatte das Gewehr auf sie gerichtet.
„Wie geht es jetzt weiter?", fragte er sie.
In diesem Moment erschienen drei MEKler im Feuertreppenhaus und legten auf ihn an.
„Nicht schießen", rief Helena Zielinski, die mit erhobenen Händen zwischen ihren Kollegen und David stand. „Rufen Sie Hennings", sagte sie.
Sie hörte das Knattern und Schnarren der atmosphärischen Störungen eines Funkgeräts. „Kollegin in der Gewalt des Amokläufers", sagte jemand durch. „Zurzeit kein Zugriff. Bitte verständigen Sie Hauptkommissar Hennings. Over." Draußen hatte der Kommissar sich von Gertrud Blatter ins Bild setzen lassen. Als er hörte, dass sich Helena in Davids Gewalt befand, schüttelte er den Kopf. Warum, zum Teufel, hatte sie nicht auf ihn gehört und war draußen geblieben? Natürlich wollte sie Menschenleben retten, aber doch nicht um diesen Preis. Sie hatte sich in große Gefahr begeben. Andererseits verstand er ihr Motiv. Dieser Mann stellte keine Forderungen, wollte nicht verhandeln. Er wollte sterben und dabei sollten ihn so

viele Menschen wie möglich begleiten. Aber andererseits hatte Helena es geschafft ihn aufzuhalten, indem sie ihm Hoffnung gemacht hatte, seinen Vater zu sehen. Er musste sie dort herausholen.

Er ließ sich in eine kugelsichere Weste helfen. Das Ding war so schwer, dass er nur mühsam die steile Hintertreppe hinaufkam. Er bewegte sich, als hätte er einen Besenstiel verschluckt. Sein Rücken sandte immer wieder Blitze durch seinen Körper. Ächzend nahm er die letzten Stufen. Ein schneller Blick durch die offene Brandschutztür zeigte ihm den Ernst der Lage. Der junge Mann benutzte Helena als lebenden Schild, hielt den Lauf seines Gewehrs gegen ihren Hinterkopf gedrückt.

„Was wollen Sie? Lassen Sie meine Kollegin gehen."

„Sie wissen, wer Pauli ist", sagte David. „Bringen Sie ihn her, lassen Sie mich mit ihm reden, dann ist das hier alles vorbei."

„Sie wissen, dass ich ihn nicht hier hineinlassen kann. Das Risiko ist zu groß. Außer Ihren Opfern hier im Haus haben Sie schon drei Männer getötet, die Sie für Ihren Vater gehalten haben."

„Vier", sagte der junge Mann. „Es waren vier."

Hennings war verblüfft. Hatten sie etwas übersehen und die vierte Leiche noch nicht gefunden?"

„Der Erste war der Mann, der sich sechzehn Jahre lang als mein Vater ausgegeben hat. Es hat wie ein Unfall ausgesehen. Und jetzt schaffen Sie meinen leiblichen Vater her, sonst stirbt die Frau." Um seine Entschlossenheit zu zeigen, stieß er Helena den Lauf in den Nacken.

„Hören Sie. Ich weiß, dass Sie sehr zornig sind, aber denken Sie doch mal nach. Nach Ihren eigenen Maßstäben ist Frau Zielinski unschuldig. Sie hat nichts mit der Klinik oder Samenspenden zu tun."

„Hören Sie auf zu schwafeln und holen Sie Pauli her."

„Herholen können wir ihn nicht. Dazu ist es zu spät, nach allem, was Sie getan haben." Hennings machte eine kurze Pause. „Aber wenn Sie Frau Zielinski gehen lassen, können Sie mit ihm telefonieren."

David schwieg und dachte nach. „Okay", sagte er irgendwann. „Aber die Frau bleibt hier."
Hennings zog sein Handy aus der Tasche und hielt es hoch. „Sie tauschen Frau Zielinski gegen mich. Ihr Vater wird dieses Handy anrufen."
„Nein, nicht", versuchte Helena den Kommissar zurückzuhalten, aber der hatte sich bereits in Bewegung gesetzt und ging langsam auf den Amokläufer zu, der Helena von sich weg schubste und das Gewehr auf den Kommissar richtete.
„Sagen Sie Frau Blatter, ihr Mann soll meine Nummer anrufen", sagte der Kommissar zu Helena.
„Tut mir leid, Chef. Ich hätte nicht reingehen sollen." „Darüber sprechen wir später", knurrte der Alte. Wenn ich hier lebend wieder raus bin, dachte er.
Im Nachhinein waren sich alle einig, dass dieser Moment, in dem David weder auf Helena Zielinski noch auf den Kommissar zielte, die beste Gelegenheit für den finalen Rettungsschuss geboten hätte, aber da das Mobile Einsatzkommando noch keine Freigabe erhalten hatte, drückte keiner ab.
„Gehen wir in eines der Büros", schlug Hennings vor. „Nur Sie und ich. Oder fühlen Sie sich wohl mit drei Scharfschützen im Nacken, die ihre Gewehre auf Sie gerichtet haben?"
Hennings ging langsam vor David Hammerschmidt in das, was von Professor Paukes Büro noch übrig war, und setzte sich in einen der Besucherstühle.

Helena Zielinski fühlte sich hundeelend. Zu Recht gab sie sich die Schuld, dass jetzt der Kommissar in der Gewalt des Amokläufers war. Sie war unten vor der Klinik bei Gertrud Blatter.
„Rufen Sie Ihren Mann an und geben Sie ihn mir."
Die technische Leiterin hatte zwischenzeitlich bereits mit Pauli gesprochen und musste deshalb nicht mehr viel erklären. „Frau Zielinski, die Polizistin, von der ich dir erzählt habe. Sie muss mit dir reden." Sie reichte Helena ihr Smartphone.
„Wie heißt Ihr Mann?"
„Genau wie ich, Blatter."

„Hallo Herr Blatter. Wie es aussieht, handelt es sich bei dem Amokläufer um einen Ihrer leiblichen Söhne, einen Spross Ihrer Samenspenden."
„Ist das denn sicher?", fragte Pauli zurück.
„Nein, aber der Mann scheint fest davon überzeugt zu sein. Er hat meinen Chef in seiner Gewalt und will mit Ihnen reden."
„Ich soll zur Klinik kommen?"
„Nein. Sie rufen ihn an. Seien Sie so freundlich wie möglich zu ihm. Gehen Sie auf ihn ein, behandeln Sie ihn, als sei er Ihr Sohn. Tun Sie so, als würden Sie ihn gerne kennen lernen, machen Sie ihm klar, dass es sich für ihn lohnen würde zu überleben. Das Leben meines Chefs hängt davon ab."
„Mein Gott. Hoffentlich kriege ich das hin. Wäre es nicht besser, ein Psychologe würde das machen und sich für mich ausgeben?"
"Das würde er merken. Wir können niemals so schnell jemanden in die Problematik einweisen. Sie kennen die Wahrheit und können sie ihm erzählen. Ihnen wird er glauben." Helena gab ihm Hennings Nummer und legte auf.

Als Hennings Handy klingelte, zuckten beide zusammen. Sein Klingelton entsprach dem altmodischen Läuten eines Telefons mit Wählscheibe. Diesen modischen Schnickschnack mit Musik oder Vogelgezwitscher mochte er nicht. „Hennings", meldete er sich. „Hallo Herr Blatter. Ja ..., ich reiche Sie weiter."
Der Kommissar hielt David sein Handy hin. „Ihr Vater."
Der junge Mann nahm das Telefon. „Hallo. Du bist Pauli?"
„So haben mich früher alle genannt. Mein richtiger Name ist Hieronymus Blatter. Und du? Wie heißt du?"
„David Hammerschmidt. Albert Reineke hat gesagt, ich sähe dir sehr ähnlich. Es sieht so aus, als sei ich dein Sohn."
„Das ist gut möglich", sagte Pauli. „Ich habe damals für eine kurze Zeit Samen gespendet, bis meine Frau dafür gesorgt hat, dass ich damit aufhöre."
„Warum ist dein Name nicht im Archiv von ‚I-Baby' zu finden gewesen?"

Pauli lachte. „Das habe ich auch erst vor Kurzem erfahren. Meine Frau Gertrud hat mich spurlos verschwinden lassen. Es war Mitarbeitern der Klinik nicht erlaubt, mit Spendern etwas anzufangen. Um ihren Job nicht zu verlieren, hat sie dafür gesorgt, dass mein Name dort nicht mehr auftaucht. Wie es aussieht, war das mein Glück. Sonst hättest du mich gefunden und ich würde wahrscheinlich, wie die anderen, auch nicht mehr leben."
„Vielleicht."
„Es ist schade, dass wir uns unter solch schlimmen Umständen kennen lernen. Sonst hätten wir vielleicht Freunde sein können."
„Du hättest mich nicht verleugnet?"
„Nein. Warum sollte ich das tun? Zugegeben, im ersten Moment ist der Gedanke, einen Sohn von mir kennen zu lernen, schon ungewöhnlich, aber das Samenspenden an sich ist ja auch ungewöhnlich. Es interessiert mich schon, wie du aussiehst und was du so machst, inwiefern du mir ähnelst."
David hatte einen Kloß im Hals. „Ich hätte dich wirklich gerne mal gesehen. Schade, dass es dazu nun zu spät ist."
„Das muss nicht sein", sagte Pauli. „Stell dich der Polizei. Ich werde dich auf jeden Fall im Knast besuchen."
David bekam feuchte Augen. „Lass das blöde Gesülze. In Wahrheit wäre ich dir doch nur lästig. Ich werde nicht auch noch den Rest meines Lebens hinter Gittern verbringen", sagte er dann schroff. „Nein. Ich bin mit diesem Scheißleben durch, ein für alle Mal."
„Dann weiß ich, ehrlich gesagt, auch nicht mehr, was ich noch sagen soll. Du hast zwei Halbgeschwister. Oder soll ich besser sagen: mindestens zwei. Aber die sehen eher ihrer Mutter ähnlich als mir."
„Ich will, dass du für den Rest deines Lebens bereust, was du getan hast. Lebe wohl, Vater", sagte David und legte auf.
Der Kommissar hatte die ganze Zeit schweigend daneben gesessen und zugehört. „Wie soll es jetzt weitergehen?", fragte er leise.

David holte eine Handgranate aus seiner Umhängetasche. Er zog die Lasche ab und machte sie scharf. „Hauen Sie ab“, sagte er dann. „Sehen Sie zu, dass Sie hier wegkommen, bevor das Ding hochgeht.“
Hennings sprang auf, aber sein angeschlagener Rücken wurde durch die plötzliche Bewegung überfordert und spielte nicht mit. Er wurde von einem Hexenschuss heimgesucht und verharrte halb aufgerichtet.
„Laufen Sie, verdammt noch mal“, schrie David ihn an.
„Ich kann nicht“, stöhnte Hennings, „Hexenschuss. Werfen Sie das verdammte Ding weg.“
„Scheiße“, rief David. „Das geht nicht.“ Er war aufgestanden und zu dem Loch in der Wand hinübergegangen, wo vorher das Fenster gewesen war. Ohne ein weiteres Wort sprang er mit der Granate in der Hand hinunter. Noch bevor er auf der Leiche von Professor Pauke landete, explodierte das Ding und riss ihn in Fetzen.
Nach der Explosion stürmte das Mobile Einsatzkommando den Raum. Der Kommissar lag vor Schmerzen stöhnend auf dem Boden. Abgesehen von einem Bandscheibenvorfall war er wohlauf. Er wurde am nächsten Tag operiert und kehrte nicht wieder in den Polizeidienst zurück.
Acht Mitarbeiter der Klinik hatten an diesem Tag den Tod gefunden, zwölf hatten durch das Eingreifen Helenas überlebt.

Hugo Lobeck

Geboren und aufgewachsen in Duisburg-Hamborn. Seit 1971 in Hamburg. Nach dem Studium der Philosophie und Germanistik und dem Besuch einer freien Kunstschule arbeitete er als Autor und Illustrator, als freier Künstler, Grafiker und Journalist für verschiedene Hamburger Verlage. Ausgedehnte Reisen als „Hippie" führten ihn in den Siebzigerjahren durch Asien und Afrika, später auch in die USA und in die Karibik.

Freddie-Nietsch-Krimis:
Band 1 – Drogen, Sex und Drachentöter (2010)
Band 2 – Beton-Blues (2011)
Band 3 – Alsterleiche (2012)
Band 4 – Großes Kino (2014)

Rabenväter (2015)

Bibliografische Information der Deutschen Bibliothek
Die Deutsche Bibliothek verzeichnet diese Publikation in der Deutschen Nationalbibliografie; detaillierte bibliografische Daten sind im Internet über <http://dnb.ddb.de> abrufbar.

ISBN 978-3-9814755-3-1

Lupus Verlag
Schnellstr. 22
22765 Hamburg

Erscheinungsjahr: 2015

Korrektorat: www.susanne-bruett.de
Gestaltung: Hugo Lobeck
Gesamtherstellung: CPI books GmbH, Leck
www.hugo-lobeck.de